公元787年，唐封疆大吏马总集诸子精华，编著成《意林》一书6卷，流传至今
意林：始于公元787年，距今1200余年

一则故事　改变一生

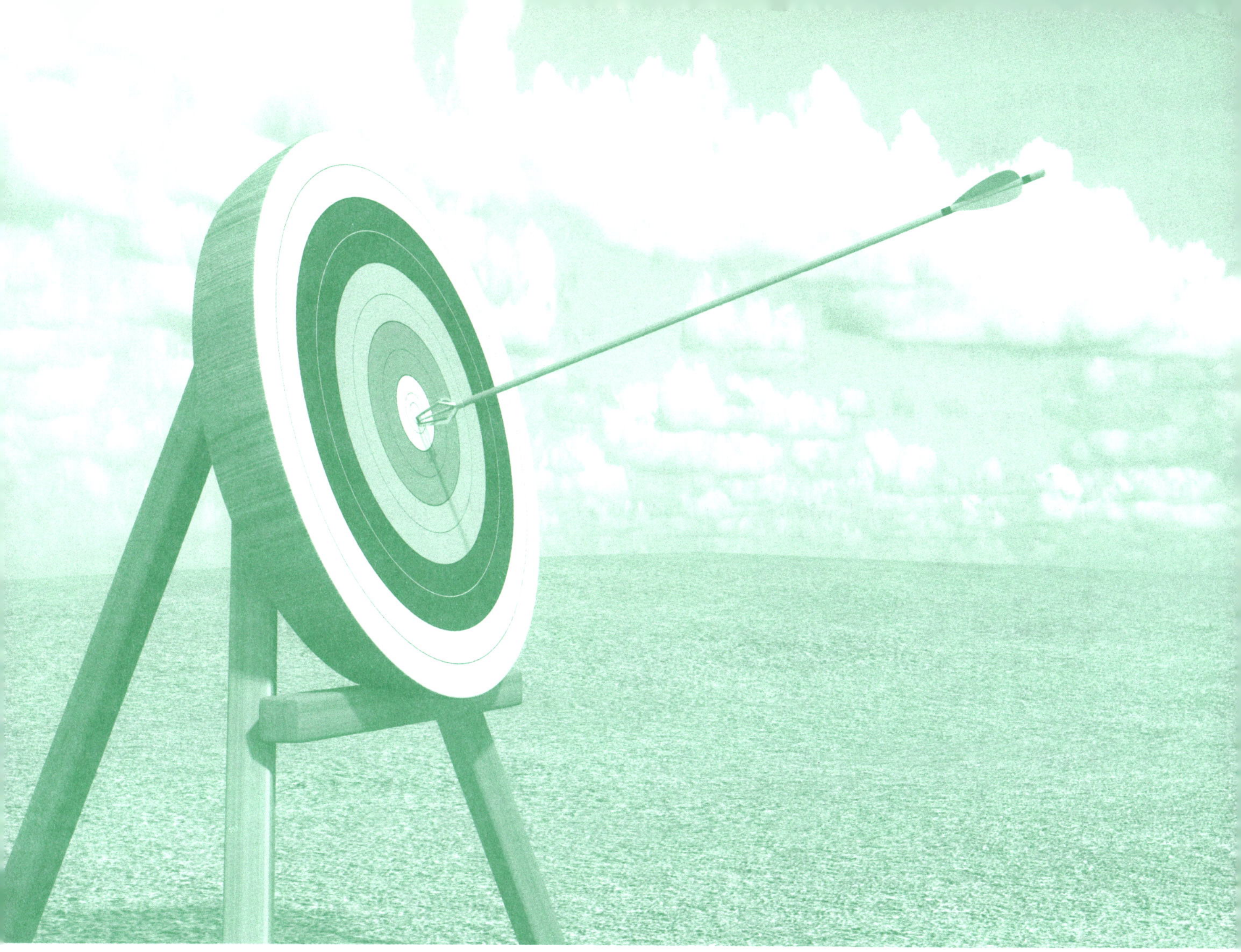

意林励志卷
专心让自己完美，有效应对未来

《意林》编辑部 编

吉林摄影出版社
·长春·

意林精选

图书在版编目（CIP）数据

意林励志卷. 专心让自己完美，有效应对未来 /《意林》编辑部编. -- 长春：吉林摄影出版社，2023.12
ISBN 978-7-5498-6082-1

Ⅰ. ①意… Ⅱ. ①意… Ⅲ. ①故事－作品集－世界－现代 Ⅳ. ①I14

中国国家版本馆CIP数据核字(2024)第005926号

意林励志卷·专心让自己完美，有效应对未来
YILIN LIZHI JUAN · ZHUANXIN RANG ZIJI WANMEI, YOUXIAO YINGDUI WEILAI

出 版 人	车 强
主　　编	杜普洲
责任编辑	吴 晶
丛书策划	王立莉
丛书统筹	张雪珂
执行编辑	张雪珂
封面设计	马骁尧
美术编辑	郭 宁
发行总监	王俊杰
封面图片	Veer图库
开　　本	889mm×1194mm 1/16
字　　数	400千字
印　　张	13
版　　次	2024年1月第1版
印　　次	2024年1月第1次印刷

出　　版	吉林摄影出版社	
发　　行	吉林摄影出版社	
地　　址	长春市净月高新技术开发区福祉大路5788号	
	邮编：130118	
电　　话	总编办：0431-81629821	
	发行科：0431-81629829	
网　　址	www.jlsycbs.net	
经　　销	全国各地新华书店	
印　　刷	北京中科印刷有限公司	

书　　号	ISBN 978-7-5498-6082-1　　定 价　39.90元

启　事

　　本书编选时参阅了部分报刊和著作，我们未能与部分作品的文字作者、漫画作者以及插画作者取得联系，在此深表歉意。请各位作者见到本书后及时与我们联系，以便按国家相关规定支付稿酬及赠送样书。
　　地址：北京市朝阳区南磨房路37号华腾北塘商务大厦1501室《意林·作文素材》编辑部（100022）
　　电话：010-51900054

版权所有　翻印必究
（如发现印装质量问题，请与承印厂联系退换）

目录

意林励志卷
专心让自己完美，有效应对未来

第一章 成长志

- 001　渐入佳境　|　晨　曦
- 002　我和考上清华的同桌各自的20年　|　木　子
- 004　难走的路，从不拥挤　|　刘　润
- 005　不替自己诉苦　|　秋　凡
- 006　情绪稳定是一个人最了不起的能力　|　佚　名
- 007　成全孩子的成就感　|　汤馨敏
- 008　最好的梅西，值得这一切　|　钟艺璇
- 010　"刮大白"的世界冠军　|　杨　雪
- 012　如果你觉得辛苦，就看看这几处"景点"　|　Seven
- 014　选择辛苦的那条路　|　松浦弥太郎
- 015　你有"红绿灯思维"吗　|　欧阳晨煜
- 016　青春期自卑过的人，一点都不怀念十八岁　|　梅　子
- 018　全网最火的宿管阿姨，是"00后"　|　瑞　亚
- 020　"烟火里谋生，诗词中谋爱"，这个农民工火了　|　隋　坤
- 022　如果能成功，晚一点也没关系　|　蕊　希　周不知
- 023　儿子名校毕业后，被我们"赶"出了家门　|　刘小念
- 024　我只想好好做自己　|　译　蔚
- 026　成年人最大的自律，是学会"能量管理"　|　muye
- 028　神十六乘组是怎样炼成的　|　冯群星
- 030　张茜：零垃圾生活的实践者　|　行走的鱼
- 032　"熊猫爸爸"潘文石　|　张　烁
- 034　好好努力，哪里都是你的北京　|　杨熹文
- 036　不被看见的需要　|　莫小米

第二章 智慧课

037　勤勉与聪慧　｜　[西班牙]巴尔塔萨尔·格拉西安　译/张广森

038　放下虚荣心　｜　李筱懿

039　读书的兴奋点　｜　肖复兴

040　好的故事　｜　董改正

041　渐境　｜　郭华悦

042　最好的人生是，不再需要证明自己　｜　卢　璐

044　美好的旅途最好不要到达　｜　张宗子

046　你在这个世界的不同版本　｜　马　德

047　被设置出来的峰终定律　｜　凤鸣山

048　义乌什么都知道　｜　钟艺璇

050　吃饭的讲究　｜　彭梦宁

051　正因为有人讨厌你，所以才有人喜欢你　｜　松浦弥太郎

052　掌控欲望，方能掌控人生　｜　洞　见

054　亲情牌　｜　菜馍双全

055　耐烦是一种心境，也是一种能力　｜　任万杰

056　就差那么一点点　｜　岑　嵘

057　什么是真正的朋友　｜　yimo

058　宠物随行，年轻人有了"新驴友"　｜　张子渊

060　时间正离我们远去　｜　哈特穆特·罗萨

061　记不住的日子　｜　肖复兴

062　发量暴增的秘诀　｜　麦香鸡块

063	从控制思维到赋能思维	程　驿
064	懂得赚钱的底层逻辑，比赚多少钱更重要	Juno
065	生活本身便是治愈	物道君
066	用兴趣赚钱	甘蓝蓝
068	《红楼梦》中的三位"旅行者"	张德斌
070	孙悟空的三种欲望	陈思呈
071	所谓厌倦，不过是你停止了成长	尼　采
072	闲时的遐想	弗·伊·克里别里
073	想赢得竞争，先学会反向思考	杰克唐
074	超市里的方盒子和圆瓶子	菲尔普
076	世上哪有那么多"性格不合"	老杨的猫头鹰
077	生命之河里的石头	米奇·阿尔博姆
078	做个优质普通人	李筱懿
079	对"出口成伤"，你可以选择不原谅	陈艳涛
080	在拿到第38388分之前，詹姆斯戒掉了曲奇	硬　币
082	像交朋友一样去花钱	闫　红
083	分享欲在哪里，爱就在哪里	李清浅
084	先调整心情，再处理事情	晚　君

第三章 创思维

085　选择的悖论　｜　[美] 戴维·迈尔斯
086　如何拥有强大的心力　｜　刘　润
088　为什么梦想不能当饭吃　｜　亮　叔
089　读书有什么用　｜　马未都
090　什么东西能带给人安全感　｜　田可乐
091　飞行员为什么拿高薪　｜　梁　捷
092　你拥有哪种时间观　｜　游识猷
093　两三元钱的东西包邮，商家不会赔吗　｜　孙惟微
094　没有门槛的事情，如何做到最好　｜　林特特
096　怎样的朋友才是真正的好朋友　｜　知乎答主
097　划　算　｜　子　沫
098　为什么很多有钱人一点也不快乐　｜　古　典
099　你竭尽全力了吗　｜　张泉灵
100　为什么越努力越焦虑　｜　田可乐
101　真正幽默的心灵　｜　余光中
102　为什么经济学家往前看，普通人往后看　｜　吴艳龙
103　为什么人们更喜欢买而不喜欢租　｜　崔　鹏
104　为什么有钱人还在不停地挣钱　｜　贝小戎
106　牛人都喜欢用逆向思维　｜　夏　蒙
107　多大的房子才够住　｜　贝小戎
108　为什么要熬夜　｜　Cy
110　如何面对生活的低谷期　｜　宏　桑

第四章 治愈力

111	快乐太少，是因为想得太多	林语堂
112	一个举动，她被160万网友评为"合格的大人"	辣炒猪排
113	远离"人家"	张 希
114	吃货奶奶的生活哲学	蔡昀恩
115	悲伤有理	江 丹
116	互联网时代的羊群效应	袁 越
117	颜色之源	胡菊人
118	峰终定律决定你的人生幸福感	孙惟微
119	我在深夜便利店掩盖寂寞	咖啡椰子猫
120	他在工地吃饭，1000多万人围观	肖 瑶
122	边界感是一个人成熟的标志	和菜头
123	一天的难处一天担当	周国平
124	幸福的饥饿感	周华诚
125	"焦虑"也有鄙视链	艾小羊
126	幸福不是心态而是脑态	游识猷
127	泡沫感	和菜头
128	落地窗，正在成为年轻北漂的租房愿望	Lily
130	在更广阔的世界"成为自己"	张 丰
131	舒适不等于快乐	岑 嵘
132	手机壳，年轻人的"第二面子"	苏晓青
134	贴现思维：思考未来是人生的起点	香 帅
135	天黑了，黑不掉所有的光	黄小平
136	不开心就做点好吃的	曾 颖
137	利不可独，谋不可众	哲学君
138	攒到人生第一笔10万元后我更焦虑了	小穆同学
139	真正的见识，不一定都是"新"的	陆高峰
140	放空成了奢侈品	杨 璐

第五章

时光轴

141　只扫今天的　|　周牧辰

142　请给哀伤一把椅子　|　雷爱民

143　顺应趋势未必能赢得未来　|　王煜全

144　定力，决定了你能走多远　|　董宇辉

146　很久不曾去旅行　|　和菜头

147　成长的代价　|　OdysseyEth

148　从大城市回老家摆摊的年轻人　|　吕　萌

150　背帆布包的女大佬们　|　毛　利

151　正当最好年龄　|　张曼娟

152　45分钟白天，45分钟黑夜：航天员陈冬揭秘太空生活
　　　　|　刘江浩　李　念

154　复杂世界里，你要拥有过好这一生的四种能力　|　季羡林

156　感情不是靠"懂事"维系　|　唐　婧

157　开心，不是生活必需品　|　艾小羊

158　最难的工作，安排在周几干最合适　|　此　木

160　羡慕别人的幸福是不幸福　|　卡耐基

161　自由就是不再寻求认可　|　曾　颖

162　人活着，要多一点"品相"　|　李思圆

163　保持好心情的几条锦囊妙计　|　李银河

164	无须成本的幸福	林少华
165	先完成，再完美	李筱懿
166	我们最大的痛苦，就是认为自己不该痛苦	陶瓷兔子
167	一半一半，就是圆满	佚　名
168	年轻人最新旅游方式：去农村吃大席	阿　联
170	一个家庭的"松弛感"，需要三次放下	李思圆
172	"00后"旅行新趋势	吴雨珊
174	爱的重要性	阿兰·德波顿
175	有些爱，不要问值不值得	田可乐
176	可怕的"标签"	岑　嵘
177	羞于说话之时	李修文
178	"学习博主"让人学会学习	谭宛宜　朱晓珂
179	够得着的幸福，才是你的	洞　见
180	别处的意义	[美]保罗·索鲁　译/张　芸
181	狮子未必能做到，但蚂蚁可以	任万杰
182	掌控感	岑　嵘

第六章 最榜样

- 183　质朴是美的必要条件　|　[俄]帕乌斯托夫斯基　译/戴　骢
- 184　小胜靠智，大胜靠德　|　洞见·念念
- 185　圣人所见，岂不远哉　|　洪　水
- 186　联结的需要　|　采　铜
- 187　无谓的比较：不要被思维的笼子框住　|　卫　蓝
- 188　盐焗鸡的故事　|　林惠聪
- 189　屏蔽力　|　石　兵
- 190　木头顺放　|　刘亮程
- 191　豆腐的哲学　|　刘琪瑞
- 192　惊奇元素　|　李南南
- 193　关于路　|　耿　脉
- 194　"白色的猴子"与隧道效应　|　卫　蓝
- 195　斗鸡博弈：最坏的结果是两败俱伤　|　张文成
- 196　速溶人生　|　郭华悦
- 197　平　衡　|　毕飞宇
- 197　新生与艺术家　|　柯博先生

第一章 成长志

渐入佳境

□ 晨曦

一次，东晋著名画家顾恺之作为桓温的参军，随桓温视察江陵驻军，有人送来当地特产——甘蔗。众人分食，都说这甘蔗真甜。只有顾恺之没说话，桓温细看，只见顾恺之是从甘蔗梢开始吃，而不是直接吃甘蔗最甜的中部，众人皆笑顾恺之愚钝。顾恺之却说，吃甘蔗从最甜的部分开始吃，越吃越没味，相反从不甜的地方开始吃，那是越吃越甜，这叫"渐入佳境"。

顾恺之吃甘蔗，很好地诠释了"苦尽甘来"。其实人生亦如此，不要抱怨年轻时吃苦，更不要在意他人的嘲笑，不吃苦，怎知甜的滋味？先苦后甜一定胜过先甜后苦。常言道，由俭入奢易，由奢入俭难，说的就是这两种味道变化的感觉。只有先苦后甜，才给人以渐入佳境之感。

我和考上清华的同桌各自的20年

二十多年前，我考上这所破败闭塞的乡镇中学，恰巧和学霸L做了同桌。后来，他考上县城高中，高考又以全县第一名的成绩上了清华，而我，上了当时对分数要求不高、遍地都是的中专。从此，我们分道扬镳，渐行渐远，再无交集。多年后，再次听到他的消息，我心里还是泛起了些许涟漪。

也许，在我们人生的每个阶段，都有一个我们认为活成了榜样和标杆的身边人，我的同桌L就是。出生在中产家庭，生活富足安稳。母亲是教师，知书达理。父亲是公务员，见多识广，工作体面。从小学到高中，他一直稳居年级第一，拿奖状拿到手软，是亲戚邻居赞不绝口的"别人家的孩子"。

高中毕业后，毫无悬念地考上中国顶尖学府，大街小巷悬挂着印有他名字的大红横幅。上大学期间，经常被母校请回去给挣扎在题海中的学弟学妹做报告，是母校的骄傲和励志标本。他在大学期间，总拿一等奖学金，并且保研成功，本硕连读。找了一个同班的学霸女朋友，感情深厚，比翼双飞。毕业后，顶着名校的光环就业不愁，进入赫赫有名的企业工作，薪资丰厚到让人咂舌。然后，顺利移民。他人生的每一步都那么丝滑完美，美好得像一个童话故事。

而我，中考发挥不佳，黯然神伤，去了一所对考分基本没要求的中专报到。读书期间，为了给我那贫寒的家庭减轻一点经济负担，我和室友骑着从市场上淘来的二手自行车开始满大街推销东西，急切地想挣够自己下学期的学费、生活费。

中专毕业后，我被分到了一个乡镇基层单位。在那蹉跎了几年的青春后，遭遇机构改革，我被"分流"了出去。说白了，就是下岗了。

毕业多年，L志得意满，光芒万丈，活成了爽剧男主。而我，贫穷卑微，诸事不顺，活成了落魄的"骆驼祥子"。

我一直苦苦思索是什么造成了我们命运的不同，回首往事，我试图从我俩的成长环境、生活经历中寻找蛛丝马迹。于是，就把他的二十年和我的二十年进行了一番对比。

当七岁的我晒得黝黑上树掏鸟、下河摸鱼野蛮生长时，他那当小学教师的妈妈已经对他进行学前教育了。所以，当我拿起铅笔头笨拙地写下数字"1"时，还没上学的他已经会做复杂的数学混合运算了，很早就显示出了善于学习的潜质。

他的母亲早就为他设计好了一条上名牌大学、在繁华都市安家立业的光明大道，而我那大字不识几个、土里刨食的父母对我的期待则很佛系。所以，他的母亲会为他数学只考了99分而扼腕叹息，而我的整天忙于生计的父母，甚至连我的成绩都很少关心和过问。

同样是走读，我每天要骑着家里那辆笨重无比的二八自行车往返16公里去上学，回到家，还要帮做手工活的父母敲钉子，组装家具。而他的母亲为他订了《中学生数理化》《英语园地》等课外书籍，让对知识如饥似渴在学校"吃不饱"的他回家"加餐"。所以，当我的英语成绩总在及格线徘徊时，他却获得了全国英语竞赛一等奖，轰动了全校。他是那所简陋的乡村中学的传奇，是我不敢正视的光芒万丈的太阳。

渺小的我坐在他的旁边，看着初中毕业，他以一骑绝尘的分数考上了县城高中。那时，"陪读"还没有像现在成为普遍现象，他的母亲就去他就读的高中附近租了一间房子，专职陪读。每天他下了晚自习回家，洗脚水已经兑好，苹果削好，牛奶热好，他只要补充营养，全身心投入学习就是了。

高中三年后，他又毫无悬念地考上了清华大学，众望所归。他的大幅照片被印在学校的宣传栏里，他的名字被全县的人热议着。我毫不嫉妒，只有羡慕的份。我对别人说，他是我中学同桌，别人半信半疑。

然后，风光无限的他在亲朋的前呼后拥下，去了那所全中国的学子梦寐以求的大学读书。他像一个传奇一样在同学圈里被一次次提及。彼时，我去读了中专，迷茫焦虑，感觉每天都在虚度光阴。毕业后，进了基层单位，以为日子就此安稳，即使稳定地穷着，我也认了。却遭遇下岗分流，年近而立，命运给了我迎头痛击。而他，因为成绩优异，本硕连读了。这么一对比，我发现命运似乎早已埋下了伏笔。

进入顶尖高校，他因为生活自理能力太差、学业压力过重和心理落差过大，精神一度陷入抑郁，被迫休学半年，大好前程差点毁于一旦。一时间，家乡小城流言四起，他闭门不出，承受了很大压力。

我的孩子五岁时，已近而立之年的他才在老家县城最豪华的饭店举行了婚礼。依靠父母在北京不知几环外买了房子，京城之大，居之不易，买房时，他那当小学教师的妈妈把大半辈子的积蓄都拿出来了，还差一大截，愁得老泪纵横。儿子移民后，父母逐渐老去，几年都见不到儿子一面，生病住院都无人陪伴，孤苦伶仃，后悔儿子飞得太高离得太远。我们只看到人前的风光，却没人看到人后洒下的心酸泪滴——这是关于他的故事，我后来才知道的部分。

说说我吧。生活还要继续，下岗后的我没时间矫情，背起行囊出门另谋出路。先是住在各色人等混杂、房租低廉的城中村，在一家小公司做了一名入职门槛最低的销售，领着400元的底薪。每天拿着宣传单，在人海中战战兢兢，遭受白眼、拒绝和嘲讽。只觉得眼前大雾弥漫，看不到未来，一天天苦熬着。

好在我能吃苦，读书不怎样的我其实脑瓜并不笨，不知道什么时候，熬着熬着，就柳暗花明了，走着走着，天就亮了。这么多年的坚持与隐忍让幸运之神终于眷顾我，我赶上了行业风口，不啃老的我完全依靠自己的能力实现升职加薪，买房买车了，在这座城市扎下了根。

这就是我和考上清华的同桌L各自的20年。每个人都有属于自己的时区和花期，没有谁比谁更好，没有哪种人生更成功。生命，只要不辜负，就好。

难走的路，从不拥挤

刘润

我非常喜欢的一句话是"难走的路，从不拥挤"。这些年在做咨询的过程中，我看过许多企业的兴起和衰落。总结起来就是：业务简单的企业，即使借着机遇站到了风口，大概率也会因为风口期的消失纷纷跌落回原地。而辛勤耕耘、一直在做困难的事的人，一旦等来机会，就会像鹰一样开始突围。这些现象让我对以上这句话又有了更深的体悟。

什么叫"简单的事"？举个例子，高考是件简单的事，还是件困难的事？在我看来，高考是件简单的事。通常，高考满分是750分，一般来说，发挥正常的话，拿400分左右不会特别困难。你只要比别人勤奋一点，就能拿500分以上。很多人不需要经过太多努力，就能在高考中拿到不错的分数，因此，高考就叫作简单的事。但是，这些简单的事一旦进入真正的比拼环节，拼的都是后半段。可能一个班里，有80%的人，高考成绩可以上500分，但是只有10%的人可以考到600分以上。跨过600分这条线以后，如果想要提高到610分、615分……你会发现每提高一分都很困难。

同样，在商业世界里，什么是简单的事呢？例如，今天去某个地方进一批货，明天到另外一个地方把它卖掉，这就是商业世界里简单的事。你只要找到一个性价比高，而且很少人知道的货源，就可以赚到中间的差价。用这种方法，或许赚不了太多的钱，但是这个过程会给你一种感觉——原来做生意并不难。因为这类事极其简单，一定会吸引很多人不断地加入。所以简单的事情做到一定程度，想要提升就变得非常困难。

我们还有一种选择，就是先做困难的事。例如，研发一款能够精准识别人脸的摄像头，这件事听上去就非常难，但是一旦做出来，你会发现市场上没有几个竞争对手。因为特别难的事，大家都不愿意出手，只要迈过了这一步，后面就可以非常轻松地占据很好的市场。做困难的事还有一个好处。因为进入这个领域的人非常少，所以初期你可以沉下心来研究和尝试，你只要专注地把这件事做成，后面的一切就会变得非常简单。

如果你要创业，不管你是选择做简单的事，还是选择做困难的事，都需要首先分辨这两种事情之间巨大的差别。如果是我，会选择做困难的事情。因为所有难的事情都会越来越简单，而简单的事情都会越来越难。

那么哪些事才算得上难呢？拿社会必修课——建立人脉来说，不要觉得递一张名片就是建立人脉。只有你积累了相当长时间的能量，这些同样有能量的人才会成为你

的人脉。再比如，投资也是件特别难的事。试想一下，如果你只有2000块钱，投一个年化收益率为5%的产品，一年能赚多少钱？可能你会觉得这个收益都不配打开电脑操作。其实，你之所以觉得这样的投资没什么意义，是因为早期的基础工作——本金积累没有做完。如果你想在投资上获得成就，最好先把投资要获得收益的本金积累起来，这本身就是件特别难的事。

巴菲特曾提出著名的"护城河理论"，意思是只有建立自己的壁垒，才能保证对手打不进来。在商业世界中，成败的关键要看是否建立了属于自己的壁垒。如果没有护城河，就会像那些速成速朽的公司一样，风吹时起，风停时落。对个人成长而言，做难的事，就是在挖掘那条很难被逾越的护城河。"难做的事"需要我们想尽一切办法去努力积累，一旦达到一定程度，就有机会迎来爆发。

不替自己诉苦

2022年，电视剧《人世间》在播出后备受好评，引发了全民阅读该剧原著小说的热潮。凭借《人世间》，梁晓声不仅获得了第十届茅盾文学奖，还当选本年度文化人物。

梁晓声的四弟曾经说过：没有大哥，就没有《人世间》，是大哥的苦难，梁家的苦难，成就了《人世间》。于是，媒体记者对梁晓声的采访，总是离不开"苦难与人的关系"的话题讨论。

关于"苦难"的话题谈论的次数多了，也有了质疑的声音。一次，一个采访者问梁晓声："把自己的苦难讲成动听的文学故事，把文学当作诉苦的工具，是不是一部分作家的通病？"

梁晓声沉默了数秒，严肃地说："我一向慎用'苦难'二字，就如我青少年时期经历过那些贫困与无助，不能构成我理解中的苦难，那只是人生经历的一些磨砺。我觉得贫困与苦难，词意相当不同。对比失去了自由甚至生命的人们，轻言苦难只是一种自我想象，更是一种愚昧。文学不是把寻常生活中大家都经受的不中意的状态，夸大描摹成苦难，那是对'苦难'两个字的贬化。文学也不是替自己诉苦的工具，要诉苦也是替别人。作为一个作家，在这一点上不能超越自己的话，那他也只是一个写故事的人。"

作家不只是一个写苦难故事的人，而是有着某种具体的有力感的精神思想传导者，这才是作家存在的意义和价值。在梁晓声的眼里，文学就像是一条动态河流，他更在乎它是否影响世道人心。

情绪稳定是一个人最了不起的能力

佚名

世界瞬息万变，而人类又是环境的产物。以新方式看待以往概念，能让生活中处处都是智慧。即使是微不足道的习惯，也可能潜藏着心理契机。

蔡格尼克记忆效应：未完成的事，总是让人念念不忘。20世纪20年代，德国心理学家蔡格尼克，通过一项记忆实验发现了这种心理现象。她让参与者做22件事，但是其中有些在完成前就会被打断。之后让参与者回忆自己所做的事，结果更多的人想起的是那些未完成的事情。这主要是因为未完成的事，所引起的心理紧张系统还没有得到解除，所以人们会对此耿耿于怀。很多人有与生俱来的完成欲，对尚未处理完的事，会有较强的意愿和动机去继续完成。要做的事一日不完结，则一日不得解脱。

出丑效应：优秀而又带有小缺点的人，竟是最讨喜的。一位非常优秀的成功人士，在接受主持人采访时有些羞涩。当主持人向观众介绍他所取得的成就时，他甚至紧张到将桌上的咖啡杯碰倒，洒了主持人一裤子。而在事后的问卷调查中，大家却纷纷表示对这位成功人士存在好感。精明的人无意中犯点小错误，反而使人觉得他和别人一样会犯错，让人更加喜爱他。

定式效应：人们对事物的认识，局限于既有的信息和思维模式。人们在认知活动中习惯用已有的知识经验，来看待当前的问题。也会因为在固定的环境中工作和生活，久而久之形成一种固定的思维模式，习惯于从固定的角度来观察、思考和接受事物。能够把人限制住的，只有人自己。只要跳出当前的思维模式，一定能够找到前行的道路。

肥皂水效应：伴随着赞美的批评，更容易被人所接受。刮胡子之前涂肥皂水，刮起胡子来便不觉得痛。这就是肥皂水效应，将批评夹在赞美中，从而减少批评的负面效应，使被批评者愉快地接受对自己的批评。

布利丹效应：果断抉择很重要。所谓布利丹效应，是说有些人在面临选择时优柔寡断，耗费了大量的时间，白白错失了最佳时机。哈佛大学教授马特勒做过一项研究，证实让人变困顿的原因，排在第一位的就是"犹豫不决"。一个摇摆不定的人，不管其他方面多强大，总是容易被坚定地甩到后边。也许我们都有选择困难的时刻吧。很多事情根本没有唯一正确的选择，尝试就是进步最大的推力。你要相信，无论怎样选择，只要坚定不移地去执行，结果都不会太差。

人生路上，我们遇到的最大的敌人，就是自己的坏情绪。而一个人最了不起的能力，就是情绪稳定。

成全孩子的成就感

上个学期放假前夕,她们要把所有物品搬到一间教室里,为这个学期换宿舍做准备。其他物品她都妥妥地搞定了,只有一张床垫,让她头痛了整整两天。那是一张乳胶床垫,有四十斤重,桔子面对的挑战是要把这玩意儿搬下五楼。

最开始,她对搬床垫这件事情采取消极逃避的态度。她希望这玩意儿凭空消失,先后打过丢掉、送保洁阿姨、让我想办法扛走等主意,看我不搭理,只有硬着头皮上,最后把床垫从床上弄下来,塞进了一个奇大无比的行李袋。经过讨价还价,她出了10元钱,男同桌吭哧吭哧帮她把床垫搬到了指定位置。

目睹男同桌的搬运过程,她觉得事情并没有想象的难,第二天主动帮一个弱小的女同学搞定了她的床垫,两个小个子女生把四十多斤的巨无霸塞进了袋子,连拉带拽弄下了五楼,然后和师姐们抢推车,一路张牙舞爪大喊大叫有惊无险地拉到了目的地。

事后她跟我描述这个过程时,说搬床垫太过瘾了,以为自己做不到结果发现自己能做到,这种感觉太过瘾了。

大约是在"搬床垫"这场"额外的考试"中及了格,在这学期开学前浩浩荡荡的搬宿舍运动中,她彻底抛弃了依赖心理。

那天我去食堂谈一件事情,食堂就在她们宿舍旁边。谈完事情后,我想看看她的床铺弄得怎么样了,就去了她们宿舍,她没在宿舍里,据说帮别人搬东西去了,她的东西都收拾好了,只是床垫最外面的布套,她没有套。我打她手机,问要不要帮忙套上,她在那边反应激烈:"不要不要!妈妈,你赶快走!妈妈,你离开我的宿舍!这张床我好不容易才搞好!如果你帮了我,就破坏了我的成就感!"

我立即起身,灰溜溜地离开了。

上个学期她对我非常依赖。这个学期,感觉她忽然变独立了,住校后就像一条鱼游进了大海,泡都不冒一个。上学期,她向我诉说的,全是她个人的琐事和烦恼。这学期,这些内容不知不觉消退了,取而代之的,是管理上的麻烦和困惑。

她被同学们选为班长。我一度觉得她不行。她也一度觉得自己不行。因为管纪律,她不止一次被气哭。有一次,很多人反对她,中午她坐在空荡荡的教室里哭着给我打电话,诉说心里的失望和委屈,我以为她会撂挑子,没想到她说:"妈妈,我也就是跟你倾诉一下,我能忍,他们背地里说什么我都不在乎,就算没有一个朋友,我也能活下去,该管的还是要管。"

小学三年级的时候,我不再检查她的作业,让她享受到了自主学习的成就感。

那天,我没有为她的床垫套上难套的布套,让她享受到了自己料理生活的成就感。我没有挡掉那些风雨,让她看到原来她比自己想象的更坚强。

我在她身上看到一种青春期孩子的渴望——渴望我们的付出,不要破坏他们的成就感。如果我们这些父母,把成长的成就感,都留给孩子去品尝,养育将会轻松得多,成长也会变得有趣。

你的一生,都是你努力的结果,我没有帮上什么忙。

我喜欢这个表述——我没有帮上什么忙。

最好的梅西，值得这一切

2022卡塔尔世界杯终于落幕，梅西所在的阿根廷队拿下了那座梦寐以求的大力神杯。在全球数十亿观众面前，这个35岁的天才球员深深亲吻了那座金奖杯。

这是个完美的故事，一座大力神杯，梅西等待了16年，阿根廷则等待了36年，卡塔尔世界杯为他们写下了最好的结局。这也是梅西的最后一届世界杯。

如今，梅西与阿根廷终于圆梦，在阿根廷，布宜诺斯艾利斯的方尖碑广场聚满了浩荡的人群，欢呼、尖叫、拥抱。这仅仅是南部世界的一角，梅西的"last dance"（最后一舞），在全球各地将"梅西效应"发挥到了极致。

获得这些喜爱、关注以及无与伦比的价值，只因他是梅西。凭借出色的足球技术，梅西共获得了6次金球奖、6次世界足球先生、2次欧足联年度最佳球员、6次欧洲金靴、8次西甲金靴等诸多荣誉。他是世界上最优秀的球员之一。

这也是一场万众瞩目的决战，注定会创造多项纪录。梅西在比赛中登场，他就创造了新的世界杯决赛阶段最多出场次数纪录（26次）；上场24分钟，他超越了马尔蒂尼2217分钟的世界杯决赛阶段出场最长时间纪录；阿根廷的第二个进球，他送出了助攻，他已经将"球王"贝利甩在身后，独享世界杯淘汰赛最多助攻纪录（6次）。如今，阿根廷队获胜，梅西也追平了克洛泽世界杯决赛阶段最多胜场（17场）的纪录。

更重要的是，世界杯对一个球员的商业价值举足轻重，梅西写下了新的纪录，也在自己职业生涯的尾声，将商业价值推到了新的顶峰。

直到今天，35岁的梅西依旧是世界上商业价值最高的球员之一。人们不禁发问，为什么梅西的故事和价值永不凋零？也许，是因为从一开始，梅西的命运里就有悲剧色彩的加注。9岁那年，父母带他去内分泌诊所，发现他患有生长激素缺乏症，这种病的发病率是1/20000，如果不及时治疗，梅西的身高很可能止于1.4米。

命运对这个腼腆的孩子并不公平，但他平静地接受了这个事实。当时为梅西治疗的医生说："这个孩子很平静地对待自己的病，检查中一直很配合，包括最艰难的那些。"2000年，为了让梅西接受更好的治疗，梅西的父母带着他离开了家乡阿根廷，到了西班牙寻找机会。也是在这里，梅西获得了巴萨技术总监沙利·雷克萨奇的青睐，他在一间小酒吧里，借着一张餐巾纸，用圆珠笔草草写下了与梅西的合同。

梅西从小就展露出过人的足球天赋，他的父亲记得，梅西4岁就能让足球乖乖躺在自己的球鞋上，5岁，就在街区疯狂射门，直到被邻居投诉动静太大，才愿意回家。但他的身上又有一种天才与生俱来的悲情色彩，身为天才，但命运又差一点让他成为一事无成的人，在偏爱与残忍之间，梅西始终在抗衡，用他脚下的足球抗衡——这种不接受命运，不服输的精神是商业世界里，诸多品牌选中他的原因。

他将足球视作自己的一切，至少他能左右足球的方向。因为必须有人在巴萨照顾梅西的起居，所以父母被迫分居异国，年仅14岁的梅西就已经将家族重担扛在了自己的肩上。彼时俱乐部的助教滕卡特还记得，每次训练结束，别人都走了，只有梅西会问还能不能再踢几个任意球。"有的球员你得时刻敦促他，让他积极点。但对梅西，你得在他的脖子上套根绳子把他拉回来。"滕卡特说。

在长年累月的练习中，梅西变得沉默且坚韧。他的不善言辞与中肯，直到今天还保留着。2006年，梅西第一次为阿根廷国家队出场，但他难以融入球队，大部分人都知道，这个叫梅西的球员很腼腆，很少和队友、教练组说话。当时球队在马德里集训，阿根廷教练为了营造好的团队气氛，组织全队去吃烤肉——这是阿根廷人最常见的社交方式——但全程梅西甚至没有主动开口要过任何东西，哪怕一根香肠。他始终保持绝对沉默。

梅西并不懂得遵守阿根廷足球世界里那些或明或暗的规则，也不明白队内等级制度的重要性。在圣诞节期间，所有阿根廷队员按照惯例，会在归家前去拜访国家队主教练，只有梅西，当时阿根廷足协的官员想确定他到底在何处都成了问题。但年轻的梅西并非叛逆与拥有反骨，而是拥有完整的纯粹。这种纯粹曾经让他在阿根廷球队中多次处于尴尬的境地，也让他发挥出了自己最大的能力。

很快，梅西迎来了他的第一次世界杯舞台，他在第74分钟作为马克西·罗德里格斯的替补球员出场，当时在看台上，球迷们做起了人浪传递，"他是阿根廷人，他是梅塞亚"。马拉多纳甚至和场下的球迷一起，张开双臂，为梅西喜悦和尖叫。这个不到20岁的男孩当时还留着一头长发，脸红红的，看起来懵懂又青涩，一上场，却彻底打破了足球场上的所有节奏。他像一条灵活的、不知疲倦的鲇鱼，游走于禁区和底线之间，不断加速、再加速，直至让整个看台陷入激烈的疯狂——梅西创造了一射一传的成绩。

在后来的故事里，这样的成绩对巨星梅西来说，已经是常态，但阿根廷人不会忘记小将梅西带给他们的震撼与冲击。在梅西之前，阿根廷无比渴望一位能够与马拉多纳比肩的现象级球员出现，再度复制1986年的辉煌时刻。那一年，马拉多纳横空出世，用"上帝之手"打败英国，帮助阿根廷拿下世界杯冠军。那次胜利已经超越了足球的含义，1982年，阿根廷刚刚在马岛战争中输给了英国，足球运动的胜利，消弭了阿根廷人战争失利与现实失败的痛苦。直到梅西出现，阿根廷人又将这种想象加诸他的身上。如今的阿根廷，再度面临严重的经济危机，世界杯之前，阿根廷劳工部长奥尔莫斯甚至在接受媒体采访时表示，解决通货膨胀高达100%的问题可以等待，因为这个国家的首要任务是赢下世界杯冠军。这也是梅西多年的遗憾之一，尽管多种荣誉加身，却没有一座真正属于阿根廷的奖杯——这也是他命运里悲情的某种延续。阿根廷人对梅西的情感是复杂的，他们希望梅西能像马拉多纳那样，再创一个阿根廷奇迹，但梅西的国家队经历远没有俱乐部生涯出彩，梅西的性格，也并不是那种惯常的个人英雄主义，他总是低调谦和。

当一个天才，用16年努力圆梦，命运终究没有亏待他。生于阿根廷，为阿根廷而战，梅西的个人命运与阿根廷紧紧勾连，他的命运，也已经是阿根廷最好的注解。即便是离开国家的视角，我们每一个人，也都希望梅西赢。我们希望天才球员能穿越痛苦，希望努力、谦逊能有所回报，希望美好的事情可以发生。

"刮大白"的世界冠军

杨雪

刮完最后一笔，马宏达往后退了一步，注视着自己的作品。红白蓝三色的间隔平滑、细腻，小鸽子灵动可爱，羽毛轻盈，像是飘浮在空中，而这一切都是用石膏完成的。周围有人轻轻鼓掌，哨声响起，比赛结束。这是法国当地时间2022年10月23日，波尔多第46届世界技能大赛特别赛（以下简称"世技赛"）的比赛现场。历经4天、5个模块的鏖战，最终来自浙江温州的22岁的马宏达，获得世技赛抹灰与隔墙系统项目冠军。在这个堪称世界技能奥林匹克的比赛上，中国实现了该项目金牌零的突破。

最重要的作品

法国时间2022年10月23日下午，马宏达开始雕塑他人生截至目前最重要的一个作品。他身边摆着100多件共计约700斤的工具，身侧有五种石膏板材料。在4天的时间里，世技赛抹灰与隔墙系统项目的竞赛一一展开。教练徐震解释，世技赛抹灰与隔墙系统项目有五个模块。

第一个是用龙骨做骨架，封石膏板，形成隔墙系统。"比如这次比赛，相当于2天要做个小建筑，有窗有门有天花板。"第二个项目是和第一个同步进行的，叫墙体功能性，"就是给墙体更多功能，比如加入更多隔音棉，起隔音保温隔热的作用等。"被大众认识更广泛的是第三个项目，"抹灰"，类似于俗称的"刮大白"，属于"泥瓦工"的范畴。这个项目要求选手在原有墙体的接缝处进行填补，保护阳角、加固阴角等，边角都要挺直。"国内一般先是刮大白，刮腻子，然后是打磨平滑。我们厉害的地方是不打磨，一把抹子纯手工做出来，要求表面光滑白净，从侧面看透亮，即所谓的'镜面效果'。"第四个项目是石膏线条装饰，比拼速度和精度，算是"竞速模块"。最后一个也是最有看头的模块，是"自由创意"，一面白墙干干净净，等待选手用石膏技术进行设计和装饰。挑战在最后一个模块突然到来——波尔多湿润的空气让抹了底层的墙体干燥速度变慢，马宏达用石膏雕琢的鸽子掉在地上，摔成四瓣。沙漏仍在流淌，没有时间等待他再来一次。马宏达捡起碎了的鸽子，从工具堆里翻出502胶水，小心翼翼地粘上。比赛结束的哨声响起前一秒，他完成了自己的作品：宽2.3米、高2.1米的墙面上，红色的埃菲尔铁塔头顶蓝天白云，托起了一支轻盈的、纤毫毕现的和平鸽羽毛。对东道主的致敬与对和平的希冀，被马宏达以石膏浮雕的形式细腻地展现出来。

进入选拔队

在成为世技赛选手之前,少年马宏达选择当技师,只是为了学个手艺将来有碗饭吃。他在浙江温州的一家木门工厂里长大。当工人的爸爸每天都很忙,常常没时间理会他。他在木板和刨花之间奔跑玩耍,自得其乐。废木料可以做成一把粗糙的"枪",拿一把螺丝刀安装一张床是很值得提起的战绩。但除此以外,他并不觉得自己有什么格外突出的天赋。初中毕业,浙江建设技师学院正在招生,成绩平平的马宏达无意间看到招生简章,"那就这个吧。"中考没参加,马宏达度过了人生中最长的一个暑假。四个月里,他跟着父亲上工地干活,彼时马父已经出来单干,在杭州开了一个卖木门的小店。平日里有了生意,马宏达会去工地上帮父亲提前组装包门框的框架。"那时候也不觉得特别累,活儿看着也都很简单,我看一眼就学得会。"马宏达感觉找到了自己擅长的事情,父亲安门的时候也要安锁,父子俩合作,父亲打了洞,他就很快把锁塞进去捣鼓好,"速度特别快,感觉我是有点天赋的。"

2017年,马宏达读中技二年级,学校公众号发文说,有两名学生将代表中国参加世技赛。过了一段时间,老师到班里挑选后续参赛队员,马宏达迅速报了名。200多人报名,第一轮计算考完后,剩下70多人。第二轮考实操,砌墙,马宏达刚砌了两块砖,老师说:"好了,下去吧,你过了。""一般人都要砌6块的,我2块就过了。"他很开心。

在徐震看来,把一名队员从零开始培养到"国手",技术不是最要紧的部分,"听不听指挥,有没有执行力,做事情动不动脑子,这些都有,他们才有往高处走的基础。"

肯吃苦

右手张开,马宏达掌心泛红略微黝黑。周边的茧子一层层,让掌心反而显得平滑,掌纹越发清晰。"我刚进队的时候水泡破了又长,慢慢就全是茧子了。"2017年夏天,一群少年在学校一个小小的房间里没日没夜地训练,无名指和小指下方的掌突处,还有右手虎口的地方,最容易磨出水泡。但马宏达不觉得苦,因为身边的同伴都这样。马宏达肯吃苦。几乎所有的竞技比赛,都需要大量的基础练习。因为有师兄们带着一步一步走,他的进步很快,旁人看来乏味枯燥的训练,在马宏达这里都成了趣味和成就感。也不是没有难题和迷茫。进入第46届世技赛集训队后,马宏达一遇到解决不了的问题就开始钻牛角尖,白天练晚上练,直到他搞定为止。

夺冠的意义

世界技能大赛是最高层级的世界性职业技能赛事,被誉为"世界技能奥林匹克"。在世技赛中国专家组组长张守生看来,马宏达等年轻选手代表中国参赛,在世界级的舞台上展现实力并获取成绩,意义重大。"这些年技术人才的断代很严重,我们现在其实是很缺技术人才的。"作为行内资深人士,张守生发现,常见的情况是上一辈做了技术工人,就会努力让下一辈不要去做,"刻板印象是太脏太累还挣不到钱,这也让一些绝活绝技失传。"捧回奖牌的年轻人们,开始慢慢改变这一切。"刮大白"也能拿世界冠军,除了让人感到新鲜,也提升着整个行业的公众印象。"技术工人不仅能有技术,还能有体面。这是最好的宣传。"张守生说,近年来,技工人员的收入一直在涨,技师人才的招生和技能培养发展日益向好,"从孩子们报名都看得出来,以前一所学校世技赛报名十几二十个,现在报名能有1000多人。孩子和家长的想法都在转变,世技赛是在改变大家对技能人才的看法。"

新一代的工匠们,在成长。

如果你觉得辛苦，就看看这几处"景点"

你知道什么叫"极限通勤"吗？前段时间，家住上海金山区朱泾镇的金小姐，发帖说自己在杨浦区某公司上班，通勤距离单程就是100公里。

她每天早上5点半起床，坐一个半小时的公交车后，再换乘地铁，到站后再坐班车到公司所在园区上班，单程需要3小时15分钟。

而评论区像金小姐这样每天需要"极限通勤"的人，并不在少数。

有数据统计，在中国，有超1400万人正在忍受单程超过60分钟的极端通勤。

UP主@在下小苏就曾体验了一把极限通勤的日常。

凌晨4点26分，天才蒙蒙亮，睡眼惺忪的小苏不得不赶紧从床上爬起来。

简单洗漱后，凌晨5点，她来到进京打工人每天跨城通勤的起点——燕郊。

5点10分，进城的公交车站前早已排起了长长的队伍。

这样每天四五个小时往返的生活，有人已经坚持了快十年。

上车之后，几乎所有人都在补觉，历经1小时10分钟的车程，公交车终于到达了北京的大北窑南站。

然而，这才是大多数人在北京通勤的起点。

接下来，他们要乘坐大概一个小时的地铁去往上班的公司。

很多人不理解，为什么他们不换一份工作呢，非要来回辛苦奔波？

如果可以，谁不想找一份离家近的工作，轻松又惬意地活着？

芸芸众生，各有各的苦衷。

或许为了多赚点钱，或许因为市内房租昂贵，或许要陪家人，他们不得不选择了这种极端又疲惫的方式。

哪个努力生活的成年人，没吃过上班的苦，没受过工作的委屈呢？

博主@李娃娃发布过一条视频，展现了杭州凌晨的真实景象。

深夜12点，CBD的写字楼依然灯火通明，两个年轻女孩刚刚加完班，疲惫地走出电梯；凌晨1点，楼下的小吃摊还在等待每一个忙到凌晨的人；凌晨2点，建筑工人开始上班，因为有些活只能晚上来干；凌晨4点，杭州下起了暴雨，批发市场的保安开始上班，搬运工人开始卸货，一切照常。

放眼望去，没有一份工作是不辛苦的。每个人都不敢停歇，不敢哭泣，不敢抱怨，从深夜到黎明。每个人都有自己的路要走，都在以自己的方式努力生活。

2

前段时间,一段街头三分钟采访视频,让一位21岁的单亲妈妈火遍了全网。

这位单亲妈妈来自安徽安庆,镜头前的她,笑容灿烂。

但她的经历,令很多人潸然泪下。

18岁那年,丈夫因为车祸不幸去世,这时女儿还只有五六个月大。

婆婆拿到赔偿金后,却狠心把她们娘俩赶出了家门。为了养活自己和女儿,在辗转尝试了很多份工作之后,她选择当了一名外卖骑手。

原因也很简单——可以随时带着孩子。

在安庆,很多人都看到过她骑着电动车,背着小小的婴儿,穿梭于各个商务楼和住宅楼的身影。

记者有些不忍:"那要是遇到没有电梯、需要爬楼怎么办?"她笑了笑说:"年轻人不爬楼谁爬楼啊!现在不吃苦什么时候吃?"

难以想象,一位21岁的单亲妈妈,明明自己还是孩子,却用弱小的臂膀扛起了自己的孩子。

尽管生活艰难,她的脸上始终笑如春风,眼睛亮闪闪的,对未来充满希冀。

"以后想买个小房子,小小的就行,能和女儿住一起就行。"

面对网友的鼓励和支持,她也乐观地回应:"保护女儿一日三餐,就是我最幸福的生活。"

是啊!生活再艰辛,工作再不易,也总有家人温暖,让你觉得人间值得。

一名中年男子周末在外兼职,下班后特意给女儿带回了她最爱吃的菠萝,女儿看到后,开心得直转圈。

即使工作再辛苦、再疲惫,只要回到家里,看到家人笑脸,便是人间幸福。

广西北海,一对小夫妻奋斗五年终于拥有了一套属于自己的房子;妻子一遍遍摩挲着房产证,含泪坐在新房里久久不愿离开。

还有这位22岁的外卖小哥,每天早出晚归,努力攒钱,给父母在老家买了一套房子。

他还特意给家里买了电脑、安装了无线网,只为了每天都能和家里的聋哑老母亲打视频电话。谈起家人,小伙子始终目光坚定,"一切都有我呢!"

看完不禁泪目。

有人问努力工作的意义是什么。

我想,目的不在于大富大贵,而是在于能够保护好身边的家人,一起去看想看的风景,过想要的幸福生活。

人生有时真的很残酷,就像在流沙里奔跑,任何一点风吹草动,都足以击垮我们的沙城。

但人生又很美好,只要坚持往前走,不回头、不放弃,冰封万里也能走到春暖花开。

与其自怨自艾、消极面对工作,不如好好修炼一副"铜皮铁骨",努力活成自己想要的样子。

人生的确充满艰难险阻,但回荡不息的主旋律,是不期而遇的温暖和生生不息的希望。

你所有吃过的苦、流过的汗,都将是自己的生活底气,家人的幸福安稳的条件。

选择辛苦的那条路

在每天的生活中遇到的每道选择题，我都觉得选更辛苦的那件事做较好。

那个女孩大约二十五岁，她一个人在世界各地旅行，是个背包客。

我是偶然遇见她的。在异乡遇到同胞，分外亲切，我们就聊了几句。

一聊之下才知道她看过我的书，也很清楚我年轻时曾去流浪旅行的事情，或许是这使她觉得亲切，她问了我一个问题："有很多事情令我苦恼不堪，有时候我不知道这条路和那条路到底该选哪一条前进才好。像这种时候，松浦先生会怎么做选择呢？"

一个人长时间旅行，就意味着要面对一连串的选择。

要决定今天是出发去下个城市，还是留在原来的城市；要决定去下个目的地是搭巴士还是搭电车；要决定是否和与自己搭话的人一起用餐，或者坚决说不……的确，不抉择就没办法继续旅行。不过我想她要问的应该不是旅行，而是人生的问题，于是我这么回答她："如果是我面对这条路和那条路两个选项，我会选辛苦的那条路走。"

迟疑的时候，烦恼的时候，原因大都相差无几。我想不是因为没有自信，就是一时胆怯，或一心想逃避。这种时候，两条路比起来，如果选择轻松的那条路走，打一开始自己的"认真程度"就打了折扣，反而容易埋下失败的种子。

而如果选择困难的那条路走，无论结果是成功还是失败，都是完成了一次挑战，对自己都是一种历练。"虽然很辛苦，但我会试试看"，倘若一开始就有这个决心，自己行动的动机也会因此不同。况且，要说有一方比较困难一方比较轻松，其实两者的差别并没有自己想象的那么大。

轻松的路和困难的路，事实上差距并不大，但选困难的路走，就算失败也成就了一次挑战。既然如此，我想不如把这当成自己的人生原则，立下"迟疑的时候就挑困难的路走"的行事准则。

听了我的话，她不住微微点头，回答说她也是这么想的，然后摆出一脸若有所思的表情。

后来我们互道一声"一路顺风"，就此分别了。

选择困难的路走，这个原则不仅限于旅行或是面对人生的岔路口、重大挑战的时候，在每天的生活中遇到的每道选择题，像"今天是拖地好，还是搭电车去扫墓"，我都觉得选更辛苦的那件事做较好。

因为不管做的是小小的家事还是琐碎的工作，在完成一件辛苦的事情时你所获得的满足感都是崇高且巨大的。

你有"红绿灯思维"吗

大学时,我加入了一个感兴趣的创作小组。每周,大家都会选定一个主题,各自围绕它编写不同的故事,然后坐在一起"头脑风暴"。每个人轮流发言,讲述自己的故事创意和人物设定,然后所有人一起讨论交流。

一段时间后,我发现自己居然有点儿不适应这样的氛围,因为每当我鼓起勇气站起来读完自己创作的故事后,总会收到几个否定或者质疑的反馈,然后我的脸上立刻布满乌云,字字句句地反驳对方。

一次活动结束后,我被老师留下,他笑着对我说:"你有没有发现,你每次总是带着一盏红灯来参加活动?""什么红灯?"我不解地问。"每次别人点评你的故事,只要发表略有不同或相反的观点,你就立马对他亮起一盏红灯,表示出拒绝或者排斥,迫使对方尽快停下来。"他回忆似的轻轻说了出来。

我听着老师的话,猛然想起前几次的经历,确实如他所说,我顿时羞红了脸。"这不能怪你,我只是想告诉你,其实,每个人的脑袋里都有一盏红灯和一盏绿灯。而依据心理学,当听到外界不同的声音时,人们的本能反应都是迅速开启思维上的红灯,排斥或拒绝不同的意见,以此来阻挡对方的观点入侵。就像你走在马路上,远远看到交通灯变红的时候,就会立刻提高警惕,停下脚步。"我一边听老师说,一边回想自己的习惯,是的,我的确是这样的。

看着我点点头,老师继续说了下去:"这其实是一种自我意识的习惯性防卫,也被叫作红灯思维。你看,当你每次对别人亮起红灯的时候,你们的观点都没有得到充分的讨论,最后只能不欢而散。久而久之,一旦遇到与我们的思维不同的东西,大脑就会马上调取自己的认知或者经验,证明别人是错的,人们也会变得越来越难以接受新鲜事物,固执己见。你说这是不是很可怕?"

"那怎么样才可以打开绿灯呢?"我好奇地问。老师笑了笑,说:"听到否定自己观点的话,不要急着对别人亮起红灯,先认真听听对方的观点是否具有合理性或者可以吸收的地方,然后把这些有意义的部分放在你原来的故事里,看能不能把故事变得更好,更有价值。这时候,奇妙的绿灯就会在不经意间打开,并且闪闪发光。你去试试就知道了。"老师鼓励地望向我。

周五晚上,我又分享了新写的文章,依然得到了几个不算赞许的评价。正当我又要反驳的时候,胸口好像亮起一盏温柔的灯,它提醒我不要着急,于是我静下心,沉住气,第一次认真倾听对方的观点,意外发现这些意见居然很有价值,而且解决了我写作时纠结的部分。于是,我按照那天听取的观点修改了那篇文章,没想到,我很快就以新人作者的身份发表了这篇文章,它成为我公开发表的第一篇小说。

我意识到,如果想要成长道路畅通无阻,那就不能一味地把不同的意见和新鲜事物拦在门外。那么,你有"红绿灯思维"吗?

青春期自卑过的人，一点都不怀念十八岁

不是所有的人都爱回忆青春。那些青春期丑过、自卑过、失意过的人真的一点都不想重回十八岁。

曾经有段时间，看到大家纷纷在朋友圈晒出自己的十八岁照片，青涩懵懂，鲜嫩明媚，满脸胶原蛋白，但我不为所动，心如止水。好不容易过了这么多年，终于变得顺眼好看一点，干吗非要逼着我回忆不堪回首的过去？

我那不怎么拍照的青春期，只留下为数不多的几张照片。前几日回老家偶然翻出来一看，一个胖胖呆呆的女孩，含胸驼背，戴着傻气的眼镜对着镜头手足无措，真是惨不忍睹。不禁扪心自问：本该光彩照人的青春期，审美怎么可以如此糟糕，怎么可以丑成那副鬼样子？

有的女孩青春期早早绽放，鲜艳明媚，像花儿开在春风里。

记得上初中时，班上有个女生皮肤雪白，明眸皓齿，总爱穿颜色鲜亮的运动服，顺直柔亮的高马尾在背后荡来荡去，疏朗大气，青春逼人。她特别爱笑，还有梨涡。她一进来，整个简陋寒碜的教室都亮了。每次她进教室，我都忍不住多瞅两眼。虽然她成绩中等，我成绩优异，但我好羡慕她，我想长成她的样子。

有的女孩青春期却是毛毛虫和丑女无敌，变成蝴蝶的契机不知道哪天来临。不是所有的女孩十八岁时都穿好看的百褶裙，还有一类女生只穿松垮肥大的校服，比如我。

青春期的我去了一所自己不喜欢的学校，每天都生活得晦暗、压抑。飞扬肆意的青春期是人家的，我的青春期是黯淡和平淡的双重夹击。我把自己裹在深蓝色的松垮肥大的校服里，留着三年不变的发型。戴厚厚的眼镜，眉头紧锁，终日郁郁寡欢。毕业留言时，一个最好的朋友直言不讳：可爱的你有点不修边幅，希望毕业后你能打扮打扮自己。

作为一个青春期不美、自卑过、压抑过的人，看泛滥于荧屏的浪漫唯美的青春电影和校园剧，别人感动得要死要活，我竟然无动于衷。那些和男生一起淋雨写诗的浪漫，那些看星星看月亮、谈诗词歌赋和人生哲学的桥段，那些坐在男生自行车后座穿越大街小巷让风拂过脸庞的戏码完全和我无关，那是漂亮女生的专利。

那是别人的青春，我的青春是另一个版本：不修边幅，微胖的身材经年累月裹在深蓝色的胖大校服里；留了多年的四面齐的"学生头"一直没变过，有同学戏称我为"妇女主任"；近视，看人时总是眯缝着眼，一副眉头紧锁茫然无措苦大仇深的表情。在本应该活得热烈恣肆青春飞扬的年纪，却郁郁寡欢，度日如年。

我羡慕那些打扮得花枝招展，走路袅袅婷婷的女孩子，所有属于青春少女的光芒，一到我这里就变成了一片黯淡。身边的同学多才多艺，我曾经引以为傲的成绩在这里不值一提。倔强让我维持着表面的不动声色，但敏感自卑让我给自己周身裹上了一层厚厚的外壳，甚至连擦耳而过的一句闲言碎语都能让我的玻璃心碎成一地，夜深人静也只能独自在被窝里默默消化那些坏情绪。

那时候，我每天想的就是赶快结束一上午沉闷乏味的课，能运气好点，接上一壶滚烫的开水洗头、泡面。百无聊赖的晚自习，能找本小说看看，打发打发时间。周末回家能吃顿好的——新陈代谢旺盛的青春期，胃像个无底洞，食欲旺盛，简直猛于虎，总是饿。学校食堂那么粗劣的饭食，我竟然吃得胖壮无比，把仅有的一点清秀也淹没殆尽。

那时，我感觉漂亮真的能带给人自信和底气。记得我们的班花总是穿戴时尚，神情自信，脊背挺得笔直，和男生打交道落落大方。身边总有男生搭讪、献殷勤，帮着提水打饭，送花送零食。周末晚上的宿舍卧谈会，我们像听言情小说一样听苦恼的班花讲隔壁班男生向她告白，她不堪其扰。我没有班花那样的苦恼，没有男生会多看我一眼，毕业时，我才发现，我和班里很多男生一句话都没说过。

唉，我就是属于青春期没人追的女孩，我的青春期是一段我想快进过去的黑暗历史。

我不知道自己是怎么从青春期黑洞里走出来的，改变的契机到底来自哪里。也许来自二十岁那年我去大学进修学习，学校很大很美，同学很优秀，潜移默化中跟着她们学会了待人接物穿搭打扮之道，开始变顺眼了一点。经常去图书馆博览群书，增加了些许书卷气。课堂上流利回答出问题，得到老师赞许。有了表达欲望，写的文章变成了铅字。所有的正反馈，一点点累积起我的自信。

我开始摘掉眼镜，换发型，化淡妆，穿白裙子，终于放下了拧巴自卑，变得成熟淡定，不再渴望被男生大张旗鼓地追求，不再自卑地含胸低头，因为我已经学会在爱人之前，先爱自己。现在想想，二十几岁，我开始脱胎换骨，那真是我的黄金时代，我爱那段时光里的自己。

毕业工作，我给自己套上得体的职业装，高跟鞋磨得脚疼，学着健步如飞，走路带风；坚持读书精进，尽力多掌握一门技能，在某个领域闪闪发光；经过不断试错，终于懂得一点穿衣打扮之道，慢慢摸索出了适合自己的穿衣风格。组建家庭，岁月洗礼，一直坚持读书学习，虽然身材圆润许多，眼角添皱纹几许，但至少没有变成自己讨厌的样子。

我们这些青春期丑过、自卑过、失意过的人，吊着一口气，终于从一个自卑敏感的小姑娘长成了一个丰盈强韧的女人。虽然还是没有耀眼夺目的美，只是顺眼好看了一点点，但是从及格线爬到七十分、八十分，我很好，我站在这里。

每个人的一生，都是一本独一无二的编年史。有人的青春在十八岁，有人的青春在三十八岁。没有绝对的一帆风顺，我们只能抱紧自己的剧本，热爱自己的剧本。

我越来越喜欢这个虽然偶尔还会自卑胆怯、退缩懒散，但一直努力奔跑的自己，虽然没有大富大贵，但内心安静笃定，平和淡然，不再慌乱迷茫，不再纠结拧巴。我越来越爱这个满心欢喜着未来的自己，对每一个平淡无奇的日子都充满柔和的爱意。

很多人恐惧老去，想重回十八岁。我却发自肺腑地想说，还是现在比较好，比起自卑焦虑拧巴的十八岁，我还是更喜欢现在的自己。

全网最火的宿管阿姨，是"00后"

前些日子，一位网名叫"李娃娃"的"00后"，在小红书上发布了一则体验当宿管阿姨的视频。

视频中的宿管阿姨，一天的工作任务是这样的：

早上6点开门、查寝、报修、电梯消杀、给宿舍打分。

中午和下午负责值班的同时，追追剧、做做手工、织织毛衣。

傍晚开始查寝，分开在宿舍门口腻歪的同学。

虽然视频中UP主只是这样带大家浅浅体验了一日宿管的生活，但这样别出心裁的内容在发出后很快就引起了网友们的关注。月薪3000元、上一休二、享受优惠的食堂饭菜、每天看活力青年，这样的工作让许多年轻人看了之后直呼"真香"。

除了这位宿管体验官，许多年轻女生真的把宿管的职业设想落到了实处。

从前只会被学生们讨论和抱怨的宿管话题，竟然被年轻人聊得热火朝天。

虽然说各个城市薪资和消费水平不等，不过抛开附加收益（收废品卖钱、节日补贴），普遍来看，多数宿管阿姨享有2000～5000元的薪资，学校会帮忙缴纳社会保险，休假时间和学生同步。如果以能享受寒暑假为目标，"90后"一定会倾向于当人民教师，而"00后"则把它演变成连寒暑假后都不用批改作业的宿管阿姨。

同样是呵护祖国的花朵，从生活中照顾到更新一代的年轻人也是极好的。

除了宿管阿姨之外，还有很多类同的"大妈"职业在慢慢被挖掘。

就好比26岁辞职做棋牌室保洁阿姨的帖子，最近也引起了热议。

乍一看，每天的工作轻松、休闲又简单，月收入却高达五位数。

网友们不禁质疑：同样是打一份工，为什么别人当保洁阿姨却比自己在公司当牛做马挣的还多？是不是该好好反省，然后转行当保洁阿姨？

仔细翻看主页后才发现，原来这位月入五位数的"保洁阿姨"所打工的地点竟是自己创业开设的无人棋牌室。果不其然，单靠给公司做保洁月入五位数还是一场梦。

不愧是广告公司的前员工，就连棋牌室的创业文案都这么别出心裁。

除了宿管阿姨和保洁员，还有一个职业和传统意义上的"大妈"工作脱不了干系。那就是家政阿姨。

虽然这个职业目前没有太大的晋升空间，但比起其他在实习期间免费劳动，甚至自掏腰包的金融或是传媒行业，家政的确具备门槛低、薪资优越的优势。

随着人才的流动，越来越多高学历的年轻人把营养师、整理收纳师、健康护理师等一系列新兴职业带入了家政市场。可以说"90后""00后"的这波"以旧换新"的操作，让在这一行做了几十年的阿姨们猝不及防。

如此令人心动的"大妈"职业，真的有大家所说的那么香吗？值不值得冲一下？

不少闻风奔去做宿管阿姨的女生，开始抱怨"大可不必、工作不易、翻了大车"。

明明在家是手不能提、肩不能扛的小公主，到了工作岗位马上要切换成不怕脏、不怕累、扛30斤桶装水的超级女斯巴达。说好的来应聘做宿管，转头却干起了保洁员、修理工、送水员的工作。拿着一份工资，横跨各个岗位的工作，这个宿管阿姨做得可谓苦不堪言。

不过也不是所有宿管都做得让人叫苦连天，有些阿姨还真能把行业"内卷"玩得明明白白。

从记住几百号人分别住在哪个宿舍、不厌其烦地通知同学们准点起床，到晚上耐心等晚归的同学回宿舍。这份工作之所以难，是因为在许多阿姨的眼里，选择做宿管不仅是为了得到一份劳动报酬，还是真真切切地在用自己的能力去照顾好一帮孩子。

另一位晋升为保姆的"00后"女生则表示：月薪9000元的活儿，还真不只是扫扫地、擦擦桌子这么简单。这份需要辅导孩子功课的保姆工作，如果文化程度低，马上就会被雇主淘汰。

每天早上8点前要到位并且负责送小朋友上学，之后回到雇主家里开始做饭、洗碗、整理房间、扫地拖地。

下午接小朋友放学，送小朋友上课外辅导班。

晚上接小朋友回家后开始做晚饭，晚饭后整理完毕还要辅导小朋友的功课。

22岁的花季少女，自己的人生还没稳定下来，就当上了别人家庭中带薪版的家庭主妇。

体验过超市推销员的"00后"女生说，这份看似煎个饼、包个菜、推销几瓶油的工作，行业压力还不小。按理说身体本该更加硬朗的她，在一天站9小时的工作中比身边的阿姨们更累得眼冒金星。有时是帮顾客提重物到超市门口，有时是开启唇枪舌剑只为战胜同品类其他的推销员。

不管是靠人生阅历纵横市场的"大妈"工作、叱咤华尔街的商业精英，还是走在香榭丽舍大街的时尚女魔头，要想在自己这行的赛道上更有竞争力，还得"卷"起来。

走自己的路，让别人无路可走。想要达到"大妈"职业里阿姨们所拥有的那份沉稳和体贴，可不是应聘上岗就能一步到位的。

至于那些无须学历和阅历的高薪工作，还是让它们存活在充满幻想的互联网上吧。

"烟火里谋生，诗词中谋爱"，这个农民工火了

"世上无难事，只要肯登攀，努力过了，风雨过后必定有彩虹。"

2023年2月3日晚，在《中国诗词大会》总决赛现场，来自甘肃平凉的农民工朱彦军一举夺得亚军。朱彦军一直都相信诗词的力量，诗词让人间充满才思和柔情、浪漫和温暖。朱彦军一直是《中国诗词大会》的铁粉。往年《中国诗词大会》播出时，他不光自己看，还会拉着家人一起看。

对他本次参赛，父亲并不看好。但妻子支持朱彦军。她亲自给丈夫选好了登台的衣服，不是华美的戏服，但贵在干干净净。妻子对他说："去北京吧，把你的梦圆了，我们也就不遗憾了。"

朱彦军抵达北京时，正值深冬。他坐在出租车上，看着窗外清冷的水泥"森林"，内心却一片火热。来到节目组驻地后，他一头扎进了精神世界。"每天早起背诵诗词，和其他选手交流学习，中午进录影棚，凌晨三四点才收工。"他心头像被点燃了一把火，有紧张，也有不自信。这里高手如云。一个5岁的孩童诗词量超过了500首；一个北大光华学院的博士后，是上赛季亚军，就是冲着冠军来的；更有一个"大神"级别的选手，带来了一款自行研发的"火拼诗词"软件……

"跟他们一聊，我才发现自己跟他们的差距太大了。我就是死记硬背，他们不光背的诗多，诗歌知识也很丰富。他们能分析诗歌的历史背景、诗人的人生经历，而我不行，当时就有点不自信了。"

其实朱彦军的这番话，有自谦的成分。回顾他在《中国诗词大会》上的表现，可谓功力深厚。站在《中国诗词大会》第五场的舞台上，朱彦军身着蓝色工装，声音沉稳有力，在"画中有诗"环节中，将"西北望长安，可怜无数山""枯藤老树昏鸦，小桥流水人家，古道西风瘦马"缓缓说出，不仅为团队做出关键贡献，还为自己赢得"本场最佳选手"称号。

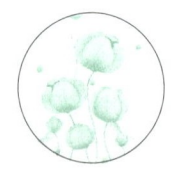

当期节目最后，他用"我回去以后，一定好好听话，一定好好学诗，一定好好赚钱，一定好好爱你"向妻子表白，感动了无数电视机前的观众。最终，朱彦军取得了亚军的好成绩。

朱彦军的父亲是村子里的赤脚医生，家中堆满了医书和药方，这让他们家成了十里八乡为数不多的"书香门第"。平日里，父亲出诊、干农活时常把朱彦军带在身

边。父亲喜欢用诗句形容眼前的景色,大雪飘洒时,会说"忽如一夜春风来,千树万树梨花开";烈日当空的田间地头,又会说"锄禾日当午,汗滴禾下土"。

上初中后,朱彦军遇上了诗词方面的启蒙老师。老师姓李,教语文,偶尔在省级、市级刊物上发表文章。朱彦军很羡慕李老师,因为"人家的手写字能变成打印字"。当时交通不便,许多学生周末住校,朱彦军是其中之一。西北的冬天寒风凛冽,学生宿舍四面漏风,李老师每次周末离校时,都会将钥匙留给学生们,让他们烤上火炉。

而每一个在李老师的宿舍度过的周末,都让朱彦军记忆犹新。"李老师的屋子里有许多藏书,对我们来说就像图书馆。那时书是奢侈品,我们都会如饥似渴地阅读。我们捧着书,围着火炉,耳边只有炭火噼啪的声音,直到太阳落山。"

从初一开始,朱彦军就给报刊投诗或文章,即便总被退稿,也不气馁。初三那年,四川某杂志社举办征文比赛,选用了朱彦军的文章。样刊寄来的那天,朱彦军举着它飞奔到同学和李老师面前,像是打了胜仗的将军。"彦军曾跟我说,最后悔的事就是初中毕业就出去打工了,没给娃娃树立一个好榜样。"李老师说。

初中毕业后,朱彦军开始对外面的世界心生向往。"第一站去的西安,我对那里的一切都感到好奇。当年白居易笔下的长安是'百千家似围棋局,十二街如种菜畦',千年后依然是那样。"夜晚,坐在霓虹闪烁的街头,朱彦军第一次觉得自己渺小。

他在西安一待就是十几年。"都是给私人小老板干活,和水泥、当搬运工,什么都干。只要你给钱,只要不违法什么都干。有的活能干十来天,有的活干三四天就没了。"有段时间,朱彦军找不到工作,每日回到住处倒头就睡。直到有次在口袋里摸到了从家带来的《唐诗三百首》,他读了一会儿,才感觉心中平静了一些。

"'花间一壶酒,独酌无相亲。举杯邀明月,对影成三人。'当年李白也站在同一片土地上,也像我一样孤独,但不像我这般窘迫。我想跟李白一样潇洒,于是期望从诗词中找到力量。"从此,当工友们打牌喝酒时,朱彦军就会一个人默默读诗。工棚里每日"今朝有酒今朝醉",只有他在意诗和远方。有工友看不惯,觉得他"很装",他只是笑笑,从不理会。那时他已在诗词中找到精神世界,懂得如何独处。

后来,朱彦军通过家里介绍认识了妻子。"妻子没读过什么书,但非常支持我读诗。"在家中,每当朱彦军读诗读到废寝忘食,妻子都会默默给他留下饭菜,很少打扰他。后来朱彦军决定参加《中国诗词大会》,妻子也是家里第一个表态支持的人。

如今,朱彦军的生活还是"四处找活",虽不富裕,但幸福美满。两个孩子受他的熏陶,学习成绩一直不错,分别考上了复旦大学和西安电子科技大学。

朱彦军觉得,此生有诗相伴,有妻子和孩子在身边就已足够。回忆起此生最奇妙的瞬间,他说:"有一年,儿子还很小,我跟他冒着大雪走在路上,漫山遍野一片苍茫。我说,千百年前一个叫李白的人也曾经历了一场这样的大雪,他这样形容眼前的景象:'应是天仙狂醉,乱把白云揉碎。'儿子听完后,高兴地拍了拍手,说'押韵,好玩,像顺口溜一样'。"

朱彦军说:"我感觉这辈子已经足够精彩,没打算做自媒体之类的,还是想做自己。过几天,我又要出去找活了。"

"路漫漫其修远兮",朱彦军将继续这场诗意的人生追逐。

如果能成功，晚一点也没关系

你听过竹子的励志故事吗？"竹子用了四年的时间，仅仅长了三厘米，但是从第五年开始，它便以每天三十厘米的速度疯狂地生长，仅仅用了六周的时间就长到了十五米。"

你以为这样的生长是突发，是偶然，其实在之前的四年里，竹子早已将根在土壤里延伸了数百平方米，为以后的快速生长打好了基础。

做人做事也是如此。那些看似不经意的成功，其实都是厚积薄发的结果。

有位博主说："38岁那年，我琢磨着要不要花两年的时间去攻读一个本科学历。然后我跟我的朋友说了这事，'我觉得自己太老了，等拿到本科学历证书时，我都40岁了。'朋友说：'如果你不去读，你还是会到40岁，一个没有本科学历的40岁。'我现在已经60岁了，那个学历证书改变了我整个生活。"

看完之后特别感慨，其实很多时候，我们也都曾有过类似的想法或追求：30岁的时候想读研、40岁的时候想出国、50岁的时候想学门乐器……但种种追求都被"太晚了""我不行""会被笑话"这些想法压制住了。于是到了30岁、40岁、50岁，我们还是什么都没做。然后开始新一轮的遗憾和后悔。

薛兆丰教授说过一段话很有道理："我们常常会高估一年能做的事情，而低估了十年所能带来的变化。梦想成真，往往不以年计，而以十年计。"

当你以十年为一个期限来靠近梦想时，就没那么遥不可及了。俗话说："种一棵树最好的时间是十年前，其次是现在。"追求自己想做的事也是一样。如果在十年前你没有迈出那一步，那么现在就是最好的时机。

别担心年龄太大，别担心时间太快，别担心结果不好，只要你有自己真正想要做的事情，就永远不会太晚。竹子熬过了四年长三厘米才迎来疯狂成长，作为普通人的我们，也要经得住时间的考验、岁月的打磨，才能离自己想要的生活越来越近。

所谓成功，很多时候就是厚积薄发的结果。

儿子名校毕业后，被我们"赶"出了家门

几年前，儿子广宇从同城一所211院校毕业。工作无着落，却谈了个女朋友。当他第N次在约会前，一边把自己收拾得人模人样，一边跟我们请求支援时，老公拿起手机，转给他1万元，并且告诉他："这是这辈子，我和你妈最后一次给你钱。"同时通知他，他毕业了，是真正意义上的成年人了，所以，不能再跟父母同住了。

无论如何，我们终于迈出在经济与精神上向他断供的第一步。

当天晚上，我们把广宇的行李放在出租屋后，就离开了。可是，尽管我们把广宇从家里撵了出去，他还是会回家盘剥。要么趁我们上班时，回家蹭Wi-Fi，要么到了饭点，准时回来吃饭。没办法，我们最终只得使出了换锁的招。而且，无论他怎么敲门，我们就是不开。广宇这次终于知道，我和他爸是认真的。

他的第一份工作是在一家品牌手机店做售后。不是维修，而是在线上就手机出现的问题进行解答。而且，打这种售后电话的，大部分是对智能手机操作不熟练、上了点儿年纪的人。这份工作没多少技术含量，但绝对是对耐心与说话艺术的考验。这两样，广宇都很缺乏。这份工作，广宇做了九个月。前三个月，他每天都叫嚣着要辞职，说浪费青春，大材小用。可是，当他知道我和他爸真的下了决心，既不让他回家，也断了他的经济来源后，他为了房租，选择再干一个月。而且，他自己跟房东软磨硬泡，把押一付三变成一月一付。

当然，他还有一个变化，那就是在我和他爸终于允许他每月回家打一次牙祭时，他居然每次回来，都会拎点儿水果。

并且，我们细心地发现，广宇是有变化的。从前在家洗澡，一人能把热水器里所有的热水用光。但现在，居然开始随手关灯、关水，我做饭时，他也会不时跑到厨房来露两手。

工作九个月后，广宇居然被一个自己成立公司的前同事招至麾下做销售。不问前尘，前同事看好的是他工作以来零投诉、坐得住的"业绩"。

广宇觉得自己遇到了伯乐，新工作干得很起劲。尽管初来乍到，前两个月一单没开，可是，他一边丧着，一边努力着。

终于拿到人生第一个订单时，他在电话里对我哭了。听着电话里他释放而兴奋的哭泣，我同样喜极而泣。那种成就感，远远超越当年他金榜题名时的狂喜。

生活才是最好的大学。自己工作赚钱后，广宇才知道什么叫花钱如流水，挣钱如抽丝。

工作一年后，他每月会固定把工资的一半转给我，让我帮他存着，留着将来买婚房用。

2021年和2022年，广宇所在的行业受疫情冲击极为严重。最不好过的时候，他的底薪连付房租都不够。而且，在这期间女友因为异地恋跟他分手了。这些事情，他是一个人熬过来之后，才跟我们提及的。

今天的广宇早已与当年那个游手好闲的公子哥判若两人。每当回忆起当年的自己，他都会跟我和他爸感慨："在大好的青春里，居然生生在家里'躺平'了两年半，要不是你们下决心把我撵出家门，我这辈子可能就躺过去了。"

我只想好好做自己

刘一琳很怕输。只要在有竞争、有排名的地方，从小学到研究生，她都会不自觉地想成为好学生。

研究生快结束时，刘一琳开始关注自己和朋友的这种好学生心态。当时，从一些书中，她意识到性别是被社会塑造的。那么，好学生是不是也是在规训和惩罚中，被老师和家长塑造出来的一个形象？

因此，刘一琳创办了"好学生心态受害者"豆瓣小组。这个小组从创立至今已有五万多名成员。她对组里的一个帖子很有共鸣："不是为了成为好学生而成为好学生，只是在被被动推着走。"

据小组制定的标准，有以下任何一个症状，可能就是"好学生心态受害者"：自觉遵守老师和父母的规划，工作学习再忙也要努力完成任务；重视他人的正向反馈，完成任务是为了得到父母、领导和老师的夸奖；勤勉努力，做任何事都要做到最好，哪怕是游戏或休闲；害怕失败，尤其害怕受到上级的惩罚；习惯性讨好，不会拒绝老师和父母的要求，努力取悦身边每一个人。"好学生心态"不等于好学生。听话，是好学生心态最重要的标志之一。

刘一琳不否认"好学生心态"带来的益处，比如优异的成绩，但与此同时，一些弊病也浮出水面，比如高度服从、恐惧失误、习惯性讨好等负面情绪和行为。

为什么自称"受害者"？刘一琳解释道："因为折磨的是我们自己。"

刘一琳的"好学生心态"从小学便开始了。小学时，厕所在学校外面，路程远，加之排队的人多，常常还没解决生理需求，上课铃便打响了。刘一琳索性憋着，继续上课。

还有一件事让她记忆犹新。小学时，她每天走路上下学，有一天刮台风，强劲的风将树吹倒，她爸爸劝她那天不要去学校，她担忧老师骂自己，对自己态度不好，拒绝了爸爸的提议。爸爸只得送她上学，到学校后，她发现班级里只有为数不多的几位学生。过了一会儿，老师以台风为由，将大家劝回了家。她爸爸告诉她不要那么在乎老师对自己的看法，没有什么比生命安全更重要。

但当时，对学校规则，刘一琳的看法是毋庸置疑需要遵从。这个习惯延续到研究生阶段，在课堂上想上厕所，刘一琳都不敢随意离开。刘一琳的朋友是更严重的"好学生心态受害者"——没有旷过课、没有抄过作业，按时完成作业，即便要熬到深夜，即便她会做作业上的所有题目。她的成绩在全校名列前茅。考试时，偶尔做不出

某道题，便觉得辜负了别人的期望，开始焦虑不安。"好学生心态"让具有者在竞争中处于全面压抑的状态。

清水想起，小时候因为成绩比别人好，她理所当然地觉得自己各个方面都要比别人厉害，自尊心也越来越强。她记得有一次，爸爸在家里夸他们班上的一位同学，清水气哭了，心想，她也能做到，为什么父母不表扬自己？清水也知道同学间应该互帮互助，良性竞争才能共同进步。"但处于压抑的氛围，会觉得别人都是潜在的竞争对手。"清水说。

这也是徐凯文在做心理咨询时最大的挑战——把这样的价值观扭回来。"你周围的同学是你的敌人吗？他是你人生最大的财富啊！"徐凯文是北京大学临床心理学博士，也曾是学校的心理咨询师，他在《学生空心病与时代焦虑》的演讲中提出"空心病"的概念。徐凯文认为，空心病看起来像是抑郁症，情绪低落、兴趣减退。他们有强烈的孤独感和无意义感，他们从小都是最好的学生，最乖的学生，也特别需要得到别人的称许，但是他们不知道为什么活下去，活着的价值和意义是什么。

"如果你觉得自己无法达到心中的预期，便不敢去努力，担忧承担不好的结果。"清水说。那段时间，虽然在努力，但清水觉得很累，不知道何时才能停止。

和那些有空心病的学生交流时，徐凯文在想，他们为什么找不到自己？后来，他找到了答案，因为他们的父母和老师没能让他们看到一个人怎样有尊严、有价值地活着，这大概是根本原因。

刘一琳觉得，自己对老师的顺从可能源于学校的奖惩制度。小学二年级，父母便不检查刘一琳的作业了。她的作业有时会有很多错。当时，老师会根据作业的实际情况评级，评级低的学生的名字被写到黑板上。放学布置作业时，老师会带领所有同学大声朗读作业以及低等级学生的名单，比如"昨天作业得B等级的有×××、×××，他们的作业大错特错、千错万错、错上加错"……每次有人违反纪律或者写错题目，老师便会带领全班同学一起念这句话，有时候还会带上名字。

因为迟到或者其他原因，刘一琳曾在讲台罚站，同学们则在下面大声念"错"字词语，她感到羞耻又愧疚。这样的规训只来自学校。刘一琳的父母可以理解刘一琳。他们给予女儿自由，在家里不设立这样严格的奖惩制度。

和刘一琳的父母不同，从小学开始，清水的爸爸告诉她，不好好读书，将来要去外面扫大街或摆摊。清水很抵触这样的言语。"事实上，无论你用什么方式赚钱，只要是正规合法、自食其力，都是一件了不起的事。"

现在，父亲和清水的对话，变成了工作。父亲和清水妹妹的对话，则都是关于学习。只有看书、运动才能叫爱好，与学习无关的都不行。当清水提出自己的梦想是成为一名警察时，父母认为这是一份危险的工作，认为清水应当找一份稳定的工作，成为公务员或是老师。反驳父亲的"功利化"是无效的。父母通常的回答是"难道我不是为你好吗"。

在"好学生心态受害者"小组里，清水感到自己是被包容和接纳的。在小组里，大家有相似的经历，互相理解。对其他人诉说，他们只会喊口号："那你去努力啊。"但清水并不知道应该怎么做，还在摸索。

成立小组至今，刘一琳的心态好了一些。虽然找不到工作，但至少写完了论文，完成了实习。焦虑感缓解后，她觉得自己最近可以好好睡觉了。成立这个小组，刘一琳最大的期望是，满足别人期待的同时，小组里的人更能重视自己的需求。想拒绝的事，可以拒绝，感到累，可以去休息。

成年人最大的自律，是学会"能量管理"

《哈佛商业评论》的作者托尼·施瓦茨讲过一个故事。

他的朋友万纳，是一家著名会计事务所的高级合伙人。

为了处理繁杂的工作，他每天要工作12~14个小时，经常累得筋疲力尽。

施瓦茨在了解他的处境后，给出一个建议：你应该管理能量，而非时间。

比如，做那些不得不做的事情，把其他事情授权给他人来做；

再比如，调整工作习惯，精力最旺盛的时候处理最重要的事情，保证工作效率。

万纳照做了，过了一段时间，他的精气神明显比以前好多了。

看过这样一句话："你要保护好自己的能量，不要浪费哪怕一丁点儿在任何没有回报的地方。"

我们每天要面对复杂的社会关系，生活的种种不易。学会管理能量，把精力放在重要的事情上，才是成年人最大的自律。

1.不管闲事

《醒世恒言》里讲："事非干己休多管，话不投机莫强言。"

在这个世界上，只有三件事：自己的事，别人的事，老天的事。

老天的事我们管不着，自己的事一定要管好，别人的事不要去招惹。

博主@方美丽年轻时好管闲事，别人的事情她都想掺和一把。

当时，单位有同事买了新房，正准备装修。

她得知以后，放下手里的工作，迫不及待地给同事传授经验："听我的，客厅铺木地板，不要贴瓷砖；厨房千万不要装成开放式的……"

过了一段时间，当她询问对方装修结果时，同事却告诉她："装修好了，我们还是选择了瓷砖，厨房是开放式的。"

她顿时觉得一盆凉水从头浇到脚，原来自己说了那么多根本就是白费力气。

季羡林先生在《谈人生》中写道："做人，你不要多管闲事，而要多管自己。"

管别人的闲事，不仅浪费自己的能量，还容易讨人嫌，有百害而无一利。

郑板桥在《赠君谋父子》中写道："多读古书开眼界，少管闲事养精神。"

人的精力是有限的，与其将其耗费在别人的闲事上，不如放在提升自己上。

把精力往回收，过好自己的日子，不去管别人的闲事，才是真正的成熟。

2. 不缠烂事

莫言在《晚熟的人》里讲过一个故事。莫言出名以后，招来表弟宁赛叶的嫉妒。宁赛叶写了小说《黑白驴》，以莫言表弟的名义连载在报纸上，却根本没人买账。于是他找到莫言，嘲讽莫言这么愚笨的人居然都能出名，而自己满腹才华却无施展之地。他还指责莫言不肯向别人推荐自己的作品，是因为嫉妒他的才华。

莫言无端受了指责后，本想反击。但转念一想，若是与他争辩，只怕他会越说越起劲，不如息事宁人，避而远之。

人生在世，难免会遇到讨厌的人和烦心的事。与之计较，只会让自己陷入坏情绪之中，浪费的是自己的精力。面对烂人烂事，不纠缠才是最聪明的活法。

著名商业咨询顾问刘润，在《5分钟商学院》中提到"时间成本"这个概念。

如果你把时间都浪费在那些烂事上，只会收获一个烂事的人生。

从今天起，把能量花在自我修行上。强健体魄，充实头脑，碰上烂事一笑了之。

3. 不耗心事

东京大学心理学博士吉田正雄做过一项实验。

他邀请100位条件相当的志愿者，把他们分为两组，布置了一项相同的任务。

他对第一组的要求是：全盘考虑事情完成的方法、过程以及可能发生的意外情况。

对第二组的要求是：去做就好。

实验结果是，第一组花费的时间是第二组的两倍，然而完成质量远不如第二组。

吉田正雄因此得出结论：凡事思虑过度，反而会表现得更差。

生活中，很多人都有这样的经历：第二天要参加述职汇报，前一天晚上就辗转难眠，担心发挥不好；在楼道遇到领导，没有主动打招呼，担心领导会耿耿于怀，以后给自己使绊子；发给恋人的消息，没有得到及时回复，就开始胡思乱想……这种内耗就像心里住着两个小人，在不停拉扯、打架，消耗你的精神能量。

挪威心理学家诺德斯克，21岁时在部队服役。有一天深夜，军官紧急集合，开展军事演习。他急急忙忙上了场，刚俯身系好鞋带，演习开始了。

从那一刻起，他一直都在纠结一个问题：我的鞋带到底系好了吗？跑步的时候，他在想，刚才只是随便绑了一下，万一松了怎么办？拿起武器准备战斗时，他又在想，会不会已经松了，要是把我绊倒怎么办？就这样，他越想越焦虑，根本没有办法集中精力演习，导致左腿中弹。然而可笑的是，那根鞋带，从头到尾一直好端端系着。

美国心理学家鲍迈斯特，曾经提出一个著名的理论，叫作"自我损耗"。

一个人看似什么都没做，但他的每一次选择和纠结，都是在损耗心理能量。

你在自我内耗上多花一分钟，就少一分钟去解决问题。行动起来，你就会发现所有预设的困难，都会在做事的过程中土崩瓦解。正如尼采所言："生活中有件重要的事情，就是挖掘和管理自己的能量。"

管理能量，便是管理人生。毕竟一生漫长，你只有能量充沛，才能活得漂亮。

神十六乘组是怎样炼成的

戴眼镜也能上太空了！2023年5月29日，神舟十六号乘组名单正式公布，由指令长景海鹏、航天飞行工程师朱杨柱、载荷专家桂海潮3名航天员组成。

航天飞行工程师和载荷专家，都是我国航天员队伍的"新成员"，这次将开展飞行"首秀"。其中，桂海潮又因戴着眼镜，引起了大家的好奇。

事实上，揭开航天员的神秘面纱，他们就像是生活中最平凡的奋斗者。三人的故事里，承载着普通人不屈不挠的"航天梦"，也折射着时代哺育的"中国梦"。

01 戴眼镜的载荷专家

新"太空出差三人组"中，载荷专家桂海潮是北京航空航天大学（以下简称"北航"）的教授，主要负责空间科学实验载荷的在轨操作。

他的入选，还要从2018年启动的第三批航天员选拔说起：为了满足空间站的任务需要，这次选拔新增航天飞行工程师和载荷专家两个类别。北航成为选拔航天员的对象高校之一，他"想都没想"就报名了。

在北航，同事和学生们都知道桂海潮身体素质好，有锻炼习惯，然而，与空军飞行员出身的航天员相比，桂海潮的体能素质与航天技能还是稍显薄弱。就拿离心机来说，虽然桂海潮通过了选拔阶段的6G过载，但入队后，所有训练标准都是8G。第一次训练时，他感觉胸腹部被牢牢压住，每一次呼吸，胸膛仿佛都在撕扯。

怎么办？桂海潮说："干就完了！"每次训练结束，他都要向有经验的师兄们请教、复盘。总结自己成绩不佳的症结后，他再安排加练，有针对性地修正。

72小时的睡眠剥夺实验在狭小密闭的环境中进行，保证不睡着的同时，还要维持稳定的心理和情绪状态。实验前，桂海潮心里也很紧张，不知道自己能否完成。"但是真正做下来以后你会发现，自己身上原来还具备这样的潜能。"

桂海潮成长于云南保山的一个普通家庭。和许多人一样，他对太空的向往，始于神舟五号载人飞船发射成功。2005年，桂海潮以第一志愿考入北航宇航学院飞行器设计与工程专业。

纵观我国的历任航天员，桂海潮是首位戴眼镜执行任务的。"载荷专家是允许轻度近视的。"航天科普专家庞之浩告诉记者。

02 三次逐梦的工程师

航天飞行工程师朱杨柱，也是在航天员乘组中首次亮相。在此次任务中，他要负责空间站整个飞行器平台系统的日常维护、保养等工作。

今年36岁的朱杨柱是江苏沛县人，从小就梦想能够翱翔蓝天。高中时，他参加空军招飞却遗憾落选，后来填报高考志愿，干脆只填了一个：国防科技大学航天学院。"不接受调剂，要考就考最好的。"

在国防科技大学求学期间，朱杨柱还参加过一次空军招飞，进了复试，但最终又遗憾落选，"差一点点"。第三批航天员的选拔工作启动时，朱杨柱在战略支援部队航天工程大学担任副教授。和桂海潮一样，他毫不犹豫地报了名。

在航天员训练内容中，模拟失重环境的水下训练是难度最大的项目之一。有的航天员刚开始水下训练时，训练结束后吃饭"连筷子都拿不住"。但朱杨柱却最喜欢水下训练，"感觉像飞起来了"。他笑着说，每次训练结束，回去都会睡得很香。

熟悉朱杨柱的人知道，这其实是他的"苦中作乐"。在水下，朱杨柱遇到的难题很多，其中就包括看似不起眼的上脚限位器。他的脚比较小，脚总是在鞋里晃荡。经过反复实验，他穿上两双厚袜子、两双薄袜子，这才解决"脚动鞋不动"的问题。

在48小时的沙漠训练中，巴丹吉林沙漠正是酷暑时节，白天地表温度高达75摄氏度，帐篷内的温度也超过40摄氏度。在训练的过程中，朱杨柱总是以一种"战斗"的心态面对问题，以最高的效率去解决问题。他说，"一切都是以战斗力为标准，向战斗力看齐"，等真正上了"战场"也就胸有成竹了。

他还记得，大二那年，聂海胜去学校做报告。偌大的礼堂里，朱杨柱坐在台下，像"小迷弟"一样瞪大眼睛、听得入神——十多年后的今天，他竟然和当年仰望的飞天英雄并肩作战。

03 "一老带两新"的指令长

"要是现在让你飞，你是不是有信心？"神舟十六号乘组刚成立，景海鹏就对桂海潮提问。

在训练过程中，景海鹏仍然会经常对桂海潮进行这样的"灵魂考问"：你准备好了没有？你具备飞天的能力吗？

相比以往的乘组，神舟十六号乘组的特点可以用"全、新、多"三个字来概括。

一是"全"，首次包含"航天驾驶员、航天飞行工程师、载荷专家"三个类型的航天员。二是"新"，第三批航天员首次执行飞行任务，也是航天飞行工程师和载荷专家首次执行飞行任务。三是"多"，航天员景海鹏是第四次执行飞行任务，是中国目前为止"飞天"次数最多的航天员。

在庞之浩看来，这样的搭配，体现了中国航天人的自信。56岁的"一老"景海鹏，先后参加过神舟七号、神舟九号、神舟十一号载人飞行任务。为了四次圆梦，为了到中国空间站走一走、看一看、出趟差，这7年里，他没有耽误过训练——晚上12点前几乎没有睡过觉，周末几乎没有休息过；已经4年多没有回老家看望年迈的父母；600个俯卧撑、600个仰卧起坐、上千次跳绳成为他每天的标配；70多本飞行手册与操作指南、成千上万条指令都已烂熟于心。

桂海潮、朱杨柱都是"85后"，景海鹏则是"65后"。在5月29日的新闻发布会上，景海鹏表示，神舟十六号航天员相差20岁却没代沟，也没有陌生感和距离感，因为"航天人永远年轻，航天员永葆青春"。

"为了共同的梦想，我们在同一条起跑线上奔跑，三个人团结得像一个人一样，我们的目标就是1+1+1=1。我的两位战友非常阳光，很有朝气，非常勤奋和自律，'不用扬鞭自奋蹄'。看到他们坚毅的目光，自信的眼神，铿锵的步伐，我特别高兴，也对本次任务充满信心！"景海鹏说。

张茜：零垃圾生活的实践者

家里不装空调，冬天取暖全靠木炭；做饭的燃料，是顺手从山里捡的木柴；手工制作洗碗、洗澡、洗衣用品；果蔬自己种植，采摘后2小时内吃完。这就是"85后"女教师张茜的零垃圾生活，她的目标是建立中国彻底的零垃圾社区。

向往自然，萌生新想法

1985年出生的昆明人张茜，来自农村，是一名美术教师，开办了一个名为"野孩子艺术空间"的工作室，专门教孩子学习艺术。不过，她的教育观念跟一般人不太一样，她认为知识固然重要，但孩子能接触到的东西里多一些自然元素更好。

2019年年初，母亲对她说，想把旧房子重新改造。于是，张茜赶紧张罗着动起手来。母亲的房子位于昆明市中心，有一个露天阳台。张茜惊讶地发现，母亲是一个非常注重环保的人。厨房里洗菜的水，她会用一只桶积蓄起来，然后浇花。

她还在阳台的角落，搭了一个小小的棚子，将菜叶、果皮堆放起来发酵，就成了阳台菜园的肥料。这样一来，母亲几乎不用上街买菜。

改造完母亲的旧房，张茜突然意识到，原来在环保方面，繁华的都市也可以有很多可能性。就在那一刻，她萌生一个想法：到农村去找一个地方，让身心更接近自然，尝试过一种自给自足的生活。

张茜把这个想法跟丈夫说了之后，丈夫也十分赞成。于是，她开始四处寻找、考察"心中之地"。她花了近两年，最终选中了一个名叫八角地的村子。八角地位于昆明市最北端，整个村子坐落在一个环形山腰上，离市中心约两个半小时的车程。几年前，根据国家扶贫政策，村民们全部搬迁走了，留下了36个院子。

那天去的时候，眼前的八角地，石板屋顶、夯土墙面、青苔小径，云起雾落，如仙境一般，正是张茜心中理想的地方。随即，张茜和朋友租下了整个村子，租金150万元，租期20年。

零垃圾排放，改造新家居

2021年6月，张茜和丈夫关闭了经营多年的工作室，卖掉市区的房子，离开喧嚣的城市，来到八角地，开始改造属于他们的新家。

八角地的房屋非常有特色，户与户分散而居，家家户户的地基全部是用石头垒成，房屋框架用的是当地的树木，而墙则是用厚厚的泥土夯成。最引人注目的要数屋顶了，清一色的石板盖顶，给人一种稳重、安全的感觉。

张茜选中的新家，位于村子最高处的西北角，面积约300平方米。由一栋两层楼的木房和两座厢房围成一个三合院，中间是一个很大的院子。不过，因年久失修，部分地基已经下沉。

改造就从院子着手。院子原来是水泥地，张茜改成了菜园。她还将敲下来的水泥做成了两张石床。

厨房基本沿用了原来的布局，没有做特别大的改造，只是在朝向院子的一面，安装了落地玻璃，然后把内部空间打通。坐在厨房里，一眼就可以看到对面青翠的大山。

最有意思的是，原来的猪圈，张茜把它改造成了书房。先进行除湿，再将整个屋顶翻修一番，并加了保温层，最后盖上石板。主房位于北侧，共有两层，她把二楼打通，增大了空间，平时可以在上面练瑜伽、弹琴、看书。

在改造过程中，张茜遵循可回土和可回收两个原则，不产生新的建筑垃圾。因而像地板、家具、厨具、电器之类的生活用品，都是张茜从原来的工作室和家里带过来的，如果不是非常有必要，她绝不添置新用品。改造之后，张茜不禁佩服起村民的智慧来，厚厚的土墙、屋顶的石板，起到白天吸热晚上散热的作用，住在里面白天很凉快，夜晚则十分暖和。

可是，一家人要过日子，总会产生生活垃圾，怎么处理？为了解决这个问题，张茜在菜地上建了一个移动鸡舍，里面分别养鸡和兔子，菜叶和根茎就作为鸡和兔子的食物，然后把鸡和兔子不吃的土豆、水果皮等放在堆肥桶里，发酵后作为肥料改良土壤。

那么排污怎么办？这也难不倒张茜。他们一家人提倡以素食为主，尽量减少油污产生，使用自制的不含化学添加剂的洗洁精、沐浴露、洗发水，排出的水就可以直接进入菜园里了。

厕所则被改造成干湿分离型，粪便进入化粪池后，在里边加入活性炭，三级净化后变成有机肥，直接成为蔬菜种植的肥料。这样，通过一系列处理，生活基本实现零垃圾排放。

向山而居，开启新生活

2021年11月，经过近半年的努力，八角地的新家改造、装修完成，张茜一家三口正式搬家，成为新村的第一户村民。

每天，张茜最喜欢做的事，就是坐在厨房里，一边看书一边喝茶，偶尔一抬头就能看到前面青翠的大山。每到此时，她好像真正体会到了古人"相看两不厌，只有敬亭山"那种物我两忘的境界。更多的时候，张茜会带着8岁的女儿，在菜园里观察土壤的情况，教女儿种植各种蔬菜，详细地记录植物的生长过程。陪伴，成了张茜最好的教育方式。

在这里，女儿找到了她这个年龄段应有的快乐，不迷恋手机、不看电视、不玩游戏，也不用做作业到深夜。她们一起捡拾村子周边的垃圾，一起爬山、运动，蜘蛛、毛毛虫成了女儿最好的"玩具"。

或许有人担心这会耽误孩子的学业。张茜则认为，孩子的学习是一辈子的事，大人们能给予他们的只是方法，而生活中最具生命力和无限可能性的只有自然，孩子的好奇心被唤醒，主动去观察、感受自然的能力才是她自己习得的。很多朋友不明白，张茜卖房、放弃事业上山到底图什么。

当初张茜租下村子，并不是为了避世，也不是为了养老，而是想跟一群有共识的朋友一起，建立一个零垃圾社区。

张茜说，她想尝试另一种生活方式，即身心能更接近自然、能跟孩子共同成长、能通过勤劳的双手创造自足和心安的生活。谈到将来的打算，张茜说："20年的租期满后，我58岁，那时孩子也大了，她可以去做想做的事情，我可能会去一个更深的山，探索一些新的可能。"

"熊猫爸爸"潘文石

张烁

他是北京大学生命科学学院教授、博士生导师。本应有着大好前途的他,却偏偏选择像野生动物一样,漂泊在波澜壮阔的大海上,行走在崇山峻岭间,像对待自己的孩子一样,研究保护濒危的大熊猫、白头叶猴和中华白海豚。如今,他依然坚守荒野,用好友的话说:"如果谁在城市里遇见他,比遇到野生动物都稀罕!"他在研究野生大熊猫等野生动物方面取得了惊人的成绩,并被誉为"熊猫爸爸"……

"科学家的良知不允许我说假话"

"8岁时,我就憧憬野外的生活。青少年时代我看的书是《鲁滨孙漂流记》,初一时向往杰克·伦敦《野性的呼唤》中所描述的场景……"潘文石说,1955年,他如愿考入北京大学生物系,毕业后留校任教。1958年,潘文石参加中国第一支珠穆朗玛峰探险队,对世界第一高峰进行科学考察。1980年,他到四川卧龙参加一个关于熊猫的国际合作项目。从此,"血液里对野外生活的向往被唤醒了"。

几经争取,潘文石梦想成真,走进西部群山,在这片有着107道溪流和108道山梁、总面积250平方公里的研究区域里,他和十几名学生夜以继日地追随野外大熊猫的足迹,从43岁就"追"到了花甲之年。

秦岭的冬季寒气逼人,潘文石和学生们住在四面透风的棚子里,钻进鸭绒睡袋,借着蜡烛微弱的光亮,用冻僵的手指记录熊猫通过无线电颈圈发回的数据。15分钟一次,一天记录96次,几乎不吃不喝不睡。在最冷的冬季,饥饿如影随形。一年春节,潘文石和学生为了节省时间和木炭,把土豆和大米熬成一大锅"野外美食",一连吃了好几天。如此饥寒交迫的生活,持续了8年。

1983年年底至1984年年初,四川地区死了8只大熊猫,碰巧60年一遇的竹子开花了。于是,"竹子开花导致了大熊猫死亡,要把野生大熊猫圈养起来保护"的言论出现了。在简陋的工棚里,借着微弱的烛光,潘文石奋笔疾书,致信国务院:"竹子开花不是大熊猫濒危的原因,是人类的砍伐使熊猫面临绝境……"潘文石提出:"坚决反对饲养野生熊猫,那样做只会破坏野生熊猫的种群结构,还可能导致它们不再繁殖。"他以亲身观察到的实证、第一手的科学数据和一位科学家的良知说出了事实的真相,剑指一整条建立在砍伐木材的基础上的利益链。

有"好心人"劝他,有这些工夫,不如多写些论文实惠。潘文石急了:"情况十万火急,如果只是发表了论文,秦岭却没有了森林,没有了大熊猫,又有何用?科

学家的良知不允许我说假话！"

"立即停止采伐，安排职工转产，建立新的自然保护区。"潘文石的建议被采纳。1994年5月，砍伐全线停止；1995年，国家投资5500多万元建立了长青自然保护区，并引入世界银行477万美元贷款，保护了大熊猫在秦岭南坡的最后一片栖息地，大熊猫们迎来了生的希望。

"拯救了一片村庄，保护了一群白叶猴"

多年前，潘文石圆满完成了救助野生大熊猫的科考任务，59岁的他在家没待几天，就像年轻小伙子一样，深入广西西南部荒僻的弄官山，开始了新的课题——白头叶猴的研究保护。潘文石了解到，当地村民燃火做饭靠大量砍伐野生植物，发展经济靠点炮采石，挣钱糊口靠捕杀白头叶猴制造"乌猿酒"……已经陷入"贫困—开荒—偷猎"的恶性循环。

"如果老百姓的生活不改善，我研究白头叶猴又有什么意义？"数夜未眠，潘文石苦苦寻找着答案。一天，潘文石在村口贴出收购牛粪的告示，村民们争相拿牛粪来换钱。当大惑不解的乡亲们看到臭烘烘的牛粪被制成沼气，可以照明烧饭时，这项技术很快深入人心。

十几年间，在潘文石的奔走呼吁下，当地政府先后投入1000万元，用于改善保护区环境。潘文石也拿出自己的科研经费及各类奖金，加上海内外朋友及民间组织的支持，共300多万元，修水池，办学校，资助贫困学生上学，投资医疗设施……

经过20多年的努力，当地的白头叶猴总量已从1996年的96只增加到了如今的800多只。

"希望能为它们的生存尽一份力"

"我在海里沉下去又浮起来，拼命让自己仰着脸，就在这时，我踩到一块光滑的'石头'，可这大海里哪来的石头？"11岁时，潘文石在广东汕头下海游泳，因体力不支失去知觉。

不知过了多久，潘文石被人从岸边搀起来。他困惑地望着大海，两只海豚迎着他在浪中跳啊，跳啊。"是海豚救了我！"从此，潘文石与野生动物结下了情缘。"我一辈子都为它们的善举所感动，并怀着报恩的心，希望能为它们的生存尽一份力。"潘文石满含深情地说。

一次偶然的机会，潘文石了解到，有"海上大熊猫"美誉的"中华白海豚"正面临着前所未有的生存危机，它们所在的广西钦州海域，距离崇左基地仅150公里。于是，"现代化工业化浪潮下中华白海豚的生存之路"纳入了潘文石的研究计划，位于钦州市最南端的三娘湾成为潘文石的"第二个家"。

10年间，潘文石带领课题组收集到超过18万张照片、上千条视频以及数千个GPS定位点，逐步弄清了北部湾白海豚的生存情况。按照钦州市的规划，三娘湾地区被定为工业开发区。潘文石以科学家的执着、社会学家的情怀，在政府和百姓间不断奔走呼吁。他提出，"有能够激发人们智慧和灵感的中华白海豚，自由地巡游在蔚蓝的海面上，北部湾才能成为一个安全的海湾"。

令人欣慰的是，钦州市采纳了潘文石的建议，对工业进行重新布局。如今，那片海一如往昔洁净，对海洋生态环境和水质极其敏感的中华白海豚从2004年的约98头增加到如今的200多头……

在参加《朗读者》节目时，潘文石将自己写的一篇野外日记献给所有热爱生命的朋友——"我们的祖先来自荒野，保存这个荒野，就是保存我们的未来。所有的荒野才是我们子孙后代生存下去的洞天福地。"

好好努力，哪里都是你的北京

杨熹文

我在去北京之前，就已经爱上那座城。

那些从北京车站带回烤鸭，一身体面装束的大人走进我家里，一边喝着酒一边讲着北京的好，离开前也不忘摸着我的头："你要好好学习，长大后去北京上大学，那可是个好城市，有那么——那么——那么高的楼！"他们的笑声爽朗，殊不知我已经在心底为自己默念出一个去北京的梦想。

我十几年前随夏令营到达北京站时，那是我人生中第一次踏在结实的首都土地上。我迫不及待地给妈妈打了电话，握着话筒兴奋地对她大嚷着："妈妈，北京的天都是比我们那里热的！"我这个第一次坐上空调火车去远方的小妞并不知，这并不是对北京的如实写照。

那十几天我在北京的古迹中穿梭，更加确信了它的好。我住在首都某个大学的宿舍里，看见背着书包的十八岁姑娘，穿一条洁白的裙子，带着青春走在夏日的风中。我也看见那食堂里有至少二十种菜肴，我排着队等那勺排骨和炒鸡蛋。我看见那宽阔的马路，那川流不息的人群，那么多装修精良的店铺在街上连绵不绝。我看见那高鼻梁的外国人，对着电话叽里咕噜说着我听不懂的话……

长大后我更确信自己去北京的梦想，仿佛那里就是所有美好的集中地。高考后我不假思索在志愿里填了北京的大学，但毫无悬念地落了榜，我最终在北方一座沿海城市读书，继续用四年遥想北京的好。我以为，我总有一天，会再次站在那片结实的土地上，在那熙熙攘攘的热闹城市里，做一个穿着套裙的白领。我的高跟鞋在二十层高的写字楼里嗒嗒地响着，就像是那走得飞快的钟表，无时无刻不在提醒我更好生活的到来。

很遗憾毕业之后我并没有去北京，几次面试的失败和失恋让我的心情低落，意外得知的出国途径是我对那时的自己唯一的拯救。然而在异国他乡的出租屋里，我一个人守着不足十平方米的房间，从不看电视剧的我，就在那无数个孤独的深夜里，流着泪看完了《北京爱情故事》，也看完了《北京青年》，那时常半饱的肚子和解不开的乡愁，就这样被电视剧中的北京喂饱了。

北京的好，仿佛所有人都知晓。可是并不是所有人都能如愿以偿地搭上去北京的那趟火车，也不是所有人都能在北京的地下室里啃馒头蘸酱也心甘情愿。毕业四年后，和班级里的同学深深浅浅地联络着，也间歇地听说着那么多梦想青年的故事。我

从前一直觉得，所有人都应该去远方，去看看那里的建筑，那里的食物，那里的生活，在陌生的街头为自己寻一场灵魂的改变。然而在之后的人生中，我渐渐地发现，并不是所有人，都能实现一个"去北京"的梦想；而"去北京"，也不是一个人实现梦想的必要因素。

几天前我辗转得来大学时代的朋友小赵的联系方式。很多年不见后，才知道当年那个一心一意想去北京的小伙子，因为母亲突然病重，而不得不回家乡。大部分人都因此为小赵出众的交际能力可惜，可他在家乡那个并不发达的小城市里开了付费自习室，一个人扛起一切工作。那一年他没有一天睡超过五个小时，常常在天不亮的时候起床，然后披星戴月地回家照料母亲。这样的日子过了整两年，自习室已经初具规模，课程也变得丰富，他甚至拉上了原来的同学来这里合作。我问他："还想去北京吗？"他笑说："哪里都是我的北京。"

我心里明白，他那坚持不懈的努力，放在世界的任意一个角落，都会有一天带他走向今天的成就。我身边的另一些朋友，从前和我一样相信着"去北京"，坚持认为北京是梦想落脚的符号。一个朋友在毕业后去北京折腾几年后，最终因为和女朋友长久的异地恋而暂时将留在北京的想法作罢。他来到一座二线城市，在北京体验到的一切，让他在这座城市里看到了很多创业的好机会。他的厨艺不错，在写字楼附近租了一间公寓，开始了为白领送餐的服务，不到一年便拥有衣食无忧的生活。他见到我说的第一句话就是："谁说实现梦想一定要去北京呢？"我从前觉得，所有人都应该向往着去远方，几年前我更年轻的时候，我和所有心怀梦想的人一样，想去纽约成为那大熔炉中的一员，想去英国的大学里读喜欢的科目，想去澳大利亚在沙漠里开越野，想去北京奋斗出一所一百八十平方米的房子……

可是我渐渐地发现，我们因为金钱的缺乏，因为家庭的挽留，因为爱情的约束，因为种种不得不妥协于现实，而和心中的远方告了别。我把这些去远方而不得的情绪，统统称为"北京情结"。很遗憾不是每个人的人生都给了他们"去北京"的机会。可我也渐渐看到，尽管有那么多人没法实现自己的"北京情结"，可也有些人在那些不是北京的地方实现了自己当初的梦想。

我的博客上有很多刚刚毕业的小朋友很羡慕地说："我也很希望去大城市，或者出国……"我总是和他们讲起自己当初的经历，一个人拖着大行李箱在一年中搬家十几次，一个人边读书边没日没夜地打工，一个人克服了那么多孤独和恐惧，又在这一刻不敢停的奋斗中生出活下去的勇气和能力。我不再觉得一个人的梦想一定要在哪里才能生根发芽。能够让你最终实现梦想的，不是一个"地方"，而是你长久的努力，还有不怕输的决心，那是不管你走到哪里都能获得成就的好品质。

理智地想一想，如果当初的自己真的如愿去了北京，能让我在那里穿着职业装，在写字楼的二十层把高跟鞋踏得铿锵有力，再拥有一所一百八十平方米大房子的，只能是不懈的努力。而若我当初只能留在家乡的城市，我也会发誓要用这不懈的努力，为自己拼搏出一样的精彩。我从来都相信，生活中真正的勇士，从不介意上天不公的安排，他们会在任何一片土地上，都郑重地穿上铠甲，用利剑为自己杀出一条光荣的路。

我总是期待每一个不顾一切"去北京"的年轻人，最终都能从地下室搬进二环内，用实现了梦想的人生去回应当年那份浓烈的北京情结。可是如果生活中的什么原因让你不得不挥别"去北京"的那趟列车，我也希望你有足够的勇气和决心，好好努力下去。

我相信，你会让哪里都成为你的北京。

不被看见的需要

"小张"曾是个短视频行业的打工仔,在团队里负责剪辑,下班后随便拍点视频内容,发到网上。感觉收入尚可,至少可以养活自己,就辞职做起了自媒体。生活经历、美食、搞笑段子或者旅行见闻,有什么拍什么。但在短视频的汪洋大海中,2022年整整一年,她的账号仅涨了7万粉丝。

刚过完年,小张准备坐高铁返程时。忽然想到,有年轻人问"有没有人能教自己坐飞机"。她转念一想,或许可以教一教人们如何坐高铁。

她拿出手机,面对镜头事无巨细地讲解着坐高铁的每一个步骤,从取票、进站、检票,到如何找到对应车厢和座位,一步步录制。出乎意料,许多网友留言表示:"没有坐过高铁,真的很有用。"更让她惊讶的是,发布高铁视频时粉丝量不足18万的"打工仔小张",不到两周粉丝量便突破百万,单月涨粉超161万。全平台热度也在持续走高,越来越多的品牌找到她,递出了合作的邀约。

这就让很多人直呼看不懂了,难以计数的博主以及他们的团队,在挖空心思地想创意,找爆款,聪明能干的人一大堆,热门冷门齐上阵,却敌不过如此普通的、日常的内容。就连小张自己,初时也犹疑,一面进站一面嘴里还说着:"感觉好像没什么人会看这个,但是万一呢,万一有人需要呢?"

事实证明不但有人需要,还有热心网友对可能遇到的问题进行补充,比如忘带身份证、上错车厢时该如何应对,也有观众在评论区补充提问,想知道怎么去医院、怎么坐飞机。

一扇门打开,需求源源不断地涌来,"如何办理酒店入住""如何叫网约车""如何扫码点餐""如何办银行卡""如何办护照"……

因年龄、地域、受教育程度不同,很多常识性的知识,偏偏有人不知道,比如平时被父母照料得太周到的大学生,没出过县城的高中生,文化程度不高的老人,还有不肯开口询问的"社恐"等。

一个人习以为常的每件小事,都可能是另一个人的生活盲区。

每个成功的博主都有他的厉害之处,"打工仔小张"的厉害,在于她看见了不被看见的需要。

第二章 智慧课

勤勉与聪慧

□ [西班牙] 巴尔塔萨尔·格拉西安
译／张广森

没有勤勉与聪慧，绝对不可能成器；二者兼具，功成名就便轻而易举。

勤勉的凡人比慵懒的才俊更有作为。用奋斗去博取功名吧，轻易到手的东西，值不了多少钱。即便是简单的工作，有些也需要刻苦努力。

勤勉很少会淹没才情。因为，在高级岗位上做得普普通通，没能在平凡人中出类拔萃者，常常会以不屑为托词。然而，本可以在平凡岗位上卓尔不群，却甘愿满足于在高级岗位上表现平平的人，可就没有借口了。

所以，天赋和后学都是需要的，但起决定作用的只有勤勉。

放下虚荣心

心理学上有种人格叫作"雷普利综合征"。指一个人陷入提升身份的欲望而不断说谎,最终自己也难以分清真实和谎言,于是生活在幻想中,形成人格障碍。

这个称呼源于电影《天才雷普利》:雷普利向往高雅艺术,却只能在剧院当服务员,住在和屠宰场毗邻的地下室。他伪装成耶鲁校友,模仿别人的声音、动作和字迹,然后一步步被欲望驱使,鸠占鹊巢,谋财害命,走上不归路。

这既是人格障碍,也是虚荣心所致。

法国哲学家亨利·伯格森说:"虚荣心很难说是一种恶行,但很多恶行都围绕虚荣心而生,都不过是满足虚荣心的手段。"

有一次,我临时去一家不熟的美甲店做基础护理。

美甲师笑道:"那个太普通,不配您,您不如做这种镶钻的,高级贵气。"

我说:"谢谢,就这个基础款。"她边准备工具边暗戳戳地说:"您的气质那么好,消费不妨更匹配。"

说实话,我20岁时要被这么一激,铁定咬牙选择更贵的,那时,生怕流露出丁点寒酸,面子大过天。40岁以后,是真无所谓,不觉得只有擦贵妇面霜的才是贵妇,不认为戴名牌首饰就是消费升级,不被价格和别人的评价绑架,才是放过自己。我每天在键盘上敲字,如果双手镶满钻,还怎么写稿?

因为工作,我接触过一些"富豪"阶层人士,他们自己及其子女,衣着简单,很多保持着终身工作的状态,因为工作是和世界保持连接的方式,是让思维不落伍的方式。

自卑和虚荣,总是狼狈成双。虚荣源于自卑,自卑又助长虚荣。

它们除了带来心理上的拧巴,还有无谓攀比的精神内耗,毫无用处。

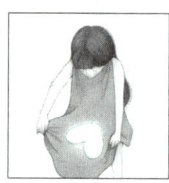

读书的兴奋点

肖复兴

在读书的时候,每个人的兴奋点是不同的。我的兴奋点在哪里?在细节。我一直这样认为,一篇文章也好,一本书也好,感动我们的其实就是细节。

泰戈尔的《喀布尔人》,写的是一位远离家乡的卖货郎思念小女儿,如何表达这种思念之情呢?仅仅说非常想念,日夜想念,做梦都在想念,行吗?那样,会太空洞。泰戈尔最后依托的是那张印有小女儿小小手印的纸。这张纸一直藏在卖货郎的身上,即使是坐牢也没有把它弄坏弄丢。这张印有女儿小小手印的纸,就是细节。

老舍的《热包子》,写的是一对年轻人。夫妻之间发生摩擦之后,妻子一气之下,离家出走半年,丈夫盼望着她归来。终于盼到妻子归来的那一刻,他的举动非常特别。他不是像现在我们常看到的电视剧里演的那样,先拉着妻子的手道歉或煽情,而是立刻跑出家门。旁人问他这么着急忙慌地干吗去,他先是欢喜得说不出话来,然后趴在人家的耳边说了句:"我给她买热包子去。"他把"热"字说得分外真切,而热包子正是妻子平常最爱吃的。买热包子的这个举动,让这个丈夫与妻子阔别重逢的喜悦心情和憨厚的形象凸显。这个热包子,就是细节。

除此之外,还有很多细节的表现方式,需要我们仔细寻找和体会。

美国作家卡佛有这样一篇小说,题目叫作《软座包厢》,写一个父亲乘坐火车去看望八年未见的儿子。八年前,因为儿子,父亲和母亲离婚,在争吵中母亲把碟子一个接一个往地上摔,儿子冲过来,和父亲打起来。那是父亲最后与儿子和妻子的见面。如今,坐在火车的软座包厢里,想起那可怕的一幕,像发生在别人身上的事情。他望着窗外,看到了这样一幕街景:"火车鸣叫着汽笛飞驰过一个路口,拦路杆已经放下了,他看见一个穿着毛衣的年轻妇人,绾着头发,推着自行车,看火车一闪而过。"

推自行车的女人,与作为主人公的父亲,没有一点儿关系。可以说没有这个场景,一点不影响小说情节的进展。那么,这个场景起到什么样的作用?小说紧接着是这样写的:"你妈妈还好吗?他可能会这样问儿子,有你妈妈的消息吗?"

在这里卡佛真正要说的是后面他对妻子微妙的心理:怨恨过后的关心。但他没有这样直接表达,而是借助了这个场景作为跳板起跳。如果没有这块跳板,会让后面的心理想象有些突兀,有了这块跳板,就像触景生情,使得后面的描写自然而亲切,让我们容易接受并产生共鸣。

在读书中重视阅读这些并体味那些表现形式不同却作用相同细节的目的,是希望帮助自己在生活中寻找到并能够捕捉到这样的细节。

实际上,在我们的生活中蕴藏着丰富的写作素材,素材可能是一堆,而细节则只会是那么很小一点或几点而已。你可以看到我所举的那些例子,都是作者在生活中自己感受到的,有了这些细节,才会使得文章感人。

好的故事

父亲喜欢讲故事，尤其是在我执拗倔强的时候，他总会叫住我，说："别这样，来，我给你讲个故事吧！"父亲讲过很多关于意志、品质的故事，如苏武牧羊、韦编三绝、程门立雪、卧薪尝胆等。

父亲读的书不多，常常乖谬百出，比如他把郭靖死守襄阳城当作"故事"说给我听，说的时候，他眼中泪光闪闪。长大后，我嘲笑过他；现在，我知道那也是好的故事，凡是触动人心的都是好的故事。

一个冬日的早晨，姨夫两手空空地来到我家，很是局促，脸涨得通红。父亲招待他吃饭，自己却去后屋，装满两稻箩山芋干。当姨夫假装推托两下后，挑起沉甸甸的稻箩走出湾村时，我气得坐在地上，捂眼大哭。

那是我和弟弟妹妹从挖到洗、到切、到晒、到收，辛辛苦苦攒起来的，我们磨破了手，提防着积雨云和群飞过来的麻雀，还有那些嘴馋的小孩。我们饿怕了，这些是应付第二年青黄不接的粮食。

父亲搬只凳子，坐在我的面前，说："别这样，来，我给你说个故事吧！"

他说有一年，范仲淹让儿子范纯仁去苏州收租。范纯仁收完租后，押运了五百斛小麦返程，船停靠在丹阳某条河边时，听到了凄惨的哭声。他忙下船打听，原来是一个名叫石延年的人经过丹阳时，父母和妻子相继死亡。石延年身无分文，无法入殓父母妻子，悲从中来，不由哭了起来。

我弟弟说："把麦子卖了，帮帮他吧！"

父亲看了我一眼，摸摸弟弟的头，接着说故事。

他说，几天之后，范纯仁回到父亲身边复命。范仲淹问，麦子收好了？都放仓里了？范纯仁嗫嚅着，说起了石延年的事。听后，范仲淹大怒，指着儿子说，你为什么不把麦子给他？范纯仁忙说给了。范仲淹满意地点点头，又想起什么，满脸担忧地说，你把麦子给他，他哪里有钱买船，将亲人的灵柩运回故乡？范纯仁躬身说，"父亲，我把船也给他了。"

说到这里，父亲看了看我，起身走了。我的心里翻起了波涛。很多年后，我读《清波杂志》，才知道事情与父亲讲的故事稍有出入，但我觉得父亲改编得更好。

当我不再迷恋父亲的故事时，对他故事的批判就开始了。

当他还在翻来覆去地看《南征北战》等老电影时，我在看《血战钢锯岭》《敦刻尔克》等大片。

父亲的故事太老了，讲述的手段太老旧了，画质、配音都那么低端，特效更是没有，真不明白他为什么看得那么投入。于是我们渐行渐远，各自迷恋各自的故事。

今年，父亲忽然叫住我，让我带他看《流浪地球2》。我已经看过了，并没有《流浪地球1》那么满意。

父亲盯着银幕，泪水从他的眼眶里无声流出，微弱的荧光中，他的脸上流着一条隐忍的河流。

我突然被一股热流所击中，我意识到，父亲没变，是我变了。我批判故事中的漏洞，批判电影语言的不完美，而父亲依然是故事忠诚的听众。

灯亮起来时，父亲对我说，中国也可以这样讲故事了，讲给外国人听了。一刹那，我心中大震，原来父亲知道"中国故事"。

是的，很多年前，我们是这样给世界说中国故事的：张骞出使西域，玄奘西行，鉴真东渡，郑和下西洋。现在我们是这样说中国故事的：援非医疗，援非基建，人道主义救助，建设人类命运共同体，飞天，中国式现代化。大使李辉对世界说出中国的和平主张，国防部部长李尚福对世界阐明中国的和平理念。中国的好故事有很多，中国现在所做的，又将成为中国好故事。

我坐在父亲面前，对他说："爸，我给你说说今天的中国故事吧！"父亲笑了，郑重地点点头。

渐　境

美好的事物，都有一个渐进的过程。比如看小说和影视剧，又或者欣赏表演，最精彩的部分往往只有最后那么一点。那么前面的部分只能算是浮沫吗？也不见得。如果直接把前面十之八九的篇章当成无用的浮沫，直截了当地抹去，一上来就亮出最精彩的部分，结果往往不如预期，甚至会令观者云里雾里，观感大打折扣。

怎么会这样？要令人感受深刻，就得一层层地铺陈外头的迷障，把精彩包在核心之中。在这一点点的铺垫中，观者渐入情境，情绪被一步步带上去。等到观者的情绪到达巅峰时，再把最精彩的部分抖出来。这么一来，才能产生最好的效果。

有时候就是这样。两场表演，效果迥异，不见得就是表演者实力存在差距。实力相近，但一方一上台就直接亮出杀手锏，观者还没进入情境，脑子恐怕还不清楚，表演就已经结束了。而另一方则懂得循序渐进，一步步引领观众渐入佳境，在情绪到达巅峰的时刻，再亮出自己的绝招。这么一来，明明实力差不多，效果却天差地别。

其中，差别就在于渐进。好的事物，好的成功，或者令人印象深刻的表演，需要的不仅仅是最后的精彩，还需要一个可供培养情绪的渐进境界。

人生中，有渐境，才美好。

最好的人生是，不再需要证明自己

十五年前，我在法国南部一家连锁餐厅里打工。半自助式餐厅，我的工作在自选区，缺什么摆什么，甜点不够了就朝厨房喊一嗓子，饮料不够了就去库房搬。

有一位花白胡子的老先生，常来吃午餐。他穿着普通，样子也普通，不过人很和善，讲话既绅士又风趣。他管我叫"小姑娘"，总是笑嘻嘻地问："小姑娘，今天哪款是推荐甜点？"

餐厅每天有一款推荐甜点，比别的甜点便宜0.4欧元。老先生还会跟我商量："小姑娘，在甜点上给我加朵奶油花，行吗？我想配着咖啡喝。"

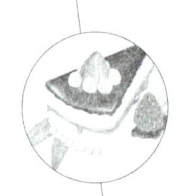

老先生很和善，让人心生亲近。我每次都给他加，还加好大一朵。他的笑容很灿烂，会露出很整洁的牙齿。他总是开心地说："谢谢，你是最棒的小姑娘！"那语气是毋庸置疑的真诚。

有一次，他晚上来吃饭。推荐甜点卖完了。老先生有点失望地说："很遗憾，今天是我的生日。"我有点可怜他，因为他总是一个人，还总点便宜的推荐甜点。

我说："您先去付钱，我烤好了，给您送过去。"

那天的推荐甜点是"诺曼底苹果塔"，我特意加了两朵奶油花，还给他点了根小蜡烛。他正端着一杯红酒在独品，看到蛋糕，脸亮了起来，他说："你知道吗，小姑娘。我妈妈是诺曼底人，我小时候，我妈妈每个星期都给我做苹果塔。"他打开钱夹子，拿出一张50欧元的纸币给我，并说"谢谢你"。

在法国，餐厅小费并不是必须的，尤其是这种半自助式的餐厅。2002年，50欧元小费，真是一笔巨款。我推辞，老先生把钱放在我的手里说："接受这个钱，就算是你送我的生日礼物。"

这真是一个让人无法拒绝的理由，我满心高兴地收下了钱。当我回到工作区，值班经理问："你知道他是谁吗？"

我摇头。经理用手比画了一下说："你看到马路对面那个加油站了吗？还有加油站后面那片空的葡萄地，都是他的。另外，我们这个商业中心的地本来也是他的。"

"啊？"我惊讶地捂住了嘴巴。"那他干吗来咱们这里吃饭，还吃当日推荐食物？"

收银那边在叫经理过去，他边走边耸耸肩，"有钱人的世界，咱不懂"。

初秋，我去市立图书馆排队用电脑。在大门口，碰到了老先生，他还穿着平常的格子布衬衣和卡其裤子，胡子修剪得很整齐。

他笑着和我打招呼，背后的玻璃幕墙上，有张海报，上面印着一个跟他真人差不多的头像。我很诧异地看看海报又看看他，他说："噢，我捐了些书。"

我情不自禁地捂住嘴巴说："哇，您真有钱！"他哈哈大笑，然后说："小姑娘，等你长大了，总有一天会明白，钱只不过是一串数字，价值才是重要的。下次见我，别说我有钱啊。"

说完，他挥了挥手，就走了。在人群中，他是一个那么普通的小老头，我看着他的背影，觉得有钱真好，想怎么任性就怎么任性。如果我有这么多钱，一定不穿那么普通的布衬衣，更不会去吃推荐甜点，我要天天穿名牌，顿顿米其林，我要去定制法拉利，虽然我连驾照都没有，不过那又有什么关系，反正我有钱……

在很多很多年里，我一直以为财富决定人生的价值。如果想要伸直腰，怡然自得，体面地活着，那么我得先弯下腰，低下头，不惜所有，倾尽全力地拼命努力。

面对大多数的普通人，想要在人前肆意妄为，鲜衣怒马地活着，社会已经安排了看得见的、所谓的"成功学"式的思维逻辑模式：拼命地努力，玩命地赚钱，可命地消费，不要命地犒劳自己。既然我们找不到自己的价值，那么就移花接木地找到一个看得到的价值，代换成自己的。其实那是一种假象，不是事实。

前两天，我有一个朋友来上海开会，她的行程很满，为了将时间优化，她带我去了一个行业招待酒会。

酒会是自助式的冷餐会，旁边有些可以吃东西的桌子。在一张桌子上吃饭，大家象征性地相互介绍了一下情况。轮到我们两个浑圆黄脸、穿着普通的中年妇女，也没人在意，只是随意地点了点头。

桌子上的人，边吃边吹牛，这个说，我们公司准备去拿融资；那个说，我刚刚从迪拜回来，我们住了一个月的帆船楼；第三个说，我们刚刚在上海买了别墅……

我真心一点不喜欢这种人多混脸的酒会。因为这种场合，最能显现出人类社会在自然状态下的势力分级。

我们正说着，酒会主办公司的老总在人群中，发现了朋友。跑过来敬酒，感谢着她能来，连我都沾了光，老总亲赐了张名片。

朋友笑笑说："我是个研究员，我们最近做的课题和他们公司有点关系，所以见过一面。"

我们起身去拿甜点，我问她："你为啥不说啊？"

她是欧盟投资几百万欧元的实验室的项目负责人，她研究的尖端课题，可能产生上亿元的利润。

她耸耸肩说："那又怎么样？我不还是一个孩子的母亲，要还二十年房贷，焦头烂额的中年妇女？在我这个年龄，已经不需要别人来肯定我的价值。"

有人的地方就有江湖。每个人都希望，在别人的尊重和敬仰中，体面地活着。我们常常以为别人尊重的是我们的钱，事实上，别人尊重的是我们的价值。

年少气盛的时候，我们就害怕别人看低自己，生怕别人不知道，恨不得把自己所有的功绩，都变成刺青刻到脑门儿上，好让别人一目了然从而肃然起敬。

然而半生滑过来，我比谁都清楚，我是谁，我值多少钱，我可以自己评判自己的价值，而不再需要从别人那里得到尊重，来满足自己。

人生最好的境界，是不再需要倾尽所有地活着，可以悠悠然地看着别人在你眼前炫耀攀比，而不再需要竭尽全力地去售卖自己。

人生当然要倾尽全力，但是不是为了别人，而是为了自己。

美好的旅途最好不要到达

张宗子

新版电视剧《西游记》推出时，网上做宣传，发表海报多幅。其中一幅，定格于取经四众在夕阳下沿着大路向前奔的背影。彩霞满天，山影遍地。唐僧骑马，悟空开道。八戒扛着钉耙，大袖招摇。沙僧在后，负担而行。这组人物，两动两静，适成对比，而又互相映衬，透着和谐温暖。

四个人在路上，是一个社会，一个团体，一个家庭。更是一种情境，一种心态，一项事业。因为有目标，故有期待和方向。然而目标在客观上相同，在各人那里，却有分别。目标相同，才能构成一个稳定的社会；各有打算，才能保持个性。在目标达成之前和之后，每个人依然是他自己。

这个社会是移动的，纵有留驻，也很短暂。外在的世界在空间上更大，却没有时间的纵深。山清水秀，看一眼，继续往前走。炎热酷寒，路不会因此缩短或伸长一寸。他们携带着自己的世界，好比坐在火车上。四人世界不免单调，虽是同志，也会矛盾四伏，幸而车窗外风景的变迁，转移了他们的注意力。内在的世界和外在的世界嵌合在一起，使这世界不仅无限丰富，而且因为两个清晰的层次，变得容易把握，带来安定的感觉。何况还要时时下车，玩耍，休息，寻物，等待，战斗，解决各种难题，忍受各种挫败。自然，最后总是有惊无险。运气好的时候，被待为上宾，几乎乐不思蜀。过了一年又一年，经历的事，却很少触及他们内心深处。他们多了应对外部环境的经验，处理具体事务的方法，但他们的心不受色声香味触法的侵扰，谁都不会因为他者而改变自己。唐僧照样善良却经常犯糊涂；悟空照样以多事为乐；八戒，即使成了圣，戒不了吃，也戒不了对女人的喜欢；至于沙僧，永远沉默寡言，不多的精明全留在了肚子里，不怕吃苦，也没什么主意。

四众的互相理解和包容，实际上是要向世人摆明一个道理：人，一切与生俱来的，为过去的生活所造就的，就是最好的。世上最可怕的事，莫过于千人一面。完美幸亏只在理论上存在，否则，它会闷杀所有想过日子的人，包括那些对生活没有什么要求的人。

旅途漫长，却无惊险。一国到一国，城池相望，鸡犬之声相闻，饭菜有施主畅快供应，住宿有上好的旅店和施主的客房。剩下的只是行走。日子长，也不急于一时。路是心地纯净的，不会虚假，不设陷阱，没有所图，你只要走，最终总会到达。旅伴，除了壮胆，分担活计，聊解寂寞，并无用处。取经之旅，变成了领奖之旅。人多，是来分享荣誉的。在此情形下，四众的组合，就很难想象了。

四个人维持如此完美的关系，堪称世上的奇迹。作为四众中的任何一员，我都会觉得幸福。当然，即使同吃同住又同行，人还是能保有一点隐私的。隐私在集体生活中，是最简单的自我认知手段，又是一个参照，见出友伴相处的美好。唐僧时常回忆他早年的日子，也爱温习功课，还会设想取经回到长安后的译场工作安排；悟空为人很江湖，天上地下，朋友众多，仙界的一批，不乏见面的机会，虽然不过寒暄几句，开个玩笑，也是一种调剂；八戒是一个随时要抓住机会的人，遇到引诱，每次必动摇，但我觉得他未必那么糊涂，他的上钩注定不会有结果，但引诱的过程本身，就是值得的啊；沙僧的描写被缩减到最低，可是，他是空余时间最多的人，悟空和八戒探路降妖的时候，他守行李，等待消息。唐僧喜欢打盹儿，那么沙僧干什么呢？假如是我，只好写日记吧。

　　十年来几乎足不出户，我越来越迷恋陌生的风景。做个职业的旅行者，没有条件。即使有条件，也不一定下得了吃苦和花费几年时间的决心。可是你瞧，唐僧他们的情况不同。一切方面都证明，上路是他们唯一的选择，还是最好的选择。唯一和最好合为一体，世上难得有如此美事。

　　十多岁的时候，《西游记》里每到一处的写景诗让我着迷，在本子上抄来抄去。文辞在我眼里美丽又高深，取其中只言片语，作文就可傲视同学，连老师也对我刮目相看。如今，那些诗变得简单幼稚，照理我不应该再喜欢它们，可我还是喜欢。那些向壁虚构，照模子描出来的四季山水景物八股诗，却藏着迷人的情调：在路上，在季节里。

　　读《西游记》读到四圣成真时，怅然若失。就像小时候看电影，每当大大的"完"字摇摇晃晃地出现在银幕上，灰茫茫的灯光突然劈头罩下，人影晃动的剧场里，只见满地瓜子壳和糖纸，还有小孩子撒的尿，那种失落感，多少年后犹不能忘怀。因为他们旅途已尽，事业已成，再也没有人生的目标，再也没有艰难和历险，再也没有每一次脱出险境后的欣喜。他们将各自分散，汇入人流，彻底消失。

　　美好的旅途最好不要到达，因为是旅途决定了他们之所以为他们。旅途，正如我在回答一位网友的帖子时所写的，它应该是永远正在进行。因为不能重新开始，因此，不要终结。终结后的安逸有什么意义呢？满足只是暂时的。靠回忆生活吗？回忆像茶，即使是特级名茶，也不能无休止地一遍遍泡下去。辛巴达每次九死一生地航海归来，住家不过一年两年，立即忘了在艰辛中发过的再不出门的誓言，依旧抛下一切，从头开始，正是怀着同样的情愫。前人不辞辛苦地写就几十万字的《后西游记》和《续西游记》，也许心思和我一样：无论找个什么理由，好歹让唐僧师徒重新上路。

你在这个世界的不同版本

马德

在无恩无怨的人嘴里，会有一个版本的你。

在有利益冲突的人嘴里，会有一个版本的你。

在三观不一致的人嘴里，会有另一个版本的你。

《射雕英雄传》中，江湖各门派对东邪黄药师的看法各异。即便是在他的弟子梅超风和陆乘风的心里，师父的样子也不一样。但无论别人怎么说，在黄蓉眼里，黄药师只是一个父亲，一个很疼很爱她的父亲。这个父亲，再正常不过。

也因此，人在江湖，假如别人对你的评价都不一样，恭喜你，你是一个正常的人。

如果他们众口一词，一种可能是，你是大家心目中伟大的人，真的无可挑剔；另一种可能是，你是所有人都讨厌的人，真的一无是处。当然了，大家都讨厌你，也有可能是大家都冤枉了你。但这种可能极小，除非，你活得比窦娥还冤。更大的可能是，你的言行举止的确有许多值得反省的地方，才被大家口诛笔伐。

活到伟大，必然会牺牲很多。我希望，这样的牺牲，是一种自然而然的发生，而不是被道德绑架，或者是被自我道德绑架。

这样的伟大，很痛苦，还不如活成个普通人。

我极欣赏一个人能很自我地活着，虽然不至于我行我素，至少不受什么羁绊和牵制。

在别人那里，关于你，可能有好多个版本，但总有一两个版本，闪烁着人性的光辉和价值，我觉得，一辈子能活成这样，已经够了。

被设置出来的峰终定律

什么是峰终定律？

在体验一个事件的过程中，最重要的指标有两个：一个是峰，一个是终。这是指事件过程当中的高峰体验和事件结束时的体验，这两个体验将决定着我们对这个事件的评价，这就是"峰终定律"。

峰终定律由诺贝尔经济学奖获得者、心理学家丹尼尔·卡尼曼提出。它给予我们在潜意识里总结体验的特点：用户在体验一项事物后，所能记住的只是在峰（高峰）与终（结束）时的体验，而在其过程中好与不好体验的比重、体验时间的长短，对记忆的影响并不大。

一些聪明的商家在研究了峰终定律后发现，这种体验是可以设计出来的。如美国洛杉矶魔术城堡酒店的游泳池边有一台特殊的电话机，电话机上有一个按键，叫"冰棒热线"，只要客人一按按键，就会有一名侍者穿着非常有仪式感的衣服，戴着白手套，托着一个盛着冰桶的盘子，走到客人面前说"请挑选"。冰桶一打开，里边是五颜六色的冰棒，随便拿，随便吃，各种口味都有。

若是将拨通冰棒热线的那一刻放在整段假期的背景下来看，毫无疑问，这是决定性时刻。当使用过这项服务的客人向朋友们谈起在洛杉矶的度假体验时，他们会说："我们去了迪士尼乐园，还到了好莱坞星光大道，我们住在一家叫魔术城堡的酒店里，你肯定想不到，游泳池边居然有一部电话……"冰棒热线是整个旅途中的一个决定性时刻，而这一时刻就是聪明的商家策划好的。

如何打造峰终体验？打造峰终体验，最重要的是对平淡无奇说"不"。第一次去海底捞吃火锅的时候，一群服务员面带和善的笑容，为顾客递毛巾擦手、送水果花生，连卫生间都有人递手纸，临走时还送一盒小食包。即便客人很不适应这样的"极致"服务，但内心有种说不出的舒服。以至于吃的什么完全不记得，但对海底捞的服务印象深刻。

其实，峰终定律是一种认知上的偏见，对过去的事物和事件，往往更容易被人记住的是那些特别好或特别不好的时刻，或者是结束的时刻，过程中的平均值往往会被忽略。峰终定律也是营销上比较推崇的一种行为模式和管理概念，就像游乐场里面比较热门的游玩项目都要排队好久，真正的游玩时间也就几分钟，但人们记住的往往不会是排队等待的漫长过程，而是游玩的那几分钟，甚至几秒钟。

生活中经常遇到的峰终定律的典型事例还有很多，比如大部分餐馆都会有几个特色菜或招牌菜，奶茶店也会有必点爆款，退出App时弹出个新窗口送大额优惠券，双11购物时零点的低价抢购和最后几小时的返场优惠，电影会有高潮和让人印象深刻的结尾，小孩子上培训班结束时老师会给予表扬并发一颗棒棒糖……

善于使用峰终定律，能给我们的工作和生活带来很多意想不到的收获和惊喜时刻。峰终定律及其应用研究给我们的启示是，比起较为平均的、全流程式的顾客体验管理方式，将有限的资源重点投放于顾客接触之峰点与终点的体验管理，可以利用更少的或者相同的资源实现更高的服务效能，从而从整体上优化顾客体验。这一规律的发现，为经济研究、管理、政府决策打开一扇窗户，形成了极具震撼力与影响力的服务模式。

义乌什么都知道

永不停歇

这是吴文莉经历的第五届世界杯。在义乌国际商贸城,她经营着一家国旗铺子,只有十多平方米。但当卡塔尔的哨声一吹响,她经手的这批国旗,就出现在一百多个国家的酒吧、大厦以及世界杯球迷的手上。

义乌什么都知道。所有国旗里,巴西和阿根廷的最多,足足出口了8个货柜,大约160万面旗子——这是世界杯一贯的两位强者。让她惊讶的是,2022年哥斯达黎加人民的热情也不容小觑,尽管关于他们的报道版面并不多。这个人口只有513.9万的国家,比代管义乌的浙江金华的人口还要少,却足足向吴文莉要了1个货柜的旗子。

哥斯达黎加上次踢进世界杯,已经是8年前的事情。那是2014年,在巴西,哥斯达黎加从乌拉圭、意大利、英格兰所在的"死亡"小组赛中成功出线,一路杀进8强,成为当年最大的黑马。那一年,哥斯达黎加举国狂欢,他们在城市广场中央放置了超大屏幕,滚动直播赛事。同一时刻,太平洋西海岸,中国义乌的球衣商人温从见在自家的电视机里,看见成千上万的哥斯达黎加人民穿着他出口的红色球衣,对着镜头沸腾,"像一片红色海洋"。

吴文莉还记得,2004年,她刚刚入行两年,5个南非华侨闯入她的商铺,要求带着所有的南非国旗离开。当时,南非共和国成功拿下2010年世界杯的申办权,彼时曼德拉仍在世,这位总统先生举起大力神杯在苏黎世开怀大笑。一夜之间,南非国旗在中国义乌一售而空。

"那是最疯狂的一年,二十多年来,人肉带货,就那一例。"5个华侨,空手走进吴文莉的店铺,绕过外贸公司和冗长的海运,决定人肉带货返回南非。按照国际航班规定,头等舱最大免费行李重量是40公斤,在南非国旗有市无价,且市场备货不足的情况下,华侨们坐进了吴文莉的工厂,盯着国旗生产,没等味道消散,付完钱,匆匆带着200公斤国旗离开了。

直到今天,任何与世界的连接,发生在义乌国际商贸城都不足为奇。从旗帜、足球、球衣,到哨子、喇叭、手拍器,义乌体育用品协会曾经估算,"义乌制造"几乎占到整个卡塔尔世界杯周边商品市场的70%。吴文莉和温从见都是其中的注脚。吴文莉在2022年的国旗订单的出口量增长了30%,而仅仅是世界杯订单,就让温从见卖出了200万件球衣。

八爪鱼的触感

世界一波动,总有人能瞧见机遇。义乌商贸城里的商人们,像八爪鱼一般,伸出的触角能感知到整个世界海洋的温度,也能感知到机遇的存在。圣诞彩条商人李国山这两年的生意,就比过去好得多。2021年11月,我曾在国际商贸城拜访过他一次,那时他正为自己的圣诞彩条无法装柜而发愁,眉头紧蹙,总在叹气。但2022年,几乎可以用逆转来形容。

他告诉我,卖得最好的是生日彩条,甚至超过了圣诞用品。其中的原因让我惊奇:新冠病毒没有消失,尤其是2021年,国外的一些大型场所也关闭了,许多人将生日派对从外边挪到了家中。"生日彩条,以前是可买可不买,现在都待在家过生日,家家户户都得买。你想,这一年当中,过生日的人太多了不是?"

仅仅是一款生日门帘,李国山接到的最大单子就达3000万件,这已经超过工厂短时间内的全部生产体量。就连一款带"喜"字花样的紫色生日彩条,也深受外国人喜爱,李国山当时也有些吃惊,后来翻译悄悄告诉他,有些外国人不认识汉字,就把这"喜"字当作一朵花、一种装饰来看。对李国山来说,往年主打的圣诞生意,2022年变得可有可无。在他十平方米的小店里,圣诞彩条依旧挂满四面墙——天花板也不例外,但热销的生日彩条,被他搁置在桌旁的矮柜里,他认为这已经十分隆重,"真正卖得好的东西,不需要宣传"。作为国旗生产商,吴文莉只是坐在铺子里,就把国际大事经历了个遍。在卡塔尔世界杯前,俄乌战争、英国女王去世,都曾给世界带去一阵波痕。

2022年义乌的电热毯、电暖器这样的保暖用品订单,也获得了惊人的增长。一位义乌商人接到了1000万条电热毯的订单,这也是他二十多年来,头回和欧洲人做生意。从1月到8月,义乌出口的保暖用品的价值共计1.9亿元,同比增长41.6%。从前只有中国女性钟爱的"光腿神器",也因此漂洋过海,到了欧洲。能源危机、寒潮来袭,燃气、电价上涨的背后,还有物价的整体上涨,欧洲人抢购义乌制造的御寒装备,是为了顺利度过这个波折不断的冬天。

原始、复杂,容纳多元

在过去的20年里,义乌商人创造了一个无比活跃、经济持续增长时间最长的商业奇迹,这得益于集中、规模、低价,他们也成为全世界最不容易被打败的商人。在义乌商贸城,为了方便外国客人找寻,任何商品都以种类为单位划分归拢。这也意味着,没有商人会随意挪动商铺。从2002年商贸城落地成至今,像李国山、吴文莉这样的商人,几乎在这十平方米里,度过了半生。

义乌的优势不可替代,从未有过一座城市像义乌一样,自身就是一个完整的商业体,一个商人要想在商贸城租下铺子,大到装修,小到桌椅板凳这里都能供应。更别说义乌拥有成熟的基建、供应链与港口,以及中国商人在海外的良好信誉。

2022年即将过去,圣诞节已经是最后一个海外节庆日,也是商贸城的最后一笔大生意。陈芳黎的圣诞工厂在做一批泰国货,几个女工人给圣诞老人帽粘辫子、抹胶、粘贴,就着大拇指一摁,一天可以加工成千上万个圣诞帽。一切又验证了那句话,义乌什么都知道。

吃饭的讲究

现在很多人爱看熊猫视频，我平素最羡慕这"国宝"了，不仅长得讨喜，吃起竹子来也那么悠闲自在。换作我，在众目睽睽之下进餐，还真有些难为情呢。记得第一次去老丈人家，被七大姑八大姨围了个水泄不通，吃饭的时候大气都不敢出，好在吃相尚不难看，觥筹交错间，尽显儒雅风范，得到了亲友团的一致好评。

这不是自吹，在吃饭的问题上，我从小就经历过严格的礼仪训练。

我的"首席教练"是爷爷。五六岁的时候，我经常是正吃得起劲，爷爷忽然一筷子虚晃过来提醒我，原来是我筷子拿得别扭。我立马苦练拿筷子的本领，而且经得起抽查。爷爷满意之余，不忘开个"小灶"，传授些传统礼仪，比如筷子上不能带着饭粒去夹菜，因为那样不卫生；筷子不能插在碗中央，因为那是祭奠先人时的礼数；不能用筷子指着别人讲话，因为那样不礼貌，而且很容易伤人伤己。

端碗也有讲究，我家的规矩是碗必须端着吃，不能把头埋向碗里，也不能发出哼哼之声，更不能像李天王一样托着个碗。有时我觉得不能随心所欲，就盛一大碗饭，再夹几筷子菜，走到厨房后门，在门槛上坐下来。一口饭，一口菜，一缕清风，一份从容，倔强的少年就是如此清新脱俗。

我偶尔也会与父亲抢地盘，他吃饭的"领地"是大门的门槛，他蹲在上面吃。这功夫自然十分了得，起初我以为他练过梅花桩，后来母亲介绍说，父亲年轻的时候就喜欢蹲在板凳上吃饭，这真是个奇怪的习惯，我只能解释成他是个特讲究的人，不愿把裤子坐脏了。

以前家家户户吃饭坐的都是长板凳，如果两个人隔得远，板凳就成了跷跷板，倘若一人突然起身，另一人多半会狼狈倒地，碗里的饭菜泼到地上。年少时，我就吃过这样的亏，也使别人上过这样的当。要想把肚子吃饱，最好还是找把结实的椅子坐好。坐在长板凳上吃饭还有个大讲究，就是必须管好我无处安放的脚，从礼仪的角度讲，脚肯定是不能乱伸乱踩的。除了坐在门槛上吃饭，我还喜欢端个碗到处跑。碗里有大鱼大肉，就去跟小伙伴们围坐在一起，好好显摆一番。碗里是萝卜青菜，就去跟婶婶阿姨们围坐在一起，假装一脸诚恳地听她们聊些闲话，半推半就间碗里能多几块她们给的肉片。

所谓催工不催食，过去一顿饭吃下来，不知要花多长时间，也不知会掉几个碗。因为我吃着吃着，碗就地一放，便快乐地玩耍去了。有段时间，家里的碗越来越少，母亲专门去左邻右舍的橱柜里翻找，找了一摞回来。我家的碗是蓝色花边碗，一眼就能认出来。从寻碗这个细节可知，当年邻里关系多么融洽，如今楼上楼下住的是谁，我都懒得去打听，碰见了也懒得打招呼，也因此生活中少了些烟火气。

吃饭喜欢自在，所以我很不喜欢应酬，吃个饭生怕坐错了位置，生怕说错了话，一顿饭下来，是站了又坐，坐了又站，折腾别人也折腾自己。还是在自己家里吃饭自在，每次烧一大盆油焖大虾，老婆都是旁若无人地享用着，吃完还不忘把油腻腻的手指吮吸一下，没有丝毫繁文缛节，我这个厨子见了都默默伸出大拇指。这般吃法，不像与一些小年轻聚餐，一大桌子菜一大桌子人，居然常常默不吭声，自顾自地玩着手机，不专心吃饭，真的是既辜负了美食，又辜负了爱。

正因为有人讨厌你，所以才有人喜欢你

你不必过度害怕表明自己的意见。毕竟仅仅是从"过红绿灯"这件事便能看出每个人的性格。有人会想"灯已经在闪了，我才不想跑着过马路"，但也有人认为"脚步快一点，动作麻利一点，正好赶上才好"。只要你一息尚存，就算你一句话都不说，也会有百分之几的人对你做出"讨厌"的评价。所以，千万不可以为了减少讨厌自己的人，失去更多会对你说"喜欢"的人。

"如果说出这种话，搞不好会被讨厌。"你愈是害怕与众不同、担心被排挤，你愈是不容易交到朋友。被讨厌或被喜欢就像一枚硬币的正反面，正因为有人讨厌你，所以才有人喜欢你；有人喜欢你，所以才有人讨厌你。我认为大家最好先知晓这个处世准则。

我试过分析自己的情况，觉得自己的经历恰好也符合这个准则。

我写文章、经营书店，有人会对我说"你真棒，我喜欢"，但也有人会说"我最讨厌那个松浦，我瞧不起他"。我把这些都看作理所当然的反应。

如果身边全是赞扬自己的人，反倒会令我毛骨悚然。我会开始害怕，觉得自己正在做的事没有人在意，自己的想法完全没有传达到其他人心里。诚实表明自己的意见与嚷着"我讨厌那种事，不喜欢这种事"，把自己的好恶和癖好强加在别人身上不同。如果你很想要朋友，为了让对方理解你的价值观，说出真心话是件很重要的事。

掌控欲望，方能掌控人生

洞见

毁掉我们的不是我们所憎恨的东西，恰恰是我们所热爱的东西。

哲学家叔本华曾说："人，就是一团欲望。"

每个人都有欲望，因为这是人的本能和本性。

有的人成了欲望的奴隶，有的人成了欲望的主人，还有的人把欲望变成了永不止步的希望。

低级的欲望靠放纵

有一个著名的实验，叫作"老鼠也疯狂"。

有一只老鼠被连上了一个电极，当它按下按钮，就有微小的电流通过电极刺激它的大脑。但老鼠被电后不仅没有迅速躲开，反而越来越兴奋，12个小时内疯狂地按了7000次按钮，最后力竭而死。原来，电极刺激了老鼠大脑区域的快感中枢，会产生让它兴奋的多巴胺，于是老鼠掉入了这个"快感陷阱"里。

如今大多数人，又何尝不是如此：明知不停地吃垃圾食品会长胖，还是不停地吃；明知不停地玩游戏会堕落，就是戒不掉；明知熬夜会伤身体，但还是长期熬……

听过一句话："一个人最大的敌人是自己，纵容本性，就会在不断满足自我享受的过程中，慢慢毁掉自己的前途。"许多时刻，你越放纵自己，越容易被欲望所操控。

《生命时报》曾发布一则《当代人纵欲观察报告》。报告中的六张漫画，是大多数人生活的缩影。太多人在放纵的生活中，彻底沦为欲望的奴隶。明明是20岁的年纪，却有着50岁的膝盖、60岁的背、70岁的腰。每天在懒、闲、不思考、不学习的"四大必废"组合中，消耗了宝贵的时间和精力。

《娱乐至死》里有一句话："毁掉我们的不是我们所憎恨的东西，恰恰是我们所热爱的东西。"

纵容自己是非常简单的事，但管理自己非常难。有时，一根网线，一个外卖电话，一屏永远看不完的短视频，可以让你在短时间内享受到快乐。

但你或许不知道，所有能立马满足你的娱乐方式，最终都会在不知不觉中毁了你。

高级的欲望靠自律

作家廖一梅在《悲观主义的花朵》中写道："如果你不相信克制是通向幸福境界

的门钥匙，放纵肯定更不是。"

在生活中，一个人越自律，越能获得自由和快乐。

知乎上曾有个问题：你见过的最不求上进的人是什么样子？

一个高赞的回答是："他们为现状焦虑，又没有毅力践行决心去改变自己。

"三分钟热度，时常憎恶自己的不争气，坚持最多的事情就是坚持不下去。

"本想在有限的生命里体验很多种生活，却只会把同样的日子机械地重复很多年。"

许多时刻，不自律带来的好处是可以逃避暂时的痛苦，但坏处是让你在日复一日的倦怠中，过上最不想要的人生。

有一部励志电影，叫《百元之恋》。女主角斋藤一子是32岁的无业宅女。她每天蹲在家里无所事事，既不出去上班，也不帮忙打理自家的料理店，整天就知道打游戏，睡懒觉，吃零食。

直到有一天，一子被看她不顺眼的妹妹轰出了家门，为了谋生她不得不去一家百元超市当收银员。一个偶然的机会，她认识了一位拳击手，后来她想要给自己的人生做一次改变，于是开始学拳击。在整个训练过程中，她每天都要坚持跳绳、跑步和练拳。她整个人都瘦了，衣服从松垮的大码装，换成了干练的运动装。曾经邋遢的生活习惯也改掉了，精神状态也从颓废变得更积极和向上。虽然在一次专业级的拳击比赛中，她并没有获胜，可这份坚持和自律，给她带来了脱胎换骨的改变。

作家高尔基曾说过一句话："哪怕对自己只有一点小小的克制，它也会使你变得强而有力。"

想变瘦，你就要餐餐克制食欲；想变美，你就得天天坚持锻炼；想变强，你就得日日不断进步……

自律，是一个人变好的必经之路。所有的拖延、偷懒和懈怠，只会把你引入更糟糕的人生。

顶级的欲望靠煎熬

王石在《我人生的三座高峰》中提到：他人生的第一座山峰是在2003年5月22日，他从北坡出发，成功地登上了珠峰。他人生的第二座山峰是7年后的2010年，他在52岁的高龄从南坡，第二次登上珠峰。他曾在谈及登山感受时说道："其实，每次一进山我就后悔了，上到海拔四五千米，风刮着，头疼，恶心时，我就骂自己，问自己怎么犯贱又来了。可爬着爬着，还没登顶，我又开始想下一次该登哪座山了。"人生何其短，进了山你会感觉度日如年，但无论如何你都得熬。登山是人生的浓缩，而我们仍需要继续攀登另一座高峰，就是自己心中的那座高峰。

众所周知，莫言是第一位获得诺贝尔文学奖的中国作家。但得了大奖的莫言，从未在写作这条路上停止脚步。他曾在接受采访时提起，自己写了40多年，写作的时间越长，遇到的困难就越多。因为创作之初，他想怎么写就怎么写，几乎不考虑读者的反应。现在，随着他了解的文学形式越来越多、自己写的作品越来越多，甚至得到的荣誉越来越多，他总是希望不断突破自己，永远不要重复，更希望打破诺贝尔文学奖的"魔咒"，创作出更好的文学作品来。

人的一生，本不是追求快乐的一生，而是追求价值的一生。当我们努力地发光发热时，这个过程必然是艰辛的，却也是值得的。一个人对欲望的掌控有几分，他对人生的掌控就有几分。

亲情牌

小区门口开了家高级餐厅，短短半年，装修三次，每次都更换招牌。

第一次是主打高档海鲜，装修得像王府一样，门迎穿格格服饰，每有客人至，打揖问安，称"小主吉祥"或"王爷吉祥"。高级是高级，就是没人来，隔着落地窗，常看到服务员一个劲儿打哈欠。

老板耐不住没生意的寂寞，赶紧推倒重来，改开"川菜馆"，仍然高档，一盘川北凉粉三十块。我都替老板着急，你也不打听打听，就这周边的消费水平，谁家的凉粉敢卖这么贵！不到一个月，川菜馆关门，摇身一变成"老王靓汤"，改走亲民路线，白墙，手写菜单，八仙桌，宽板凳，门口还挂了一堆红灯笼。关键是，价位回到平民消费的水准。这次改版很成功，一时门庭若市。我们这片居住的，多是普通百姓，对"高档"不买账，就喜欢吃个实惠。再说，"老王靓汤"听着舒服，像街坊邻居开的，亲切、自然。这打的，其实是亲情牌、平民牌。

想想看，许多老字号，打的也都是亲情牌，一听字号，就觉得亲近，忍不住进去。像"爆肚冯""豆脑白""小肠陈"，哪一个不家常，哪一个不亲切。名字取得好，东西也诱人，自然生意兴隆，百年不衰。

街坊邻居毕竟还是街坊邻居，若上升一层，便是亲友，由此便出现以辈分命名的餐厅。

以平辈命名的，像"老五餐吧""七哥烤翅""姚大姐快餐""辣妹子火锅"等。再长一辈，则更为有趣，比如"双流老妈兔头""余大爷餐厅""田老师红烧肉""鱼师傅"……仔细研究会发现，称叔的餐厅不多，是因为叔在长辈里最年轻，最缺少社会经验，最不令人信任？亲情越来越浓，再往上就到爷爷奶奶辈。又发现，以"外婆"命名的餐厅远比"爷爷奶奶"的多。一般人的生活经验，应该是与爷爷奶奶相处时间多，理应与他们更亲近，可为什么许多餐厅以"外婆"来命名？

深入又一想，才恍然大悟：日常生活中多与爷爷奶奶一起，吃日常饭菜多，偶尔才改善生活；而一去外婆家，就能吃到大鱼大肉等硬菜。哈哈，于是"你看，小孩子最'没良心'，吃几顿好饭就把爷爷奶奶忘得一干二净"。

与外婆有关的餐厅，还真是多，我随口能说一堆，"外婆屋""外婆家""巧外婆""外婆湾"……总之，外婆叫你吃饭了！爷爷餐厅也有，但少得可怜，好在奶奶餐厅有几家，多少争回点面子，比如"阿香婆火锅""香婆婆""鸭婆婆"。在建外SOHO上班时，曾去"祖母的厨房"吃饭，是家时尚餐厅，跟奶奶没一点关系，吃过一次再也不去了。几年前，王伟忠与姐姐合作出过一本书，叫《伟忠姐姐的眷村菜》，写他小时候物质匮乏，妈妈一双巧手，用简单食材给孩子做菜，正是这"妈妈的味道"，给王伟忠以无尽回忆。他与姐姐合作，推出了易包装的眷村美食，一时网络热销。

在我们的肠胃里、记忆里常会有一种食物的美好滋味，历久弥新，它可能是妈妈做的菜，可能是外婆煲的汤，可能出自老姨之手，也可能是姑妈的绝活儿。总之，做这食物的人与自己有一定的血缘关系。打亲情牌的餐馆，或许就是希望你能在餐馆里感受到那个与你有血缘亲情的人的气息，勾起你对他的碎片式记忆。于是，即使孤零零一个人来就餐，也会让你有一种熟悉的感觉，让你隐约感到一种回家吃饭的温暖。

耐烦是一种心境，也是一种能力

万历皇帝登基后，因为李太后与司礼监太监冯保的支持，张居正代高拱为首辅。当时明神宗朱翊钧年幼，一切军政大事均由张居正主持裁决。

此时，张居正想改变明朝羸弱的现状，就需要改革，可是仅凭自己的力量是不够的，需要有个人具体实施，张居正开始物色这个人，因为张居正手握大权，每天来拜访求官的人很多，张居正也不说见也不说不见，而是让来访的人在偏房等着，这一等就是一上午，很多人坐立不安，最终败兴而回。

得到管家报告，张居正都是说不堪大用，随他去吧！直到正七品的给事中谭旭来求见，管家说："老爷，这个谭旭来了一上午，正襟危坐，神态自然。"

张居正眼前一亮，赶紧让管家带着自己来到偏房，从暗处静静观察，确实这个谭旭不喜不悲，张居正赞许地点了点头，到了中午吃饭的时候，谭旭从怀中拿出饼子，平静地吃完，继续安静地坐着。

就这样，观察了几个小时后，张居正确定谭旭就是自己要找的人，让管家带着谭旭来见自己，一番交谈后得知，谭旭很有才学，而且有办事能力，因为没有靠山，一直不得重用。

张居正亲自送谭旭出门，对管家说："此人我要大用。"管家不明白，问为什么。张居正说："耐得千事烦，收得一心清，我的改革纷乱复杂急不得，只有沉得住气耐得烦的人才能胜任。"果然谭旭没有让张居正失望，成为其改革的得力干将。

耐烦，能够包容人、事、物、境的纷扰，不惧干扰，锲而不舍，坚忍不拔，是一种心境，也是一种能力。

就差那么一点点

岑嵘

《红楼梦》中有这么一段，当尤二姐怀孕后，贾琏赶紧找人去请医生。可惜偏偏医术高明的王太医"此时也病了，又谋干了军前效力，回来好讨荫封的"，结果请回来的是庸医胡君荣。这个胡庸医开了"虎狼之剂"，把尤二姐一个已成形的男胎打下来了。尤二姐吞金自尽是《红楼梦》里最惨的一段，她的运气好像就差了这么一点点。于是我会想，如果王太医还在，如果请的不是胡君荣，尤二姐就会保住自己的孩子，那么她是不是就不会走上绝路呢？

尤二姐的命运似乎差了那么一点点，否则人生将会完全不同。不过随着年岁渐长，我的看法也慢慢发生变化，这"差一点点"带给了读者的揪心和联想，归根到底只是一种文学手法，而人物的命运其实并非如我想的那样，即便王太医给尤二姐看了病，尤二姐的命运同样不会改变，她的命运是在王熙凤听到贾琏在外面偷偷娶了她那一刻就决定了的。只要尤二姐进了贾府，无论怎样都是死路一条。

然而这些"就差一点点"，却足以让读者掩卷叹息。诺贝尔经济学奖得主丹尼尔·卡尼曼等人做过一个实验，他们让被试者想象这样一个场景：你买了一张彩票，大奖是一大笔钱，彩票是你随机抽取的。接下来结果揭晓，赢得大奖的彩票号码是107359。

被试者分成两组，一组被告知手中的号码是207359，另一组被告知是618379。相较而言，前面一组被试者反馈的不开心指数要高于第二组。这也印证了卡尼曼等人的猜测——中奖彩票的号码与被试者手中的号码差距越小，被试者产生的懊悔情绪就越强烈。

"当人们手中的号码与中奖号码近似时，他们会毫无道理地认为自己差一点就中大奖了。"卡尼曼说，"总体看来，人们从同一事件中感受到的痛苦有极大的差异，这种差异取决于人们是否能轻易地展开与事实相反的想象。"

其实卡尼曼的这个研究结果对赌场老板们来说根本不是秘密。早在1905年，老虎机的设计者故意扩大了机器的视窗范围，除了中奖线，玩家还可以看到中奖线上下两行的图案，这样做的目的就是让赌徒有可能产生一种叫"近失"的体验，即看到中奖图案出现在中奖线附近时，会产生"差一点点就赢了"的感觉。

"近失"说到底就是"近得"，也就是差一点点得到，它把损失感重塑成了潜在的成功，从而使人欲罢不能。在老虎机进入芯片时代后，程序设计师还会采用一种"集聚"的方法，也就是让中奖位置上下图案的中大奖概率远高于正常比例，这样，赌徒会加倍感到大奖触手可及。这种"差一点点"的感觉把赌徒牢牢钩住。

行为心理学用"挫败坚持理论"来解释这种"差一点点"现象，它认为"近失"状态会对人们接下来的行为产生鼓舞和促进作用。与之相关的另一种理论是"认知遗憾"理论，它认为玩家会通过马上再玩一把，来化解刚刚"差一点点就赢了"的遗憾感。

赌徒"差一点点中奖"和尤二姐"差一点点改变命运"其实是一样的，赌徒在老虎机前最后只会两手空空，就像尤二姐无法逃出凤姐的手心。

什么是真正的朋友

苏轼曾写诗送朋友仲殊：恰似饮茶甘苦杂，不如食蜜中边甜。别的朋友像是茶，有甜，也有苦；但是你仲殊像蜜，里里外外都是甜的。

茶与蜜是苏轼对两类朋友的形容。

茶是形容圈子里的朋友，虽然平日相处愉快，但是遇到一些立场、利益的问题时，关系难免苦涩。蜜则是形容交心的朋友，彼此之间没有利益纠缠，天性相投，灵魂交契。

苏轼在杭州为官的时候，很受太后赏识。同僚赵君锡刻意讨好，苏轼吃不住别人的奉承，一度把赵君锡引为知己，给了他很多的机会。

但是当苏轼兄弟倒台，他迅速脱圈而去，转身把苏轼当成自己的垫脚石，投奔另一个圈子去了。

《小窗幽记》里讲："彼无望德，此无示恩，穷交所以能长；望不胜奢，欲不胜餍，利交所以必忤。"彼此不期待在对方那里得到什么，交往便可长久。为了利益交往，一旦利益无法被满足，关系就会走向崩塌。

战国时期，孟尝君门客三千，但是后来他被齐王驱逐，很多人迅速和他断了联系。孟尝君恨死了这些"假朋友"，谭拾子却说："谁富贵就靠近谁，谁贫贱就远离谁，这是很正常的事情。就像是集市上早上人多，晚上人少一样，大家只是根据需求行动而已。"

苏轼有个朋友叫巢谷，平日浪迹天涯，过着闲云野鹤般的日子。苏轼被贬黄州之后，他得到消息便赶到黄州，来帮苏轼渡过难关。当时很多朋友怕被苏轼连累，避之不及，唯有巢谷陪伴左右，饮酒赋诗，月夜泛舟。

后来苏轼起复，青云直上，紫袍加身，巢谷却翩然而去，不见踪迹。

苏轼被贬海南时，巢谷不顾年迈体弱，千里迢迢去海南看他，最终却死在半路。得知他的死讯，苏轼悲从中来，放声痛哭。

欧阳修在《朋党论》中讲："大凡君子与君子，以同道为朋；小人与小人，以同利为朋。"

真正的朋友，是靠三观和品格黏合在一起的，根本不在乎你是不是有功利的价值。

苏轼有个朋友叫陈季常，两人在凤翔结缘，后来苏轼被贬，恰逢陈季常在黄州隐居。两人性情投契，一起谈论佛法，吟诗作赋，寄情山水，抚琴高歌。在绝大部分人和苏轼断绝来往的时候，陈季常成了他的慰藉和依靠。苏轼说："凡余在黄四年，三往见季常，而季常七来见余，盖相从百余日也。"

因为两人交往甚密，惹得陈季常的妻子不满，以至于有了"河东狮吼"的典故。后来苏轼遇赦离开黄州，陈季常送他，一直从湖北黄州送到江西九江。

四年之后，苏轼做到礼部尚书，离宰相仅一步之遥。陈季常千里迢迢跑到开封来看他，却没有一点求官的意思，和往常一样同苏轼谈天说地。无论高峰低谷，陈季常一直都在，不求名、不贪利，只求与朋友舒服相交。

诗僧贯休讲：千人万人中，一人两人知。

我高朋满座，你不攀附；我一无所有，你不轻视。我成功得意，你不嫉妒；我落魄潦倒，你不离弃。彼此不以利益缠绕，简单纯粹，只因天性相投，真心相交。这样的朋友，拥有即是人生最大的幸运，得到一个，孤独便有了解药。

宠物随行，年轻人有了"新驴友"

30余名游客、22条宠物狗、一辆大巴车，从北京出发一路向北。他们此行的目的地是河北省张家口市的崇礼，主人们要带着各自的宠物狗去体验"白天赛氧吧、晚上见星河"的地方……如今，带着自家"毛孩子"出游，已成为年轻人的一种新休闲方式。据相关机构统计，中国宠物产业经济规模已达数亿元，年轻人对待自家的"毛孩子"不再只是单纯地饲养、休闲、陪伴，而是带着它们一起出游、一起社交。

主人组团出游

出发第一天，大巴车刚开动，这次活动的主办者桃子就掏出手机开始给车上的游客和他们的"毛孩子"逐一合影留念。游客们抱着狗狗，或是自己在镜头前招手，或是晃动小狗的爪子，热情地向桃子打招呼。

20多条宠物狗，看到桃子的手机后，都兴奋地摇动尾巴，有的把鼻子凑过去不停地闻，还有的直接站起来试图亲吻镜头。当然，个别性子沉稳的狗狗则表现得比较矜持，坐在靠窗的座位上一动不动，直直地盯着窗外。按照桃子的安排，他们要带狗狗们去追逐山野里20℃的风。预计当天中午就能抵达崇礼，再乘坐电瓶车到达山顶，就可以漫步林中栈道，在酒店公寓居住一晚后，第二天前往太舞小镇，坐缆车上山，俯瞰崇礼。像这样带狗狗出游的活动，桃子已经组织了七八年。尽管因为团队成员特殊，他们多数情况要选择郊野旅行，但出游的内容并不单调。

桃子曾组织宠物主人们一起带着狗狗玩桨板，狗狗会趴在桨板上，跟主人一起滑行穿越港湾。他们还曾去海边让主人与狗狗一起踩浪花，沙滩上会留下他们一大一小两行足迹。当然，他们去得最多的地方还是草原林地，狗狗和主人们能一起在蓝天白云下尽情奔跑。

和主人们一起旅游的狗狗们，不但能坐大巴，还能体验坐摩天轮、坐缆车、坐皮划艇，它们可以在主人的陪伴下，去看更广阔的世界。

出发前要"面试"

在这趟崇礼之行的大巴车上，没有一条狗会狂叫乱吠，这正是桃子敢于组织狗狗出游的基础。桃子说，那些一看到同类就叫的狗，要么性情太烈，要么社交能力太差，是不适合带出去的。出发前，"面试"参与活动的狗狗是重要的一环。桃子解释说，如果来报名的狗狗喜欢叫，而且一听到别的狗叫就跟着叫，那样活动就没法展开了。尤其是在大巴车这样封闭的空间里，若出现群狗狂吠的情况，司机根本没法开车，会影响到全车的安全。

参加活动的狗狗不仅要"管住嘴"，还要能控制自己的情绪和行为，不能见到其他小狗就扑过去撕咬、玩耍。另外，哺乳期或发情期的狗狗也不能参加活动。此外，参与活动前桃子还会跟狗主人进行一番详谈，主要了解狗狗的年龄、习性和健康状况，尤其是要确定狗狗是否打过疫苗。桃子还会跟狗主人详细说明旅途中的各种注意事项，并希望主人能配合她在旅途中对宠物进行管理。

组织狗狗出去旅游的这些年里，经过严格审查还出现意外的活动只有一次。对那次活动，桃子无法忘记也不太愿意回忆。"当时因为有条狗根本管不住，最后我只能单独把它牵走。"桃子说，尽管狗主人有些不情愿，但没办法，作为组织者，她必须保证其他游客和狗狗的正常活动。

另外，为保证活动中的纪律，有的俱乐部会聘请驯犬师随团出行。趣宠星球的创始人快快说，他们不但会在出发前对参加活动的狗狗进行精挑细选，还会在活动中给大小狗进行具体的分组。

此外，俱乐部还会特别聘请一名驯犬师随行。让驯犬师参与活动，主要是为了应对突发状况。驯犬师也能在活动中向狗主人传递一些正确的养狗、驯狗方法，"这等于在活动中多设置一个宠物课堂环节，也能让狗主人相互学习。"快快说。

如何带宠物狗住酒店，目前是宠物旅行团的一大难题。已经有一些与桃子合作过的酒店愿意接纳狗狗入住，但对桃子来说这并非易事，而是一个逐渐破冰的过程，"刚起步的时候，只能一家酒店一家酒店去询问、去解释"。

桃子说，酒店其实并不是排斥狗狗入住，只是排斥狗狗带来的一些麻烦，只要主人把该做的事情做好，打消酒店经营者的顾虑，很多酒店就不会反对狗狗入住。比如，参加活动的主人要自己带床单和被罩，避免狗狗弄脏酒店的床。主人当然还要管好狗狗的大小便问题，定时定点遛狗、妥善处理粪便。"只要我们管理好狗狗，酒店的其他顾客也不会有太强烈的反对意见。这其实跟我们在家养狗一样，邻居们讨厌的只是乱叫乱扑、没有规矩的狗。"桃子说。

人和狗狗都有收获

除此之外，选择加入宠物旅行团后，社交成了主人们和狗狗的一大收获。多次参加携宠游俱乐部旅行团的网友晶晶，对此深有体会。以前的她，想出游总会为如何安排狗狗而烦恼，后来参加了几次俱乐部的活动，带着狗狗一同旅行，感觉非常放松，还结交了很多爱狗人士，拓展了自己的社交圈子。在旅途中俱乐部和同伴还会给大家拍照，她也留下了很多跟狗狗在一起的唯美照片。

更为关键的是，她发现几次携宠旅游后，她家的狗狗也变得更加友善和听话，不光是与自己相处得更融洽，而且对陌生人和其他狗狗也能表现出亲切感。"狗狗真的就像小孩子，它们也要在社会活动中学习成长。"晶晶总结说。

无论是桃子，还是快快，他们都能感受到这些年来宠物经济的火爆。宠物旅游已然成为宠物经济产业中的一个新兴切口。桃子最初办活动时，参与的人数远没有现在多，其中还包括很多常客。而现在，她每次发起三四十人的活动，几天就能报满，甚至是一二百人的大聚会，报满也不是难事，"这说明宠物户外社交这个市场还是非常庞大的"。

未来，快快准备全职投入宠物旅游，她希望能搭建一个宠物旅游的社区和平台，联络一些对宠物友好的餐馆、酒店，把宠物和对宠物友好的商家对接起来。

时间正离我们远去

哈特穆特·罗萨

人们可能觉得半个小时非常短，但也可能感觉非常久，这完全由我们所处的情境和参与的活动而定。如果人们做一件自己很喜欢做的事，并且获得非常多样且令人兴奋的体验，时间通常会流逝得非常快。但当我们在一天结束时回想这一天，反而会觉得这一天特别久。

比如，假想一趟从柏林到蔚蓝海岸的旅行。可能一早就要起床，先搭乘飞机飞往慕尼黑，在慕尼黑来一趟短暂的城市观光，再花一点时间到阿尔卑斯山逛逛，然后傍晚到了地中海岸边看着海景喝着咖啡。等到晚上要睡觉的时候，会觉得这一天过得好充实，好像已经过了两三天。

反之亦然。试想，你在某个车站或办公处很无聊地等候了一整天，然后可能因为堵车又多花了很多时间，这时，你会觉得简直度日如年。体验到的时间过得缓慢、长久，在记忆里却会变得非常短暂易逝。

到目前为止这没什么问题，既不是什么新的现象或研究结果，也不是什么糟糕讨厌的事。但接下来的事就精彩了。

现代的数字媒介世界，出现了一种新的时间体验形式，跟"经典"的那种"体验短／记忆久"或是"体验久／记忆短"的时间体验和时间记忆模式背道而驰，变成了"体验短，记忆也短"的模式。

设想一下，现在你刚下班回到家，拿起电视遥控器要看一会电视，接着很可能花了几个小时调台，或是看了一部精彩刺激的悬疑推理剧。观看结束时，你会觉得刚才观赏的时间一下就过完了。就像上面提到的旅行一样。但是，关掉电视机后，情况就不一样了。看完电视后，时间在记忆当中并没有变长，而是莫名其妙、几乎毫无痕迹地"咻"地一下就不见了。

当一天结束、上床睡觉时，通常看电视的时段不会在你所记得的时间当中占有一席之地，就像"体验久／记忆短"的模式。可是，如果一整天都在看电视，那么到了晚上你可能会觉得自己好像才起床一样。这时候就出现了"体验短／记忆也短"的模式。

让我们来想一下，这种时间的体验倒置的原因是什么。我相信，看电视和旅行之间的差异有两个层面。第一，我们是全心全意投入旅行当中，对任何方面来说旅行都是一种全身心的体验。相反，看电视是去感官化的，我们很难把头转开，而是紧紧盯着范围很小的屏幕，没有使用其他感官知觉。第二，我们沉浸其中的电视节目（或计算机游戏）是去背景化的。它们跟我们是什么或我们是谁一点关系都没有，跟我们感觉如何、余生怎样也没有关系。它们跟我们的内在状态或体验没有有意义的"共鸣"。

因此，在这些活动当中，我们的行动或体验都只是"孤立的片段"。这些片段没有在我们脑海里留下任何记忆痕迹。它们对我们过去的体验没有增加任何东西，我们倾向于马上就忘了它们。事实上，这种抹除（或是不留下）记忆痕迹的趋势，在加速社会当中是很有用的。因为在加速社会当中，大部分的经验很快就会过时而无用了，人们总是要准备去面对无法预想到的新事物。但是（深层）记忆痕迹的在场或缺席，似乎决定了人们所记得的时间是久还是短。

记不住的日子

肖复兴

作家愿意语出惊人。马尔克斯说："记得住的日子才是生活。"这话说得有些苛刻，也有些绝对。起码，我是不大信服的。

记得住的日子才是生活，那么，记不住的日子就不是生活了吗？不是生活，又是什么呢？显然，马尔克斯所说的记得住的日子，是指那些不仅有意思甚至是有意义的日子，可以回味，乃至省思，甚至启人。他将生活升华，而和日子对立起来，让日子分出等级。

人的记忆就像筛子，总要筛下一些。人需要自我消化，让心理平衡，才能让日子过得平衡。这或许就是阿Q精神吧？有些鸵鸟人生的意思，不会或不敢正视，只会将自己的头埋进土里。不过，如果想让有些事被记住，必须让有些事不被记住，这是记忆的能量守恒定律，是生活的严酷哲学。用老百姓的话说，就是拿得起，放得下。

在北大荒的时候，我见过一位守林老人。我们农场边，靠近七星河南岸，有一片原始次生林。老人在那里守林一辈子。他住在林子里的一座木刻楞中，我们冬天去七星河修水利的路上，必要路过那座木刻楞，常会进去烤烤火，喝口热水，吃吃他的冻酸梨，逗逗他养的一只老猫，和他说会儿闲话。他话不多，大多时候，只是听我们说。附近的村子叫底窑，清朝时是烧窑制砖的老村，那里的人们都知道老人的经历，从清朝到日本鬼子入侵，前后几次动荡，是受了不少苦的，一辈子孤苦伶仃，守着一只老猫和一片老林子过活。

我一直对老人很好奇，但是，无论问他什么，他都是笑笑摇摇头。后来，我调到宣传队写节目，有段时间专门住在底窑，每天和老人泡在一起，心想总能问出点儿什么，可是，他依然什么也没有对我说。不说，不等于没记住，只是不愿意说罢了。我这样揣测。和老人告别，是在一个春雪消融的黄昏，他对我说："不是不愿意对你唠，真的是记不住了。"我不大相信。他望着我疑惑的眼神，又说："孩子，不是啥事都记住就好，要是都记住了，我能活到现在？"这是他对我说得最多的一次。

五十多年后，看到马尔克斯的这句话，忽然想起了守林老人，觉得记忆这玩意儿，对作家来说，是一笔财富，记得住的东西，都可以化为妙笔生花的文字。对历尽沧桑苦难的普通人来说，记得住的东西越多，恐怕真的难以熬过那漫长而跌宕的人生。我读中学的时候，经常引用列宁的一句话："忘记过去，就意味着背叛。"其实，对普通人而言，过去要是真的都记住了，过去的暗影会压迫今天的日子，压迫今天的生活，会如梦魇般一直缠绕在身边，也是可怕的。

前些日子，我读到英国诗人莎拉·蒂斯代尔的一首题为《忘掉它》的短诗，其中有这样几句："忘掉它，永远永远。时间是良友，它会使我们变成老年。如果有人问起，就说已经忘记，在很早，很早的往昔，像花，像火，像静静的足音，在早被遗忘的雪里。"我觉得诗写的就是这位守林老人。

生活和日子，对于普通人，是一个意思。记得住的日子，是生活；记不住的日子，也是生活。

发量暴增的秘诀

几年前，我和同事出差，洗完头坐在酒店房间里的床上吹头发，同事从旁边经过，瞥了我一眼，说了句令我心惊肉跳的话："你不会快秃了吧！"

我赶紧把吹风机扔下，又把手机举过头顶自拍，发现潮湿细软的头发紧紧地趴在头皮上，露出了略显宽大的发缝，白晃晃的颜色有点刺眼。

我从小发量就不多，又细又软。每次去剪头发，理发小哥都会建议"垫个发根，让两侧头发鼓起来，头型会变得饱满，视觉上发量更多"。

我常年保持"波波头"，对外宣称"短发干净利落、方便打理"，但真实原因是每次洗完澡收拾浴室时，都要对着大团的脱发而黯然神伤。

同事说完那句话，很快就去睡觉了，此后再也没提及过。

然而，她那句"快秃了"的评价不断萦绕在我的头脑中，别人若与我对视超过三秒，我就会反复抚摸发梢来确认头部状态。头发稀薄加剧了中年危机的惶恐，当青春不再，发丝也如流沙般掌控不住。

为防止"发缝"持续扩大，我会不停地改变分头发的方式，中分变成"三七分"或"四六分"。我在油腻的头发上喷免洗发喷雾，刻意抓乱以求增加发丝的蓬松感，还会用黑色发卡固定在头发内侧，使较尖的头顶变得圆润。如果追求持久的效果，我就用烫发板把两侧头发卷成"玉米须"波纹，营造"高颅顶"的感觉。我一样不落地给头皮做按摩、涂精油，使用防脱发功能的洗发水，但秀发依然虚弱无力。

不久前，我在朋友圈里刷到大学学长跑马拉松的照片，大为震撼。

过去，他几乎有"地中海"危机，如今头发乌黑浓密，判若两人。犹豫几次后，我鼓足勇气，委婉地向他询问改变巨大的原因，他爽快地发来一个位置链接，点开一看，原来是一家假发店，这仿佛给想要作弊的人提供了小抄。

抱着试试不亏的心态，我走进了那家店，内心却紧绷得像拉直的琴弦，生怕遇见熟人。

导购员热情地过来询问："你是要长发还是短发？是刘海片还是整头套？是人造纤维还是真发丝？"

我最终选择了一个与原发型相似的发套。佩戴好后，店员根据我的脸型与需求，对假发进行修剪并吹风定型。

我感觉自己整体形象差别不大，但发量明显增加，头发如麻线般厚重而密集。

店员称赞道:"这样特别显年轻。"我却惶恐地反复询问:"会不会被人一眼看出是假发?"我心虚地向四周打量,其他顾客都在认真挑选商品,丝毫没有向我投来好奇的目光。

第二天,我戴着"新头发"去上班,像往常一样和同事们讨论项目,但竟无人发现我的与众不同。吃午餐时,我按捺不住,问要好的同事:"你觉得我有什么变化?"她上下扫视了我一遍,斩钉截铁地说:"换口红色号了吧!"见我摇头,她迟疑地说:"是不是换新眼镜了?"唯一有差异的地方是,人脸识别打卡机似乎多花了几秒钟来匹配我原来的相片。

由于头套闷热,老让我有种顶着巨型"香菇"的错觉,坚持几天后,我默默地摘掉了假发,然而办公室的人对此依旧无人问津,我越发确定一个事实——这些人根本不值得我花钱去买假发。保持头发蓬松的最佳秘方,或许是不必在意他人的看法。

从控制思维到赋能思维

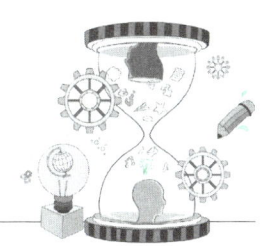

从表面上看,那些成功人士都是通过高度的自我管控才实现突破的,实际上他们是做好了赋能,即源源不断地赋予自我或团队能量。

这是什么概念呢?

分享一个故事大家就明白了:

作为曾经的公路自行车爱好者,有一次我和一个前省级公路自行车队的朋友在周末相约骑行。当天很热,我们的目标是70千米外的一个古镇,要当天来回。那是我第一次骑那么远。

在一段持续上坡后,我累得不行,即使停下来休息了几次还是很累。朋友仔细观察后,发现是我的骑行姿势有问题,导致我单次呼吸的时候,没有大量的氧气进入肺部。

我调整以后情况好多了,但是骑了50千米后,看着导航显示还有20千米,我感觉又不行了。

朋友的建议是,千万不要总盯着那个最终目标,而要研究每一段路。比如,在这个弯道该如何去拐弯,在这个直道该采取什么样的呼吸频率。

总之,那次之后我才真正学会骑行,从小镇返回的那70千米就显得十分轻松了。

多数人以为成功就是咬紧牙关,拼搏到70千米所在的目标,但想想那个可怕的人生拐点,你需要坚持多久才能到达?记住,如果你是用意志力来完成突破,那你多半还停留在初级阶段。

在高手的眼中,成长充满乐趣。他们能找到沿途自我赋能的方法,源源不断地给自己补充能量。

懂得赚钱的底层逻辑，比赚多少钱更重要

自媒体作家小椰子讲过一个故事：有一次，朋友跟她说，去姐姐家吃饭，看到月嫂也在，于是留月嫂一起吃。没想到月嫂摇了摇头，说自己就住在隔壁的小区，很近的。

而隔壁的高档小区，房子600万元一套。她的朋友心理有点儿不平衡，自己一个月辛辛苦苦去公司上班，也不过8000元的收入，而这位金牌月嫂呢，一个月却有2万多元的收入。

这位金牌月嫂之所以能有这么高的收入，自然有她的过人之处。除了专业技能没话说，她还会特意记录宝宝的身体状况和宝妈的喜好。要知道，能将宝宝和产妇照顾得无微不至的金牌月嫂，在北上广深都非常抢手，即便高价也未必能请来。

所以，别去嫉妒比你会赚钱的高收入服务人员。只有从业者能赚到足够多的钱，他们才会不断升级专业技能，我们才能得到更高质量的服务。

樊登曾分享过自己创建樊登读书App的初衷。他经常跟身边的人聊天，想看看他们是怎么读书的。后来他从中发现一个现象，那就是很多人几乎没时间读书。甚至，樊登听说有一位北京的房地产商特别有钱，为了学习新东西，他雇了两位大学老师，每月给每个人支付3万元工资，让他们读书并提取干货，然后在他跑步的时候为他讲解书中的要点。

在听说这件事之后，樊登意识到了这门生意的巨大前景，所以在设计樊登读书的应用场景时，将重心聚焦于用户每天早上洗漱或洗澡时、上班路上、回家途中、做家务和睡觉前。樊登读书成功解决了人们没有时间读书的困扰，所以樊登能赚到钱。

看到别人赚钱，普通人会嫉妒，把别人的成功归结于运气，而聪明人懂得研究赚钱背后的底层逻辑。

一个赚钱的公司或产品，一定是因为它解决了别人的某个问题，满足了别人的某种需求。淘宝，满足了用户足不出户在线购物的需求；钉钉，解决了人们线上办公协作、沟通的难题；饿了么，解决了人们不想出门买菜做饭的问题……

所以别花时间去嫉妒，而应该花时间去思考：为什么他就赚到了这个钱？

当别人赚了小钱，你要去思考，他解决了谁的问题；当别人赚了大钱，你应该琢磨，他解决了社会的什么痛点。别人能赚到钱绝不仅仅是偶然，如果想通了背后的底层逻辑，你也一样有机会暴富。

1993年，浙江的民营公司数量很多，杭州有不少外贸出口要到上海办理出关手续。因为报关单必须次日送达，然而当时EMS足足需要三天，很多外贸公司没办法，只能派专人送。聂腾飞和詹际盛从中发现商机，他们算了一下，从杭州往返上海的火车票票价是30元，而送一单就可以赚70元，收得越多，赚得也就越多。于是他们成立了一家代人出差的公司，取名"盛彤"，这便是申通快递的前身。

这个故事告诉我们，明白赚钱的逻辑比赚多少钱更重要。只要注意到别人的需求，为对方创造价值，钱自然而然会向你靠拢。

生活本身便是治愈

过好具体而踏实的日子，眼前的困境，在某一天，总会不攻自破。有的人囿于室内，却能透过一扇窗户，悄悄打量外面的世界。

北京网友涂涂的窗前，正好对着一棵枝繁叶茂的杨树，被迫居家后，这扇窗户成了家人们的最爱。有一天，他们发现枝头有只奇怪的鸟。于是便和孩子们很认真地记特征、拍照、查阅北京常见野鸟图鉴，最后得知了它的名字，就是灰椋鸟。从此，他们每天都更加留心，在窗前这棵树上发现了更多惊喜：时刻闹不停的麻雀、中午来午休的乌鸫、偶尔停歇的灰喜鹊、企图在窗台的花盆中找食的珠颈斑鸠……

而对于80多岁的英国画家大卫·霍克尼来说，2020年春天，他被疫情困在法国诺曼底地区，也不是件愉快的事。好在他还能出门去看春天，并用iPad画出那些平凡又珍贵的风景。他喜欢观察身边的树木，并记录下它们的时间流动感。所以在他的画里，樱桃树是先开花的，3月，他的花园仅有这一棵花树；等到樱桃的叶子慢慢出现，接下来，他就画出了一树梨花、一树苹果花……

如果不是生活空间变小了，我们平时不见得对季节的观察有多么仔细，对一棵树的树叶、花朵、树上的鸟儿有多么了解。但是在精神的聚焦之下，别人习以为常的风景，自己更加容易看见。就像有人说的："生命的质量不是在于你活了多久，而是那些令人怦然心动的精彩瞬间。"确实，人生的精彩也不在于你的世界有多大，能够去的地方有多远，而是有没有用心体察、感受那些在身边流动的日常风景。但是很多时候，把我们困住的东西可能是看不见、摸不着，又很难挣脱的。

关注生活中的一菜一蔬、一花一草，这些简单却踏实的小事，会拥有一种治愈般的魔力，让人相信自己，也相信明天会比今天更好一点点。想到后来却觉得，人生其实永远都有难题，就像西西弗斯推的石头，不断推倒又重来。但是也像这句话："癖好是一种安慰。"无论遇到什么样的困境，最重要的是，要找到你喜爱的、可以坚持一生的东西。这样的癖好，也可以很小、很日常，只要能够慰藉自己的心灵便好。

就像苏东坡喜欢的"仇池石"，只是两块普通的小石头，却被他养在装满水的铜盆里，时时把玩。当他遭遇一路贬谪的苦楚时，都把石头带在身边，陪伴左右，帮助他建立内心的一片世外桃源，使他从未被打倒。

我们的人生也是如此，面对那些未知的困境，不必忧惧，也无须恐慌。只要找到自己的人生癖好，无论何时何地，总能让人变得踏实、沉静下来。

我们也可以屏蔽一些负面信息，把精力收回到自己眼前的空间、具体而踏实的细节，做爱做的事，看爱看的书。就像作家李娟说的，"是的，一切总会过去。人之所以能够感到'幸福'，不是因为生活得舒适，而是因为生活得有希望"。

用兴趣赚钱

甘蓝蓝

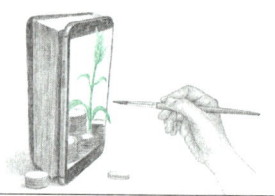

用写字赚钱，你也许会想到书法家、书法老师，但很难联系到农民身上。

《中国青年报》报道了安徽的农民任士民，他因为写得一手好字，还能随时切换10余种字体，被称为"行走的打印机"。

不管是平整的墙面，还是粗糙不平的砖墙墙体，他都能稳稳驾驭。

过去，他承包了广告公司的条幅、路牌，写过墙体广告，2018年，任士民的儿子将父亲写字的过程拍成短视频并发到网上，引来几十万网友的点赞和转发。

现在，他每天直播讲解如何写好美术字，销售相关课程，收入颇丰。

有人说，世界上最好的工作，就是做自己喜欢的事情。

也许你有很多兴趣爱好，在某方面有深厚的造诣，但是大多数人的兴趣只是兴趣，无法变成特长或者为自己创造收入。

最近两年短视频兴起，常听身边的人互相鼓励："我看到一个做菜的'网红'，还没你做得好，你做的话一定比他粉丝多。""你那么会写，为什么不去做自己的账号？"

兴趣如何转化为收入？你的兴趣有什么样的价值？

1

在高尔夫球运动中，每一支球杆的杆头，都有一个用于击球的最佳落点，能与球碰撞出最为"甜蜜"的美好感受，因而在高尔夫的专业术语里被叫作"甜蜜点"。

只有击中这一点，才能把球打出最远距离。

同样，每个人在事业选择上也有甜蜜点，它是知识领域与兴趣点的交集，两个毫不相关的领域碰撞在一起，可以激发我们进入一个新的思考路径。

家住亚特兰大的安迪·施耐德是一位养鸡专业户，一开始，他只是在自家后院养鸡，直接卖给朋友，后来开始通过电商销售。

没想到，电商平台上有很多人对养鸡非常感兴趣，想学习养鸡的方法，乐于教学和分享的安迪于是成立了网站，专门回答有关养鸡的各种问题。

这些人大多也生活在亚特兰大，他们每个月会组织一次聚餐，分享彼此的经验。他们将安迪称为"鸡语者"，后来也成为了安迪的个人品牌。

随着这个学习小组的发展，媒体开始注意他们。之后，安迪将"鸡语者"的渠道扩展到了图书、杂志和视频节目，还得到了饲料品牌的独家赞助。

养鸡是安迪的知识领域，分享教学是他的兴趣点，二者结合，让安迪找到了自己的兴趣点。

2

生于1987年的米歇尔·潘是视频网站上知名的美妆博主，她的化妆教程浏览量超过百亿次。

她从小就是同龄人里画画最棒的，却因为父亲离家出走、和母亲相依为命，常被同龄人欺负。

在困苦的生活里，米歇尔觉得化妆可以让自己化身超级英雄，于是把画画的天赋用到了化妆上。

2007年，为了回复两位网友的化妆问题，米歇尔制作了一条彩妆视频，结果一炮而红，一周之内就获得超过4万次点击，随后她专心制作美妆视频，创建了自有护肤品牌。

画画是米歇尔的知识领域，化妆是她的兴趣点，她将对化妆的热爱与绘画技巧结合起来，成功地脱颖而出。

建立甜蜜点的第一步，是确认你的知识领域，也就是你在哪方面的知识或技能是出类拔萃的。

你可以列出自己超出常人的知识领域，多多益善。

第二步，是找到你的兴趣所在。

你擅长的东西，不一定是你的兴趣所在。比如一位资深的平面设计师，兴趣可能是做饭、逛公园。

兴趣是取得成功的原动力，这也是为什么很多人愿意花几个月，甚至几年打磨一件作品。安迪喜欢与人分享，米歇尔每天起床后的第一件事就是化妆……正是这些"热情"促使他们坚持去做一件事。

找到自己的知识领域和兴趣，你就可以思考各种有趣的组合方式，等待灵感迸发的瞬间。美食和画画、跳舞和做饭、读书和逛街、做手工和写作等，随意组合。

3

找到甜蜜点之后，你可能会有很多想法，但是动手搜索一下，会发现已经有无数人在分享美食的做法。

那么问题来了，人们为什么要看你的内容呢？你和别人有什么区别？特别在哪里？哪里更有趣？

当你的兴趣变成一种可以分享的内容时，还有一项重要的工作就是找到"翘点"，也就是你区别于其他同类内容的地方。

悉尼有一位拥有百万粉丝的"烘焙女王"名叫安·里尔登，她生下第二个儿子后，决定在半夜喂奶时找点事情做。于是她从自己擅长的领域出发，创建了一个食谱网站，名为"怎样烹饪"。

她每周发布一篇食谱，并搭配一些视频。

这样的视频你每天都能刷到无数条，安是怎么脱颖而出的呢？她的内容聚焦在那些看似不可能实现的烘焙创意上，比如5磅重的士力架做成甜点，还有切开后完整呈现品牌标志的蛋糕……

她的"奇妙美食创意"吸引了超百万粉丝关注，还得到了众多知名品牌的赞助。

美食知识结合教学热情，是安的甜蜜点，那些不可思议的美食创意，则是她独一无二的内容翘点，两相结合，共同推动了安的成功。

积极心理学认为，我们在做某些事情时，会进入全神贯注、投入忘我的状态，你感觉不到时间的存在，在完成之后会有一种充满能量并且非常满足的感受，这就是"心流"的体验。

而最容易创造心流的就是做自己非常喜欢、有挑战并且擅长的事情，也就是你的兴趣所在。

汪曾祺先生说："人总要待在一种什么东西里，沉溺其中。苟有所得，才能证实自己的存在，切实地活出自己的价值。"

这件事或许就是：找到你的兴趣所在，并努力让它创造出更大的价值。

《红楼梦》中的三位"旅行者"

1.游客薛蟠

大体上,旅游者可分为三种类型。第一种叫"分享型"。

"分享型"旅游者是这样一种人:他对旅行目的地的所有认知,都是在到达以后才形成的。但是,他有本事在到达当天,凭着直觉,找到最适合自己口味的休闲娱乐场所,并在那里把自己弄得筋疲力尽;随后几天则马不停蹄地奔波于各个知名度最高、游人最密集、交通最拥堵的景点,拍一大堆自拍照,不停地发朋友圈;返程时,在机场免税店买上大包小包的各种土特产;回家后,根据对方的重要性以及关系的亲疏,将价位不同、用途各异的土特产准确投送到单位领导和同事的办公桌上,博得上下左右一致好评。

薛蟠无疑是"分享型"游客的典型代表。金陵薛家"家中有百万之富,现领着内帑钱粮,采办杂料",但"这薛公子幼年丧父,寡母又怜他是个独根孤种,未免溺爱纵容,遂至老大无成"。

所以,薛蟠"虽是皇商,一应经济世事,全然不知""终日惟有斗鸡走马,游山玩水而已"。他考虑任何活动,出发点和落脚点总是旅游观光。对"分享型"游客来说,旅游不自拍、不发朋友圈,就等于没有旅游。在没有智能手机的时代,怎么自拍、怎么发朋友圈?这个问题难不倒薛蟠。《红楼梦》第六十七回"见土仪颦卿思故里,闻秘事凤姐讯家童"为此特意写了一笔:

又有在虎丘山上泥捏的薛蟠的小像,与薛蟠毫无差错。宝钗见了,别的都不理论,倒是薛蟠的小像,拿着细细看了一看,又看看她哥哥,不禁笑起来了。

景点去过了,自拍杆抡过了,朋友圈发过了,接下来就该把关注重点放在土特产上了。公道地讲,薛蟠虽然在书中被很不厚道地戏称为"呆霸王",其实他在某些方面却有着"大事不糊涂"的风范——别的不提,就拿第六十七回中他为众人采办的土特产来说,其品种之丰富、包装之精细,一看即知是周密考虑、特意为之的,绝非如今在机场免税店的仓促之举可比,值得很多人学习。

像薛蟠这样的旅游爱好者,人数最多,声势最大,堪称旅游界的"泥石流"。

2.游隼贾雨村

第二种旅游者姑且称为"功利型"。这一类型的人在旅行过程中,始终在用一双鹰隼般的锐眼,搜寻各种不易察觉的商机。在这种人的心目中,根本没有"度假"的概念。只要生意需要，他随时可以提前结束假期。

贾雨村就是这样一个"功利型"旅游者。《晋书·载记·第二十三》中曾这样形容鹰："饥则附人，饱便高飏，遇风尘之会，必有陵霄之志。"这也可以说是贾雨村的真切写照。

贾雨村在《红楼梦》里第一次登场时，是一个十分寒酸落魄的形象。这时的他是十分低调的。见了人，主动"施礼陪笑"；别人怠慢他，他也不以为意。一旦从甄士隐那得到进京赶考的资助，贾雨村的行动也像鹰隼直扑猎物一般迅捷，连告别都等不及，直接扬长而去。

因"贪酷之弊"丢官后，贾雨村虽然"面上全无一点怨色，仍是嘻笑自若""担风袖月，游览天下胜迹"，其实心思一刻也没闲着。在淮扬地面，他"因闻得盐政欲聘一西宾"便立刻"相托友力，谋了进去，且作安身之计"。闲居无聊，每当风日晴和，饭后出来闲步时，注意力也不仅仅放于风光本身。

长期游览"名山大刹"，兼"多读书识事，加以致知格物之功"，使得贾雨村有能力提出那振聋发聩的"正邪两赋"之论。

虽然爱好旅游使得贾雨村开阔了眼界，增强了思考判断能力，但是由于他品行不正，能力的提升反而助纣为虐。

像贾雨村这样的"旅游爱好者"，利欲熏心，投机心切，注定了一生大起大落，难得善终。他们是旅游界的一股浊流。

3.游云薛宝琴

第三种旅游者不妨称作"唯美型"。这种类型的人，即使初到一个地方，也会有如久别重逢一样满怀着温存与眷恋，因为她在出发之前已经无数次对这里的历史人文、山水楼观反复涵咏，以至于对这里的一草一木早就耳熟能详、刻骨铭心。她到这里来，既不是为了看，也不是为了听，更不是为了吃，而是要让自己的整个身心，与这个神往已久的情境融为一体。对这一类型的人来说，"诗和远方"是一个可笑的词语，因为她的诗并不需要去远方寻找。她本身就是一本诗集。出发之前，她就已抵达；返回之后，她仍未离开。

薛宝琴就是这样一个"唯美型"的旅游者。她"本性聪敏，自幼读书识字"，从小就远涉重洋，见多识广。大雪天，别人忙着欣赏雪景，她却在无意中成了雪景的一个组成部分，惊艳众人。因她"从小儿所走的地方的古迹不少"，所以拣了十个地方的古迹，作了十首怀古的诗。这些诗一直在那里供人吟咏，却至今无人猜出谜底。

如同她写的十首谜语诗，薛宝琴也像一个猜不透的谜。这样明亮出众的她，却迟至全书的第四十九回才首次露面，而且"金陵十二钗正册"中查无此人。

她就像一抹游云，卷舒在遥远的天边，你不知道她来自何处，更不知道她要去往何方。她的存在，仿佛是在告诉读者：世间不乏美丽的山水与美好的人，走出小小的天地，你将收获更宽广的心胸。

这，不就是旅行的意义吗？

孙悟空的三种欲望

陈思呈

《西游记》第一回讲的是石猴的童年和少年阶段。突然发现,在这一回中,石猴,也就是孙悟空,就展现出他的三个基本欲望。这仿佛是很有象征意味的一点。

石猴的猴生中第一个自我介绍是这样的:"人若骂我,我也不恼,若打我,我也不嗔,只是陪个礼儿便罢了。一生无性。"这里的"无性",可以理解成还没有形成清晰的自我。因为,孙悟空没有父母来告诉他他是谁,叫什么。也没有父母告诉他生活是什么,没有任何东西让他能看到和观察自己。

他唯一的"关系",就是山中群猴。他的不恼和不嗔,不是因为他修养好,而是因为他还不知道喜怒哀乐在哪里,边界在哪里,自己又在哪里。这时,一座为猴子们设置好的水帘洞天然地出现了。这个水帘洞里的生活用品、日常物件一应俱全,让人狐疑,这一切到底是如何来的?

假如我们接受《西游记》是一部象征色彩极强的小说,那么在这里,石猴代表的是我们的心灵,水帘洞就是由石猴的意念所创造出来的港湾,避世安乐之地。

石猴带领群猴进入这座石洞之后,提出了他的要求:"列位啊,人而无信,不知其可。你们才说有本事进得来,出得去,不伤身体者,就拜他为王。我如今进来又出去,出去又进来,寻了这一个洞天与列位安眠稳睡,各享成家之福,何不拜我为王?"

这里,对权力的欲望第一次在石猴身上呈现。这也是孙悟空第一次从天真玩乐的孩童状态脱身,言说出他猴生中的第一个欲望:权力。

水帘洞是一处避世安乐之地,正如众猴所说,"不伏麒麟辖,不伏凤凰管,又不伏人间王位所拘束,自由自在,乃无量之福",但是,孙悟空比众猴的悟性更强一点,他在欢宴中突然坠下泪来,因为他意识到一种局限:"我虽在欢喜之时,却有一点儿远虑。……今日虽不归人王法律,不惧禽兽威服,将来年老血衰,暗中有阎王老子管着……"

他感到了死亡焦虑!

我们可以这样来理解死亡焦虑。它是当人们意识到自我会消亡的时候所激发出来的全部消极情感反应。值得注意的是,孙悟空是在欢愉之时,意识到了这种死亡焦虑。也就是在这欢愉状态中,孙悟空的自我意识强化,他模糊地想要追求一种充实,一种意义。

所以在长生不老的欲望驱赶下,他去学道。

他命令猴子猴孙们给他折些枯松,编作筏子,他取根竹竿做篙,收拾些果品干粮之类，然后，就朝着大海的方向，从东胜神洲，渡到了南赡部洲。

他在南赡部洲游历了八九年余，这次"留学"他并没有求到"道"。于是他继续远行。再次来到大海边，编个筏子，渡到西牛贺洲。在这里，他看到一座高山，遇到一位樵夫。

前面说过，《西游记》是一部象征义很强的小说，在这里，樵夫的出现，象征着石猴十数个年头寻寻觅觅，突然降临的契机。

樵夫向孙悟空推荐的地方叫灵台方寸山，斜月三星洞。斜月三星，其实写出来就是一个"心"字。很明显，这里是"心"的所在，这里的神仙叫须菩提祖师，这是孙悟空的第一位老师。关于这位老师的故事，是从小说的第二回开始的。

总的来说，在全书第一回，事实上呈现了孙悟空的三种欲望：对权力的欲望，对长生的欲望，对求道的欲望（也就是对"知"的欲望）。

事实上，这也是我们身上的常见欲望，从这个角度来看，我们每个人心里也许都住着一个孙悟空。

所谓厌倦，不过是你停止了成长

厌倦，是因为你停止了成长，越是难以得到的东西，就越是心生向往。然而，一旦将其占为己有，一段时间之后，你便会感到厌倦。物也好，人也罢，皆无例外。因为你已得到了它，习惯了它，所以才会感到厌倦。然而，你真正厌倦的是你自己，得到的东西并没有在你心中发生变化。也就是说，你的内心对那样东西的看法没有变化，于是便产生了厌倦。

自身越是停滞不前，就越是容易厌倦。一个不断成长的人，总在发生着变化，即便对着同样的物品，也不会感到丝毫厌倦。快乐与不快乐从思维而来。人们总以为，快乐与不快乐是外界给予自己的。然而，它们其实是从自己的思维中产生的。比如做完一件事之后，我们会想"要是当初这么做就好了"，于是便会产生不快。反之，要是觉得"正因为我这么做了，事情才能顺利完成"，那么，你就会体验到快乐。

我们认为，自己可以选择两种做法中的一种，所以才会有这种想法。也就是说，这种思维模式的前提是，我们总有二选一的自由。要是没有选择的自由，面对现状，我们是断然无法感受到快乐或不快乐的。

为何自由之人更苗条潇洒？想要变得更自由，想要更自如地看待事物，想要最大限度地利用自己的能力与个性，首先，他们不会放任自己的缺点，也不会作恶，即便他们没有刻意去控制。因为上述这些事会影响他们自由自在地看待事物。同样，妨碍自己变得更加自由的愤怒与厌恶的感情，也会自然而然地舍弃。

真正自由的人总能给人以苗条潇洒的印象，那正是因为他们的精神与内心抛弃了多余的东西。

闲时的遐想

弗·伊克里别里

我一直企盼幸福,却感到这非常遥远,它又如此特殊,可望而不可即,几乎无法获得。但殊不知幸福就在我身边,在我背后,它悄然无声、不事张扬。原来,我做的工作,度过的时日,与周围人的和谐共处——幸福就在其中。日复一日、年复一年、流年似水,只有到了回首时才顿悟:这就是幸福,幸福本来一直就与我相伴相随!

人实质上,分为两类:第一类感觉到自己是债权人,第二类是债务人。债权人杞人忧天总是怨天尤人,认为所有的人——儿女、双亲、同事乃至人民——都在某些方面对不起他,亏欠他,造成他的生活不幸,葬送他的前程。债务人则经受着另外一种更高的境界,令人羡慕的痛苦:无法偿还亏欠生活,亏欠人民的深情厚谊。我更像债务人:我既不求功名,也不盼利禄。我感到幸福的是能够做一点有益的事情。

人在很多方面依赖于大自然,依赖于天气状况。寒冷、阴雨,人对此无能为力。只有等待大自然状态的好转,继续生活。雅库特老人说得好:"寒冷、阴雨——很好!这些过后将出现太阳,将会暖洋洋!"

寻找幸福,微妙而离奇。生活中一味追求功成名就,结果,徒劳无益。应该老老实实地生活,接受自然的馈赠。我们常常在某个遥远的地方寻找幸福,我们匆忙追逐转瞬即逝的光束。但其实幸福就在身旁,在日常生活之中——达到力所胜任的目标,称心的工作,家庭的和谐,安然无恙。不过,永久的一成不变的幸福是没有的,幸福有时上升,过一段时间又会下降。下降时或平稳或急骤,甚至会严重跌伤。但这种升降只需耐心度过,好像忍耐恶劣天气,以及命中注定的其他不测一样,最后,临终时你有权说:我是幸福的。

当人们问萧伯纳是否幸福时,他回答说:我幸福是因为没有时间考虑这一点。他的幸福在于工作,在于创作。幸福各式各样,也可划分阶段,犹如昼夜一样。如果一切都按大自然规定的那样:适时、适度、无忧、无虑,那么,可以认为:人幸福地度过了一生。

想赢得竞争，先学会反向思考

很多企业容易陷入这样一种惯性思维，就是想要把企业做好，就要不断满足用户，给他们提供更多的产品或服务。结果你的对手也是这么想的，导致大家越来越同质化，想讨用户喜欢越来越难。那怎么才能从这种思维中跳出来呢？有一本书叫《哈佛最受欢迎的营销课》，书里教了我们一招，和对手竞争的时候，你可以考虑一下"逆向战略"思维。

所谓逆向战略，就是反其道而行之，行业内其他企业觉得一定要提供的服务，坚决不提供，但是与此同时，要给用户一些意想不到的惊喜。

比如，刚有互联网的时候，各种门户网站是怎么竞争的呢？就是拼谁的功能多。雅虎的主页最开始只有新闻标题，然后有了股票行情，接下来又添加体育比赛的比分、天气预报、电子邮件、小游戏等功能，越添越多。其他的门户网站为了和雅虎竞争，也不停地在主页上添加新功能。但在大家都这么做的时候，谷歌出现了，主页上很干净，只有一个搜索框，其他什么都没有，虽然功能没有雅虎的多，但是谷歌的主页上没有一条广告，这种清爽干净的上网体验，当时所有的门户网站都提供不了。谷歌的逆向战略，不仅取得了成功，也把整个行业引向了一条相反的道路。

再比如航空业，我们熟悉的服务一般都是有免费的午餐，有头等舱和商务舱，预订往返机票会有折扣等。但是捷蓝航空把这些服务都取消了。同时它有别人提供不了的服务，比如真皮座椅、卫星电视、娱乐设备，保证乘客不会在旅途中感到颠簸等。捷蓝的策略同样是逆向战略，拿走顾客的一些常规期望，然后提供一些顾客意想不到的东西。这让捷蓝航空在竞争中脱颖而出。

再说一个大家都熟悉的例子，宜家。我们都知道，家具是耐用品，更换的频率是很低的，所以很多家具公司都会强调自己的家具很耐用，一进家具店，销售人员就会帮你挑选适合你房子的家具，还会提供送货上门的服务。

在大部分家具公司都在"耐用性"上拼得你死我活的时候，宜家完全不玩这一套，宜家的家具不强调自己有多耐用，也不会安排一堆销售人员围着你转，甚至不提供免费送货上门，家具运回家之后还得用户自己组装。但是，宜家提供了不一样的服务。在宜家购物，你可以把孩子放在宜家提供的托管中心，里面有专人为你照顾，宜家里面还有餐厅，你逛完了可以在这里吃东西。总之，一进入宜家，你就会被那种愉快、现代的风格所感染。

你看，有时候升级产品，不仅没让用户更满意，还有副作用。网站上的内容太多了，用户可能会抱怨找不到自己想找的信息；你安排一群销售顾问围着顾客转，顾客会认为这些人打扰了他们购物。所以，在这个产品和服务都严重同质化的时代，逆向战略有可能是企业杀出重围的一个重要手段。

超市里的方盒子和圆瓶子

为什么类似或者相同的产品,它们的外包装,甚至外形和颜色等设计都不一样呢?

经常逛超市的人会发现,超市货架上的可乐、雪碧、橙汁等饮料,各种酒类甚至酱油、醋之类的液体,不论什么材质,塑料的,还是玻璃的,抑或是锡铝的,它们的包装都是圆瓶子。而牛奶却是例外,90%以上的牛奶包装盒都是方形的。这是为什么呢?

按理说,正方体的容器比圆柱体的容器更加节约货架空间,使货架得到更加经济的利用,那么为什么其他的饮料生产商不改用方形的容器呢?

一个原因是,我们平时所喝的饮料、纯净水等,多数人都选择拧开盖子直接对着嘴喝。而且可乐这种碳酸型饮料,开盖之后不宜长时间存放,我们也不会将它储存起来慢慢喝。所以,设计成圆柱形就更符合人体的设计,拿起来更称手,并且抵消了它所带来的额外存储成本。但是牛奶跟其他饮料不同,它可以长时间储存,人们大多数情况下也不会直接就着盒子喝,而是倒在杯子里或者用吸管喝,所以是否用圆柱形包装对它来说并不重要。那么到底是什么原因导致牛奶装在方盒子里呢?

这时候就要说到成本效益原则了。我可以断言,即使大多数人都将牛奶拿在手里直接喝,牛奶的包装盒依旧不会设计成圆柱形,这是因为牛奶需要冷藏。

没错,牛奶与可乐等饮料的另一个不同点,也是决定它们包装不同的最重要的一点,就是牛奶需要冷藏。我想,所有人都具备这个常识:方形物体比圆柱形物体更节省空间。

超市里面,像可乐、雪碧这些饮料都是放在一般的开放式货柜上,这种货架不需要通电,买来之后一般也不需要额外的费用。但是牛奶则不同,牛奶的保质期很短,这一特性决定了它需要放在冰柜里冷藏。为了节省空间,使用方形盒子就划算太多。而如果把装牛奶的容器设计为圆柱形,那么我们就需要更多、更大的冰箱,用电量就随之增加,运营成本也随之增高。

听完我的解释之后,有朋友也许会说:"照你这么说,冰激凌也需要冷藏,也有运营成本,可是大多数的冰激凌都是圆盒子呀。"

当然,冰激凌的设计主要是为了照顾消费者的心理需求。我们不难发现,像冰激凌、巧克力杯、小蛋糕等这一类食物都是圆形包装。这是因为方形的盒子有棱角,如果将包装盒设计成方形的,一些边边角角里的食物就很难被吃到,顾客会因此产生厌烦心理,以后再购买此类商品的欲望就会下降。

从而我们发现,有很多我们平时不在意的小细节充分体现了产品设计的经济学,就

好比上面这两个例子，就向我们展示出了产品的设计对于经济利益的重要性。

产品造型设计中的经济因素不仅与能节省多少空间这样的理性数学几何计算有关，有时候还与人的错觉有关。

同样以饮料为例。如果留心观察各种饮品的包装，你就会发现，市面上细细长长的圆柱形包装罐应用得比较广泛，比那些矮矮胖胖的圆柱形包装罐多得多。其实，用数学的思维稍微计算一下，在容积相等的情况下，矮矮胖胖的包装罐更加节省材料，那么为什么生产商还一直采用细细长长的形状作为包装罐的造型呢？

答案很简单，视觉效果。都说眼见为实，其实很多情况下，眼见不一定为实。人眼本身具有一定的错觉，同等长度的两根木棒摆在一起，拼成一个直角，即一条横着放，一条竖着放，人们一定会觉得竖着摆的木棒要比横着摆的木棒更长一些。应用到饮料包装罐上，人们就会认为细细长长的包装罐装的饮料更多，矮胖的包装罐装得少，下意识地就会选择购买细长包装的饮料。但这两种包装罐的容积相同。因此，生产商将饮料包装罐大多设计为细长的造型，这样更符合消费者的心理，也就能获得更大的效益。

同时，产品设计"既要包含最符合消费者心意的功能，又要满足卖方保持低价、便于竞争的需求"，这也就是说，产品设计必须在两者之间找到平衡，产品设计的功能既要符合成本效益原则，又要遵守服务顾客原则。

因此有些经济学家认为："当且仅当收益不低于成本，才应采取行动。因此，只有收益（以愿意支付额外费用的消费者数量来衡量）不低于成本（以增加某一功能所能吸引的额外消费者数量来衡量）的时候，才应当增设某一产品功能。"

例如飞机厕所的冲水按钮。一般家用马桶的冲水按钮你一伸手就能按到，而飞机上的马桶按钮却被设置在正对人后背的位置，必须起身才能按到，特别不方便。这样的设计有什么原理吗？

飞机上的马桶和家用马桶的不同之处在于飞机在天上飞行，没有足够的水源，所以厕所里的马桶是依靠抽空气造成真空吸力来冲走排泄物的。刚开始，飞机上马桶的冲水按钮也是设置在手边上的，看似非常方便，结果却有一个很大的问题：很多大胖子或屁股比较丰满的人，在按下抽水按钮的时候，被吸在了马桶上。这种局面就未免太尴尬了。为此，航空公司贴上警示牌，空姐友情提醒，甚至在空乘训练里加了一个怎么使乘客解除困境的项目……然而这并没有什么用。

直到后来一个波音的设计师把按钮改到了现在这个很别扭的地方才解决问题，因为这样一来，乘客就必须站起身来按按钮，实在懒得动的，也得抬起屁股转过身来，这样就会有空气进来。近年来，产品设计受到越来越多人的重视，因为它不仅与产品形象相关，更与经济紧密挂钩。

世上哪有那么多"性格不合"

海棠是个急性子,她总觉得爸爸妈妈取错了名字,应该叫她"海啸"才对。

男朋友当年向她表白时准备了十几分钟的感人台词,结果才念了五秒钟,她就同意了。

她听不了前奏太长的歌曲,也看不了节奏缓慢的文艺电影。如果知道哪里有好吃的,就一定要当晚去吃;如果想起什么地方好玩,第二天请假也要去。

她完全不知道什么叫"计划",什么叫"等待"。如果早上起床晚了,平日里需要半个小时的事情可以压缩到五分钟,然后火急火燎地出门。

她的男朋友则是个慢性子。如果约在晚上六点半见面,他就会预估行程,提前出发,一是因为他不想太赶,二是因为他觉得早到和等待是一件很快乐的事情。

如果他真的不小心也起晚了,该收拾半个小时还是照旧收拾半个小时。

他们俩使用频率最高的对话是"你快点"和"你急什么"。

男朋友曾问海棠:"你为什么总是那么着急?"海棠歪着脑袋说:"因为我是早产儿。"

男朋友不解地问:"这跟早产有什么关系?"海棠笑着说:"就是我想做什么,我妈都拦不住!"然后,她着急地补了一句,"关键是我也拦不住自己啊!"

从那之后,男朋友看到海棠大吼大叫的时候就会安慰自己:"她只是性格问题,完全没有恶意。"

海棠也曾好奇地问过男朋友:"你怎么就急不起来呢?刷牙要十分钟?洗澡要一个小时?拖地要两个小时?"

男朋友则非常严肃地对她说:"刷牙、洗澡、拖地,快了就弄不干净,就像工作、学习和写论文,快了就没有质量。"

从此,每逢海棠看到男朋友磨磨蹭蹭好半天才把地板拖干净,就会劝自己:"只是性格问题,和智商没有关系。"

久而久之,海棠习惯了男朋友的慢慢悠悠,并且倍加喜欢男朋友的细心、稳重和仪式感;而男朋友则接受了她的大大咧咧,同时倍加珍惜海棠的热闹、可爱和雷厉风行。

他们一个负责大踏步向前,一个负责走得更加稳健;一个负责当调皮鬼,一个负责当"弱智"。

其实,每个人身上都有独一无二的魅力,也有别人受不了的缺点。就像玫瑰一样，既美丽，又有刺。但爱玫瑰的方式，不是把刺拔掉，而是学习如何不被刺伤。

如此一来，话痨的让你变得健谈，强势的治愈了你的柔弱，木讷的消除了你的戾气，保守的拯救了你的冒失。

我所理解的缘分就是：相遇在天，相守在人；懂得珍惜，才配拥有。

所以，当你讨厌一个人的急性子，为什么看不到他的效率？当你讨厌一个人拖沓时，为什么看不到他的耐心？当你讨厌一个人行动缓慢时，为什么看不到他的包容？

怕就怕，想要在一起的时候，就说是"性格互补"，不想在一起了就说是"性格不合"。爱情的世界哪有那么多性格不合，无非是新鲜感消退了、神秘感消失了、诱惑不够了，所以不想配合了。

感情世界的规则其实非常简单：想要离开的人从来不缺借口，愿意留下的人向来不用挽留。

生命之河里的石头

米奇·阿尔博姆

有些父母会伤害孩子。谁都没办法。孩子就像只洁净的玻璃杯，拿过它的人会在上面留下手印。有些父母把杯子弄脏，有些父母把杯子弄裂，还有少数父母将孩子的童年摧毁成不可收拾的碎片。

父母们很少会对他们的孩子放手，所以，孩子就对他们的父母放手。他们向前走。他们向远处走。

那些曾经让他们感到自身价值的东西——母亲的赞同、父亲的点头——都已经被他们自己取得的成绩所替代。

直到很久以后，当他们的皮肤变得松弛了，心脏变得衰弱了，他们才会明白：他们的故事和他们所有的成就，都是基于父母的经历建立起来的，就像生命之河里的石头，层层叠叠。

做个优质普通人

我的助手张方是个1989年出生的姑娘，她做了很多让我刮目相看的小事。

有一次我发高烧，体温升到39.7℃，撑不下去只好去医院，医生让查血，她陪我在抽血处拿号等待。我烧得迷迷糊糊地歪在椅子里，她在几个窗口前转悠，回来笑眯眯地说："咱在8号窗口抽血，保证一点都不疼。"我烧得连问为什么的劲儿都没有了，默默看着她张罗。

果然，像我这样晕针晕血的人都丝毫感觉不到针头扎进血管的疼痛，我好奇地问她："你怎么知道8号窗口的医生技术好？"她得意地笑："我转悠了几圈，上午这么多孩子来抽血，其他窗口的小孩都大哭大闹，9号窗口哭得最厉害，只有8号窗口，即使一两岁的孩子都安安静静的，肯定是医生技术好。"简单的判断却让我心服口服。

我相信专业在于细节，可是，绝大多数职场人士却很少在细节上用力，眼光总是盯着光环耀眼的"大事"，不肯俯身屈就认真对待小事。

她经常给客户送各种资料并带回回执函，这项工作琐碎而辛苦，客户们分散在城市各个区域，她每次出门前都在纸上列好顺序：第一家，A.地址××；第二家，B.地址××；第三家，C.地址××……一个上午她能全部搞定，中午准时出现在办公室做下午的工作。

我问她效率怎么这么高，她说，算好公交路线和拥堵情况，规划一条最短最畅通的路线，公交车和出租并用，提高效率的同时也节省成本。然后，她很诚恳地加了一句：挣钱不容易的，能省就省。

我十分欣赏她自然而然的成本意识——太多人对待自己的钱锱铢必较，对待工作经费却土豪得很，她这种普通、高效、踏实的态度让我另眼相看。

她负责公众号的版面编排与发稿，有一天，她给我打电话："我做了件错事，我想尝试一项排版新功能，却不小心按错了键，删除了四天的内容，我尝试挽回但是无法恢复，这是我的责任，我愿意负责。"我对无法恢复的内容心痛了片刻，但很快释然——多少人能够承认工作失误，主动尝试解决并且承担责任？这些错误与这份态度相比，算不上什么。

她极少和我聊愿景、梦想、个人规划等，每天，我们俩一边嘻嘻哈哈，一边完成各种工作。这个不是名校毕业，没有牛气背景，也从未被任何高大上机构录用过的姑娘，却修正并且丰富了我的职场观与生活观：无论工作还是生活，我们都需要优质普通人。

在成功学的激励下，每个人都想去闯一闯出类拔萃的独木桥，在这样的对比中，关爱家人、对职责上心、对诺言守信、靠谱善良的优质普通人反而显得特别可贵。

实际上，不管最终的目标多么高大上，大家的出发点，只不过是生活得好点。于是，优质普通人的优势便显现出来，他们不是庸碌，而是温和的优秀；他们从不咄咄逼人，总是带着暖暖的厚道。

所以，做个优质普通人并不容易，甚至，这是一个所谓合格精英真正的起点。至少，她清楚在8号窗口抽血不疼的生活智慧。

对"出口成伤",你可以选择不原谅

《红楼梦》里,薛宝钗是比林黛玉更接近世俗意义上完美定义的女子,"品格端方,容貌丰美,行为豁达,随分从时",有涵养,稳重而周到,在整部书中,我们基本上看不到宝钗生气大怒的情节,只有第三十回例外。

第三十回里,宝玉和黛玉闹了别扭,刚刚和好。两人一起去了贾母房中,这时候宝钗也在,宝玉开启了尬聊模式。他问宝钗为什么不去看戏,宝钗说因为她怕热,宝玉搭讪笑道:"怪不得他们拿姐姐比杨妃,原也体丰怯热。"

不料此言一出,宝钗大怒。她用了三连发的动作狠狠回敬了宝玉。先是冷笑着回怼他:"我倒像杨妃,只是没一个好哥哥好兄弟可以作得杨国忠的!"第二次发力,是一个小丫鬟撞上枪口,开玩笑问宝钗要她丢失了的扇子,宝钗厉声指着她说:"和你素日嬉皮笑脸的那些姑娘们跟前,你该问他们去。"吓得小丫鬟跑了。这番指桑骂槐,让宝玉"自知又把话说造次了"。

黛玉看宝玉奚落宝钗,心中着实得意,也想趁机取笑一番,却被宝钗的疾言厉色吓住,改口问宝钗听了什么戏。宝钗看黛玉面有得意之色,又借《负荆请罪》的戏名讽刺宝黛二人之前闹出大动静的争吵又和好,让宝黛二人"越发不好过了"。

宝钗之所以极为罕见地大怒,且再三敲打宝黛二人,一是宝玉语出伤人,他评价宝钗"体丰怯热",在明清以瘦为美的时代,无异于当众揭短,另外,杨玉环是当时市井中流行的野史艳书主角之一,声名几乎算得上不堪。宝钗又刚经历选秀失败,听到宝玉的话会大怒,也在情理之中。

我们身边常有一些容易出口伤人的人,或是因为智商、情商堪忧,或是因为嘴比脑子跑得快,总是无心之失,伤人到底。

民间有一种对出口伤人的辩解,是"刀子嘴,豆腐心"。但人海茫茫里,很多人都没有时间和机会见识到"刀子嘴"之下的"豆腐心"。被语言霸凌也是霸凌,被"刀子嘴"伤害也是伤害,对这样的"伤",你是否要选择原谅?

心理学博士陈海贤曾经分享过一个经历。在参加一个团体时,他遇到一位"刀子嘴"的女士,经常犀利地攻击别人。在被连续攻击几次以后,陈海贤忍不住回了一句:"你说话真的很伤人。"这个回应让那位女士愣了一下。第二天,这位女士当众对他说:"趁我还有勇气,我要向陈海贤道歉。"接着,她说了一番很真诚的话,并渴望获得更好的关系。当时,所有人都看着陈海贤,期待他能温暖地回应这番话。

但在短暂的沉默过后,陈海贤坚定地说:"对不起,我不接受。"他解释说,"我想用拒绝告诉你,不是所有的伤害,都可以用道歉来弥补。"没想到从那以后,那位女士变了。感觉到被拒绝的震惊和尴尬之后,她学会了自省和改变——拒绝原谅,有时会比无限包容更能带给一个人成长。

成年人需要为自己的每一句话、每一个行为负责,当你图痛快、图解恨,不顾"良言一句三冬暖",硬要"恶语伤人六月寒"时,就要知道一切都会有相应的代价。我们拒绝轻易原谅,并不是心胸狭窄,而是让每个人知道人与人交往时的界限和法则。

在拿到第38388分之前，詹姆斯戒掉了曲奇

2023年2月8日，湖人与雷霆的比赛战至第三节还剩10秒，詹姆斯撤步后仰中投打进。这个进球，击破了尘封39年的纪录，詹姆斯NBA生涯总得分来到38388，在NBA历史总得分榜上超过贾巴尔的38387分。

詹姆斯的20年征途如一条条涓涓细流，汇聚成了滚滚波涛，奔涌至前所未见的得分灯塔，然后继续向前。

詹姆斯幼年的成长环境，与"梦想"这个词很矛盾，母亲格洛丽亚生下他时才16岁，父亲不知所终，母子俩原本在詹姆斯的外婆家居住，但在外婆去世后，当地政府将老屋判定为危房，格洛丽亚没钱修缮，于是二人被赶出家门。詹姆斯跟着母亲四处投亲靠友，5~8岁，搬了大概12次家，寄人篱下的岁月，詹姆斯连睡在床上的资格都没有，只能选择睡沙发或者地板。上中学之前的詹姆斯，没有朋友，因为他刚在一个地方稳定下来，就要再次搬家。

在那段贫寒且孤独的日子里，一个小篮筐一直陪伴着詹姆斯，那是在他3岁那年的圣诞节，外婆送的礼物。就在詹姆斯拆开礼物盒的时候，妈妈将外婆因心脏病去世的消息告诉了他，那个小篮筐是外婆提前准备好的，凝结着对詹姆斯的期待。

篮球成为了詹姆斯的避风港，也是他与梦想之间从遥不可及，到渐渐拉近的高速路。在圣文森特-圣玛丽高中效力期间，詹姆斯以炫酷的方式释放出自己的天赋，当他在2001年阿迪达斯ABCD训练营打爆了当时的全美第一高中生兰尼-库克，篮球世界开始为这个来自阿克隆的少年震惊。

詹姆斯坐在自己的更衣柜前，头深深地垂下，一条毛巾从脖子环绕而下，毛巾的两头被他紧紧握在手中。整整一个小时，詹姆斯都没有起身，他太累了，也太沮丧了。2015年总决赛，詹姆斯场均35.8分13.3篮板8.8助攻，他在乐福和欧文先后伤停的情况下，挑战着自己的体力与技能天花板，但还是输给了勇士。

失败，这是詹姆斯在NBA生涯中一次次触碰的苦痛，骑士时期前两年没进季后赛，首次总决赛被马刺横扫，被波士顿三巨头围猎，遭诺维茨基点对点击杀，勇士的崛起又形成新的壁垒，阻挡在詹姆斯与胜利之间。

一面是岁月的洗礼，一面是新老不停交替的对手，詹姆斯要扛住时光的追赶，还要一次次突破对手设立的坚冰，从失败走向胜利。

"我要做的是努力将自己推向极限。"詹姆斯说。

2016年总决赛就是一次极限之战，骑士在前四场战罢总比分1∶3落后。在第四场结束的那个夜晚，詹姆斯几乎一夜没睡，他在凌晨给队友们群发了短信："我们不得不去客场打第五场，请大家跟随我，我保证会将系列赛带回来。"

第五场，詹姆斯41分16篮板。第六场，詹姆斯41分11助攻。詹姆斯带着骑士，在绝境中杀出血色的黎明，抢七战的那记"The Block"，结束了克利夫兰对冠军长达半个世纪的等待。

支撑起一支球队，是要付出代价的。2018年季后赛，詹姆斯在骑士2.0时期的收尾，他的身体在常年的高负荷运转下，已经拉响了警报。现场记者发现詹姆斯在参加赛后新闻发布会的时候，已经不像年轻时那样结束采访立刻起身，他要缓缓地站立，好像需要有人拉一把，下台阶的时候步伐同样缓慢，疲倦清晰地写在他的身上。

但是，即便如此，詹姆斯开发上限的脚步也没有停下来。2018年东决抢七，骑士来到波士顿，詹姆斯一大早就赶到花园球馆训练，球馆工作人员不得不早起配合他。

"我本来想睡个好觉，然后起床准备晚上的比赛，但詹姆斯天还没亮就来了，我只能爬起来，为他开放球馆。"工作人员抱怨道。

但是，他随后语气一转："我讨厌早起，但我佩服这家伙，虽然他是我们的敌人，但也是孩子们的榜样。"

时间很无情，也很公平，任何人都会变老，詹姆斯也不例外，他在湖人遭受的腹股沟和脚踝伤势，是年龄增长给身体耐用性打下的折扣。

詹姆斯不可能逆转时光，但他全力以赴，让输给时间老人的那一刻慢一些到来。巧克力曲奇曾是詹姆斯最爱的零食，他在骑士和热火打球期间对饮食的控制已经相当严格，唯独巧克力曲奇例外。然而，在来到湖人后，詹姆斯戒掉了这个心头好。

"朋友们说我肯定不行，因为我太爱吃曲奇了，但我知道如果我还想打出精彩的比赛，必须和它说再见。"詹姆斯说。

曲奇只是一个微不足道的细节，但正是这些细节，构成了詹姆斯20年的生涯画卷，他的成功有天赋的因素，但绝不仅限于天赋。

在NBA的历史长河中，球星灿若星河，但总得分拿到38000+的只有贾巴尔与詹姆斯。

詹姆斯对贾巴尔的超越不是简单的日积月累，他的参赛场次只不过是历史第九，但总得分第一，总助攻第四，双榜前五独一无二。

詹姆斯以跨越20年的持久全能输出一次次刷新历史，从18岁到38岁，从各类最年轻纪录到最年长纪录，詹姆斯在颠覆着篮球运动少年老成与宝刀不老的认知上限。

这个上限，究竟顶端是什么样子，答案还没有揭晓。从詹姆斯踏入NBA开始，各种各样的疑问就围绕着他，一名高中生能成为全明星吗？他懂得如何带领球队吗？他可以拿到MVP吗？如果这些都可以，拿到总冠军要等到什么时候？当这些疑问尘埃落定，又有新的出现，他的总得分会达到多少？贾巴尔牢不可破的纪录真的会被他刷新？

现在，詹姆斯再次给出了答案，关于40000分的疑问又出现在他面前，这是一个在篮球世界曾经连想都不敢想的数字，如今有了成真的可能，你也许还会将信将疑，但至少会怀有期待。

因为，他是詹姆斯，一个追着梦想跑的人，这样的追逐还在继续。

像交朋友一样去花钱

闫红

我曾经尝试着走进一家售货员永远比顾客还多的服装店,这家店我以前也来过,随手翻开一件小T恤,四位数的价格让我"不明觉厉"并一叶知秋地敬而远之。但是这一次,我不只是来买衣服的,还要借此实现消费观的革命,所以我逡巡了一下之后,直指一件深蓝色的长裙,它不算好看,但是在满场的"阔太风"里,它的质朴,让我有"他乡遇故知"之感。

试穿之前,我先翻了下吊牌,果然如我所料不便宜。试穿了一下,效果一般,它过于宽大,显得我整个人都很庞大。

但售货员告诉我这叫"茧型",不突出线条,只是凸显气场。这说法很高级,我触类旁通地想到,初出茅庐的人才会急吼吼地炫技,高手总是深藏不露,我刚才没有觉得这件衣服好,也许就是还没有习惯高级审美,都这么贵了,一定不会差。

买了回去,展示给家里人看,他们无语的表情让我备受打击,穿出去之后,这件衣服也没为我挣到一句赞美。关键是,我从各种镜子或玻璃幕墙前走过时,也忍不住惊叹里面那个女人气壮山河,在这种情况下,如果我还坚持对自己说,这是一件美丽的衣服,是不是太像安徒生笔下那个有衣服癖的皇帝了?

类似的错误我又犯过几回,花了很多钱也没有称心,有种被谁欺负了的羞辱感。都说"在能力范围内买最贵的东西",可什么叫"能够承受"?是支付时内心不起一丝波澜,还是咬咬牙才扛得住?通常是指后者吧?但这不叫能承受,这是踮脚去够,你踮脚,底盘就不稳了,方寸就乱了,花冤枉钱简直是必然的结果。

花钱要像交朋友那样审慎。"相逢意气为君饮,系马高楼垂柳边"的快意当然迷人,但它不再是常态,若见谁都一团火似的扑上去,人到中年本来就有限的热情就会被进一步摊薄,因而变得廉价。

不能再随随便便地眼睛一亮了,请神容易送神难,谁家没有一堆当初图便宜买回来越看越不喜欢却又不好扔掉的鸡肋货呢?十分冷淡存知己,淡泊一点,才不会挑花眼。

再小的东西,都不能潦草对待,买回去之后,才会仍以朋友视之,欣赏它,维护它,充分地使用它,当你目之所及皆是你所喜欢的,你会对生活本身多一点感情。

我还记得我妈妈的继母,哪怕买只小板凳,都会思量再三,她的东西总会用很久,比如那个菜篮子,在她家都有二十年了,被岁月包了一层柔和的浆,洁净温润,不但没有残破感,反而像件艺术品,承载了她对时光的感情和记忆。

在没有战争的时代,消费就是频繁出现的战斗,但我们很少从理论上去重视这件事,总把"消费"视为一个充满现实感与铜臭味的词,羞于提起它给我们带来的各种美妙的体验和感受,也不愿意费心总结。事实上,你怎样消费,就会怎样生活,把你的三观注入消费里吧,消费,也是一种表达,是和生活最为情真意切的对话。

分享欲在哪里，爱就在哪里

你在家族群里看到过七大姑八大姨分享的各种链接、小视频吗？我有时会纳闷，为什么老年人如此热爱转发？说到底，是分享欲在发挥作用。

其实年轻人的分享欲并不比老年人的弱，只不过分享的对象通常不是家族群。而是给闺密"安利"最近追的剧，遇到美食美景、热点事件在群里不停讨论，都是分享欲的表现。

有人说，验证感情的标准之一，是看你愿不愿意和他分享生活琐事与各种观点。当你对一个人丧失了分享欲，可能也意味着你们的亲密度正在降低。

一个朋友某晚看到又大又圆的月亮，突然想发给男友，翻看两个人的聊天记录，发现两人不但很久没有分享生活点滴，连聊天都不多，这才明白感情正在悄悄变淡。所以说，分享欲在哪里，爱就在哪里。

我自认为是一个分享欲很强的人，看到好玩的有趣的内容，患有不转发痛苦症。

才过去的一周，我和好友分享了国庆节旅游避雷指南、隐形家务名单以及哪个品牌的清洁剂去污能力简直不要太好。我也收到了朋友给我的很多分享，包括哪部剧特别好看、舒尔特方格可以有效预防"中年痴呆"以及如何自检是否患有乳腺病。当然，我们分享更多的是好玩的段子以及各种直击灵魂的金句。如果对方深有共鸣，那种感觉，仿佛两个傲娇的灵魂击了个掌，这一击，像是完成了一次精神上的拥抱。

我还发现身边的人越来越不爱发朋友圈了，不是分享欲降低，而是不想展示给不在意的人，他们选择悄悄分享给那个对的人。

因为一对一私下分享，既促进社交，又增加亲密度，没准还能碰撞出更多火花。

所谓三观相同，不见得是聊东家长西家短，而是你给她发一个冷笑话，她秒懂；她给你发一个金句，你回"是我是我"！

心理学家说，根据马斯洛需求层次理论，分享欲应当在生理需求和安全需求之上，分享会让我们产生价值感和归属感，获得友情和爱情。

跟同事分享另一个同事的八卦，危险且刺激，大多是为了进行社交，形成结盟；我们的父母辈给我们转发"谣言"，则出于利他心理，说白了，出发点是希望我们更好；土味博主分享家猫抓的大老鼠，则是为了展示主人的成就感。

将信息分享出去，大脑会分泌让人愉快的多巴胺，这也是我们喜欢分享的潜在原因：分享让我们快乐。

说到底，分享本质上是为了促进交流，人与人之间交流越多，越容易产生亲密感。有些以前的朋友走着走着就散了，除了生活中的交集变少，还可能因为我们放弃了和他们分享我们的当下。

世界这么大，孤独那么深，分享不但让我们找到归属感，也让我们更快乐，如果你爱一个人，请善用这条打开心门的秘籍，多跟他分享。

先调整心情，再处理事情

晚君

五代时期，冯道与和凝同朝为官，两人交情很好。

一天，冯道穿了新买的靴子去拜访和凝。巧的是，和凝两天前让仆人出去也买了双靴子，跟冯道同款。于是和凝便问冯道："你的靴子多少钱？"冯道不慌不忙地抬起右脚说："便宜得很，五百。"和凝一听就火了，转向仆人就给了他一巴掌，骂道："一模一样的靴子，竟然跟我说要一千？"这时，冯道又慢慢抬起左脚说："这只也是五百。"和凝一下子傻愣在原地，非常尴尬，不知如何是好。

很多时候，眼见不一定为实，我们看见的并不一定就是事情的真相。凡事多等一等，或许会有转机。千万别让愤怒和暴躁冲昏了头脑，冲动之下的鲁莽行为，极有可能造成无法弥补的过错。

早年在美国阿拉斯加，有位年轻人，太太因难产去世，留下了一个婴儿。平日里，他既要工作又要照看孩子，非常吃力。于是他养了一只极通人性的狗，上班前将孩子喂饱，让这只狗在家照看着。一天，他下班后去看望朋友，回家路上突遇大雪，直到次日凌晨，才赶回家中。推门一看，却发现满地血迹，他赶紧冲进卧室。那只狗卧在床边，满嘴鲜血冲他大叫，而孩子却不见踪迹。他断定是这只狗吃了孩子，顿时一股热血冲上脑门，抡起木棒便把狗活活打死了。随后，他听到床下传出微弱的哭声，趴下来一看，孩子完好地蜷缩在床底。他意识到自己可能犯了错，起身循着血迹往里走，在厨房发现一只被咬死的狼。

冲动是魔鬼，你永远不知道，失去理智做出的行为，会让你付出怎样的代价。

生活中，少些冲动，多给自己冷静和清醒的时间，事情才有回旋的余地。

心理学家罗纳德博士曾说："暴风雨般的愤怒，持续时间往往不超过12秒，爆发时可以摧毁一切，但过后风平浪静，如果控制好这12秒，就能排解负面情绪。"

真正的高手都是先处理心情，再处理事情；先分析心态，再分析事态。

在一个数百米深的矿坑中，有几个矿工正在作业。突然矿灯出现故障熄灭了，矿工们非常害怕，手忙脚乱地到处找出路，一番摸黑寻找却毫无结果。这时，有个矿工说："与其这样盲目乱找，不如静坐在这里，看能否感觉到风的流动，因为风一定是从坑口吹来的。"于是矿工们都坐下来，努力感受风的流动。刚开始，大家没有任何感觉。但过了一会儿，他们的感官变得敏锐，逐渐感受到一丝微弱的风轻拂在脸上。终于，他们顺着风的来处，找到了出口。

曾国藩说："凡遇事须安详和缓以处之，若一慌忙，便恐有错。"

人在情绪失常的情况下，理智和智商往往会下降，就容易犯错，从而找不到出路。

想发火时，愿我们都能管住自己，与不快的情绪告别，认真活好当下，去拥抱美好的人生。

第三章 创思维

选择的悖论

□ [美] 戴维·迈尔斯

心理学家巴里·施瓦茨认为，过多的选择可能会导致人们无所适从。

例如，从 30 种果酱或巧克力中做出选择的人们的满意度，比那些从 6 种中做出选择的人的反而低。更多的选择可能会带来信息超载，也带来更多后悔的机会。

如果让员工免费去巴黎或者是夏威夷旅行，他们会非常高兴；但是，如果让他们在两者之间进行选择，他们可能就不那么高兴了。选择巴黎的人会后悔他们无法得到阳光的温暖和海水的滋润，选择夏威夷的人会后悔他们无法参观那些壮观的博物馆。

人们对无法反悔的选择的满意度比可以反悔的选择的满意度要高。

如何拥有强大的心力

刘润

1

一年365天，我有200多天，不是在出差，就是在出差的路上。

2022年上半年节奏突然被打乱，我在家待了差不多3个月。终于，6月9日，我刷到了一张从上海去杭州的高铁票，此时，离出发只有1小时，我用最快的速度回家收拾行李，然后，赶在高铁启动前找到了我的座位。一路飞奔来到杭州，然后，就开始了和各种不确定的反反复复对抗。被赋了七天黄码，合作伙伴的活动没法按时出席，等等。突然在某一刻，我感到一种前所未有的疲惫，甚至产生了一种想"躺平"的念头，算了，别折腾了，太累了。不如出去走走，世界也不会因为离了你就不转了。这个念头一闪而过，很快，我就冷静下来了。不行。我的公司虽然又小又破，但也有20多名员工。他们有的刚生孩子，有的开始还房贷，有的还没女朋友，他们的人生刚刚开始。

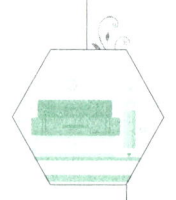

还有一次，我觉得特别累，想要请个假。但是突然想起来，我是个创业者啊，总不能和竞争对手说：我太累了。想歇两天。咱们都说好啊，这两天谁也不准开发软件，谁都不能做直播，谁也不准跑市场。都高高挂起免战牌，等我歇好了再打。

面对困难、挑战和不确定，心力不足，真的很难坚持下去。所以，很多投资人在投资项目的时候，就会关注创业者的心力。

源码资本创始合伙人曹毅说，他判断一个创业者值不值得投资，有三个维度：体力、脑力和心力。

体力很重要，因为你在创业过程中遇到的各种问题，各种麻烦，都需要体力来支撑。脑力也很重要，你得想战略，做计划，让公司更好发展。但最重要的还是心力，因为心力才是体力和脑力的稳定器，是你力量的来源，它决定了你的内心有多强大。

那么，怎样才能拥有强大的心力？想要拥有强大的心力，有几个方面特别重要：比如，增加心力的容量，提高自我效能感，提高心力的使用效率。

2

训练心力的方式之一，就是运动。很多创业者喜欢极限运动。因为极限运动，训练的是一种明知有困难，还一定要做到的决心，能让你心力变得强大。

我去戈壁徒步了3次，环骑过青海湖，也去过南极和北极，每一次极限运动结束，我感觉我的心力又强了一点点。

2015年，我登顶了非洲第一高峰乞力马扎罗。爬乞力马扎罗，从进山到出山需要7天。进山大概是在1800米的海拔，第一天要垂直升到2800米，第二天再上升1000米，到3800米。第三天升到4600米。一步一步，在爆裂的阳光下向前。为了降低耗氧，我拖着双脚，像僵尸一样地挪动。我的私人背夫要上来扶我，被我推开。他的呼吸节奏和我不一样。如果不能踏在我自己的一呼一吸上拖动脚步，我觉得我会吐出来。终于到达了4600米的营地。我也终于，"哇"的一声，早上喝进去的能量胶、热巧克力，全都吐在了高山的黑土地上。然后，拖着双腿，继续走。直到向导突然宣布：海拔5000米了！所有人都开始欢呼。我大喜，然后立刻平静下来。不能给自己希望。希望只会带来痛苦。绝望，是最大的希望。第五天，我们从中午开始睡觉，到23:00，我们全副重装，走出帐篷，开始冲顶。高山向导每小时会要大家停下来，做最短的休息，调整自己，因为时间一长，身上就冷。抓紧这5分钟的时间，坐下来，吃光一根藏在怀里的能量胶，或者吃一块巧克力，再喝几口水。一位女同学失声痛哭。不能哭。鼻涕会在你不知情时，静静流下，冻成冰碴。我好想睡觉，但是不行。坚持。没有激昂的冲刺，只有静静的坚持。意识在模糊和清醒之间，向下；脚步在半梦和半醒之间，向上。终于，我们抵达了5895米的自由之巅。我和队友像孩子一样紧紧抱在一起，失声痛哭，完全不能自已。我一屁股坐在"自由之巅"的土地上，在非洲最高峰，继续独自抹去汹涌而出的泪水。

我，做到了。虽然我的脸是肿的，但我的内心特别自豪。经历了那么多苦难、那么多痛苦，站在山顶的那一刻，我获得了一种能力，一种坚持一下，再坚持一下的能力。

我的心力又强大了一点点。除了极限运动，平时的运动健身，也是一种能帮助我们增加心力容量的方法。一个人心力够不够，也和他的心肺功能有关。心肺功能的强弱，就相当于电池容量的大小。容量3000毫安的电池，一定比容量800毫安的电池更加持久耐用。同样，心肺功能越好的人，越能轻松驾驭一天的工作。

3

心力不足，还有一个表现是，遇到麻烦和困难的时候，你不相信你自己能做到，不相信你能克服困难，你觉得花再多的时间都是浪费。

你可能会想，天哪！这件事情这么难，我不可能做到。但是心力强大的人，相信困难只是暂时的，先把能做的做了，继续想办法，总是有办法。自我效能感，就是自己相信自己，我能做成我想做的事情。先完成一些简单的事情，建立信心。然后，再挑战更难的事情。

比如，找一个练习场，在一些不是那么大的事情上，让自己好好练习，然后争取把这些事情做成，通过一件一件小事情，增加自我效能感。当你能轻松完成这些小事情的时候，再试着去做一些有点儿难度，但只要花费时间，通过努力，也能做成的事情。

最后，再去挑战那些看起来很难，但对你来说很有挑战性的事情。当你克服重重困难，做成这些事情的时候，你就能增加自我效能感。

你的一切动力都可以变成真的能量，而超出了舒适区，你就担心你控制不了，你的动力、你的愿望就可能会被杀死。但是如果你感觉到你的自我效能感不断地增加，当你实实在在地感觉到你的自我非常强大，这时候你就愿意尝试更难的事情，迎接更多的挑战。

因为你相信你一定可以做到。

为什么梦想不能当饭吃

我曾经看过电影《雄狮少年》。热爱舞狮的少年，经历千辛万苦，终于找到了自己的师傅——曾经的舞狮高手，如今的咸鱼强。

咸鱼强曾经是当地最靓的仔，因为舞狮而大出风头，打动了美人心，娶到了漂亮老婆。

老婆说："舞狮有什么用？又不能当饭吃。"

这句话扼杀了他的梦想，让他老老实实地开着电动车去卖咸鱼。

为什么梦想不能当饭吃？这真是一个经典问题。

当一个少年想去学习舞狮、艺术、演戏时，长辈会苦口婆心地劝他：梦想不能当饭吃。

但是，如果一个少年主动选择卖咸鱼，或者做会计、牙医，可能就不会有人告诉他梦想不能当饭吃。

我小时候也有一个梦想：做一个诗人。和舞狮少年一样，长辈会苦口婆心地劝我：梦想不能当饭吃。

当然，这种教育是失败的，他们越规劝，年轻人就越反叛。

问题在于，长辈没有讲清楚其中的经济逻辑。

梦想能不能当饭吃的关键，不在于梦想，而在于需求。需求不足的梦想，就不能当饭吃。比如舞狮，只有逢年过节才有少数人需要，其市场需求极低，利润也极低。不像咸鱼，每天都有很多人来购买。

延伸一下，现在很多书店的主要收入已经变成卖咖啡了，这是为什么？

因为人们可以每天都喝咖啡，每次和朋友到书店坐一会儿就可以喝一杯咖啡，但谁会每天都买一本书，谁会每次来书店都买书？

相对于消费者的需求，梦想并不重要。只有消费者的需求才可以当饭吃。

如果你的梦想有广泛的需求、庞大的市场，你就大胆去追求，最坏的结果无非少赚一点钱。如果你的梦想像舞狮少年一样，消费者需求很低，就要慎之又慎。

当然，支持他人勇敢追求梦想几乎是理所当然的。很多人会为你鼓掌，为你点赞，鼓励你大胆地去追逐自己的梦想。

但你要明白：鼓掌不是需求，点赞喝彩不是需求，握着拳头为你呐喊加油不是需求，被你的梦想感动得热泪盈眶更不是需求，愿意付费才是。

别人愿意为之付费的梦想，才可以当饭吃。

读书有什么用

多年前我在《百家讲坛》讲过收藏，所以很多人熟知我的收藏故事。收藏本来是我的一个业余爱好，没想到它在我中年以后逐渐成为我生活中一件最重要的事情，我把它做成了一个博物馆。今天，我到这儿来应该是讲你们最爱听的这种励志故事。但我觉得这并不重要，我在一瞬间，觉得有一件非常重要的事情，就是今天我在现场感受到的，读书有什么用？我就在想，我小时候是怎么读书的。

我从小学四年级就离开了学校，再也没有机会回到学校，所以今天我最困难的事情是填各种表格，我的文化程度怎么填？我填小学四年级，没有人能证明我在这个时期离开了学校。我没有任何文凭，可是它不妨碍我去读书。我有两年很好的时光，在家里没事干，也没有学校，也没有工作，哪儿都不能去。那两年呢，是我的16岁到18岁，我一个邻居家有《红楼梦》，《红楼梦》在那个年月是禁书。古人认为读禁书是人生最大的乐趣。

你的情感，你对文学的喜欢，都可以从书里获得满足。我今天就想，我当时是怎么读这样的文学书的呢？我现在还能背一些，我如果不背一段你们可能觉得我在这瞎说。比如王熙凤是怎么出场的呢？未见其面先闻其声，"一双丹凤三角眼，两弯柳叶吊梢眉，身量苗条，体格风骚。粉面含春威不露，丹唇未启笑先闻。"这就是《红楼梦》中曹雪芹对王熙凤的描写。

那黛玉是什么样的呢？黛玉是"两弯似蹙非蹙罥烟眉，一双似泣非泣含露目。态生两靥之愁，娇袭一身之病。泪光点点，娇喘微微。闲静时如姣花照水，行动处似弱柳扶风。心较比干多一窍，病如西子胜三分"。我背这个内心没有底，因为这是45年前的事情。我当时因为有投入才能把这些记住，因为有投入才知道中国文学中的很多表达跟我们生活中的表达是不一样的。

读书能锻炼你的抽象能力。我们今天已进入一个读图时代，所以我们不停地反复问自己读书有什么用。读书是读字啊，你要锻炼自己的抽象能力，人类之所以推动了文明发展，是因为人类发明了文字。即便是个象形文字，它也是在锻炼你的抽象能力，所以你读书的时候，读文学书的时候，你的理解跟旁边的理解可能完全不一样。我们今天进入了一个全球化的信息时代，我们开始大量地读图，读图是会限制一个人的抽象能力的，所以读图的危险逐渐向人类靠拢，但我们浑然不觉。

古人把读书分为三个阶段，5~15岁是第一个阶段，叫"诵读"，你把它背下来，背下来就过关，不要求你理解它。我们今天的教育很大程度都希望你读过的文章理解，但是理解起来太难。为什么四书五经以及先贤的经典你每十年读一次理解都不同？你让一个5岁的孩子说出《论语》是怎么回事，很难，所以他只能背它。

第二个十年，15岁到25岁。这个时期读书非常重要，古人叫"学贯"。你要学会贯通。你即使学理科也要读读文科的书，你要知道文理之间是有关联的，你要知道所有的学科中有价值的东西怎么去关联，怎么在你未来的生活中应用。这个时期，相当于我们今天的高中到硕士毕业。

最后一个十年，25岁到35岁，古人要求你读书——两个字"涉猎"。一定要读不是你专业的书，什么书都要读。

什么东西能带给人安全感

跟妈妈讨论要买自带羊毛衫、羽绒服清洗功能的高价洗衣机。我开玩笑说,以后你就可以解放双手安安心心当懒汉啦!她说,怎么可能?用再贵的洗衣机我也不会变懒,我本身就是一个勤快的人,这是改变不了的事实。

十几年前,家里还没有稳定的收入来源,那时候家里没有洗衣机,即便是刺骨的寒冬,妈妈也会在洗衣台上把全家人的衣物用手搓洗干净,连鞋面的污渍也全部刷洗一遍。所以哪怕在最艰难的时刻,我们全家人的衣物都是洁净的。

岁月变迁,现在的妈妈已经拥有许多几百上千块的衣物,但无论价格高低,她都会把每件衣服认真清洗、熨烫和收纳。

就像当年那样。爱干净是妈妈内心的秩序之一,这让她无论身处怎样的生活环境,都会尽量让自己看上去体面。

我最近关注了一位生活类的博主,是个年轻女孩,在短视频平台上定期更新自己的日常。她每天四点半左右起床,洗脸,刷牙,化妆,吃早餐,洗碗,搭配衣物出门工作,下班回家做饭,洗碗,收拾屋子,喂猫,洗漱,上床睡觉。

很简单的生活,却治愈了许多像我这样的人。

因为我们看见在心浮气躁的当下,依然有人有条不紊地生活着,情绪稳定地朝着更好的自己前进,不抱怨,不愤怒,不绝望,而是平静中带着一些零星的快乐。那是女孩展现给我们的,她内心的秩序。

在我看来,内心的秩序是我们在心里给自己建造的家,里面盛放着我们的世界观、人生观、消费观和生活理念。当这秩序变得越发清晰,无论外部世界混乱成什么样子,我们都可以按照自己的秩序继续好好生活。

就像我笃定地认为,不管未来变得贫穷还是富有,不管我换了什么行业的工作,我依然会热爱阅读和美食,奉行极简的消费理念,认为这一生最重要的事情在于实现个人价值和最大限度的自由。

坚固的内心秩序,带给我无以复加的安全感,这是任何外物都难以做到的。

我相信,你是什么样子,你的世界就是什么样子。

飞行员为什么拿高薪

为什么轮船公司要给船员开出那么高的工资？原因很简单，并不是所有人都想当船员。船员漂泊在大海上，往往几个月甚至半年不能回家，公司叫你跑哪里就得跑哪里。而且在海上的时候，几乎不能与家人和朋友联系，只有靠港的时候才能自由上网。人在海上会特别寂寞孤独，必须有足够的金钱补偿，才能抵消这种孤独。同时船员的婚姻也特别困难，谁愿意嫁给一个常年没法回家的人？所以轮船公司必须给船员开出高于社会平均水平的工资才能招募到船员，这就叫作"补偿性工资"。

我们在工作过程中，经常因为各种原因要求补偿性工资。研究发现，女性普遍偏好寻找离居住地更近、工资略低的工作。如果工作地太远，她们要求的工资溢价会比男性高。而男性更看重工资而不是通勤距离，为了多点收入情愿忍耐更长的通勤时间。

对这种现象，存在两种解释。第一种解释，男女双方的效用函数不一样。女方在找工作的时候，除了考虑收入，还要考虑自己分配给家庭和孩子的时间，这对女方是比较重要的。而男方对这些问题的考虑就比较少，赚钱就是赚钱，只要能赚到更多的钱，其他问题都不重要。这是需求侧的解释。

还有一种解释，是从劳动供给角度来解释的。如果有一些通勤非常远、交通非常不便的工作，公司领导在招募员工的时候，就会优先考虑男性，尽量不考虑女性。因为女性经常要考虑带孩子的事，多有不便。如果公司位置比较偏僻，女性员工上下班还有安全方面的顾虑。因此，在招募员工的时候就尽量避免这个问题。

有些工作的收益非常高，但是风险也非常高。比如奥运会上，会有一些运动员一举成名，获得的收益非常高。在奥运会上获得奖牌，回国后可能会获得各种各样的奖励。但对家长来说，如果发现自己的孩子在某些运动项目上具有天赋，是否应该鼓励他从事这项运动？这是一个非常艰难的选择。每个成功的运动员背后都有千百个不成功的运动员。如果要出成绩，运动员可能小学毕业以后就要从事专职训练，正常学业就不得不放弃。

再举一例。商业航空公司的飞行员也是很多人非常向往的工作。大型航空公司的机长每年的收入大几十万元，甚至很可能上百万元。这当然是相当有吸引力的收入水平。

中国只有2万人能开飞机，而开汽车的人4亿都不止。飞机毕竟不比汽车。汽车碰到故障，停在路边就好。飞机要是碰到故障，那后果不堪设想。所以需要对这种风险做出一些补偿。

航空公司为什么要为机长开出那么高的年薪？这主要与人力资本的专用性有关。培养一名飞行员是极为艰难的，需要经历5年以上的培训，整个过程中淘汰率极高，每个飞行员身上都累积了海量的资本投入。此外，航空公司还要定期对这些机长进行身体、心理等各方面的检查，以确保飞行安全。

对航空公司来说，提高机长的薪水，确保他们可以安心工作、认真工作，是一种非常经济的做法，花不多的钱就可以提高飞行安全。所以，航空公司付给他们的高额薪水，并不仅仅是要补偿他们的风险，也是给予一种保障和激励。

你拥有哪种时间观

我上大学的时候,拖延症已经初现端倪——虽然那时这词还未流行。

教授周一布置作业,当日不是动笔天,周二离交还太远,周三犯困只想眠,周四心底略熬煎,周五呼朋去尝鲜,周六盘算多拖欠,周日垂死病中惊坐起,写到深夜泪涟涟,周一交上作业松口气,剩下七天好空闲……

我一边打混摸鱼低空飞过了本科四年,一边暗暗敬仰我的朋友M。同样的四年里,她拿奖学金,在外打工、组织活动、跳交谊舞,还辅修了一个计算机学位……再后来,M拿了博士学位出山,顺便生了3个娃。

我当时的另一个敬仰对象,是高出我们三级的传奇学姐L。L同样年年拿奖学金,且拿了博士学位,进了麦肯锡,前阵子刚从麦肯锡合伙人转去做盖茨基金会的中国负责人,同时,还锻炼出了马甲线……

我没有娃、没有马甲线,每天被各种期限追在屁股后面咬。有一项研究显示,34%的人跟我一样,每天觉得紧赶慢赶要了命,40%的人觉得自己缺钱但更缺时间,61%的人则觉得,闲暇时间是啥?没见过啊!虽然科学研究说吾道不孤,但我还是不禁自忖,莫非世上有两种人,一种人将时间花在哪里一目了然,另一种人只好浅吟低唱一曲时间都去哪儿了?

心理学家津巴多则认为,不是两种,而是6种——6种时间观,决定了我们是活在过去、当下还是未来。时间观影响着我们的每一个决策、每一次行动。事实上,时间观就是人生观,你拥有怎样的时间观,决定了你将度过怎样的人生。

那些深具远见、怀抱梦想、按计划行动、能抵御各种诱惑的人,拥有"未来时间观"。他们眼望遥远目标,为了美好未来,能忍受艰苦乏味的现在。偏向未来时间观的人,是传说中的"高效能人士",只要不英年早逝,他们通常能做出一番成绩。

喜欢享受过程的人,则偏向"当下享乐时间观"。这群人撑起了娱乐业的巨大市场,他们是吃货、观影人甚至冒险家,他们听音乐、交朋友、随心而行、充满激情,但有时会忽然发现,许多该做的事情忘了做。

喜欢回忆往昔的人,则是"过往积极时间观"的抱持者。怀念童年,热衷传统,最喜欢各种家庭聚会,谈论过去的美好年代。

无论注重未来还是活在当下,抑或难忘往昔,以上三种时间观,都能带给人比较快乐的人生。不过,还有些时间观,则容易对现世生活造成阻碍。

那些被命运逼到墙角、觉得无力掌控当下的人,有着"当下宿命时间观"。他们

相信当下的情形太过复杂，而自己的力量太过弱小，命运无法改变，因此决定撒手不理，蜷在角落，放弃一切规划和挣扎，将自己全盘交给上天。

一些在过往中受过重挫、至今旧伤难愈的人，则有着"过往消极时间观"。他们脑中常常闪现过去的不愉快画面，痛悔自己错失的美好，渴望将做过的错事一笔勾销，却又深信今日的噩运都是往昔种下的苦果。

每个人生下来，都是持"当下享乐时间观"的人，随着年龄的增长，渐渐从身边的榜样或自己的经历中"学到"不同的时间观。津巴多认为，最好的时间观并非未来时间观，而是三种时间观的平衡——当你不执着于过去，不只看到当下，也不盯着未来，时间花在了"对的事情"上，就能经营出专属的美好人生。

两三元钱的东西包邮，商家不会赔吗

发一件普通的快递，费用大概在12元。

但是，商家如果发货量达到一定规模，就可以和快递公司签署合作协议，发快递的价格可以非常优惠。在义乌这种小商品基地，发的物件一般都比较轻盈小巧。发快递甚至可以论斤算。据一位电商从业人员介绍，某些快件的平均运费，甚至跌破了1元。

还有一些商品，其成本符合边际递减规律，产量越大，平均成本就越低。所以，以低得不可思议的价格出售，也只是为了"走量"，摊平制造成本。人们在网上购物的时候，总喜欢选择一些销量较高的商家。采用低价包邮的方式，可以节省"刷单"的费用。

低价包邮走量还会带来一种隐形的好处，即用户被吸引后可能进入店铺，会促进其他高利润产品的销量。

还有一些电商，为了追求利润，会定制专门针对网销的商品。这些商品仅仅靠网站的视频展示看不出问题，但实物的品质勉强达标，甚至不达标，是一些假冒伪劣商品。

所以，担心两三元的商品包邮会导致商家赔本，纯属多虑。

没有门槛的事情，如何做到最好

我去参加一场活动。一位嘉宾上场，主持人如此介绍他："G先生，明星网约车司机。"他穿着黑色西装，头发花白，身形瘦削。他款款走向演讲台，冲大伙儿微微鞠躬，然后说："我做网约车司机好几年了。同样跑车，我接到的投诉几乎为零；在同时段跑同样的路线，我的收入有时是同行的两倍之多。"

什么？零差评？两倍收入？G先生的演讲"抓"住了我。接下来，G先生用10分钟，讲述了他的成功秘诀。

先说停车。"要知道，现在的大城市，不是想停车就能停车的。"G先生微笑着说，"遇到不能停车的地方，一旦出现违章，扣分、罚款，再正常不过了。于是，很多网约车司机靠近目的地，发现目的地不能停车时，就会停在一个他们认为方便的地方，再打电话给乘客，让乘客自己走过来，或提前告诉乘客：'你就在路边等，看到我的车牌号，马上走近，打开车门，上车就走！'""这两种方式，对司机来说是方便了，对乘客来说都不太方便。"G先生点出症结，在座的人默默点头，包括我。G先生是怎么做的呢？他尽量把车停到目的地。如果目的地没法停车，他就在附近停好车，自己走下车，打电话问乘客："您在哪里？我去接您。"主动去找乘客，而不是坐等乘客找来，所以G先生的好评率就没低过。

再说服务。G先生要求自己保持微笑，保证让客人舒心。遇到没素质的乘客，自己也要有素质。他还特别注意和乘客说话的艺术。通常乘客上车，G先生一定会说这五句话——

"请问您是手机尾号××××的乘客吗？"——避免误接。"请问我是跟导航走呢，还是您指挥我走呢？"——避免乘客认为他绕路。"请问您着急吗？如果着急的话，我给您开快点儿，且保证安全，不超速。"——让乘客放心，并满足他们的具体要求。"我在车上准备了矿泉水，就在座位两边，请慢用。"一般来说，只有专车才提供矿泉水，可是开经济型网约车的G先生要求自己也提供这样的服务。

到了终点，G先生还会对乘客说："您看您对我的服务还满意吗？如果满意的话请您给我一个好评。"这比一些司机威逼乘客不给好评就不开车门要舒服得多，也合情合理得多。

如果只是服务上讲究，G先生不会领跑同行。接下来，G先生"放大招"了：他有本能的数据分析意识，他根据搜集来的数据和自己跑车的经验，总结出一套接单技巧，还绘制了接单地图。

原来，G先生每天工作结束都会总结一下：今天去了哪些地方，哪里需要用车的人多。比如，热闹的商业区、各个大学，全天各时段的单子相对都较多；一些大型广场的周边或相对比较偏僻的地段，难打车，出租车也少，在合适的时段出现，基本上不会走空。

关于什么是"合适的时段"，在哪里接单合适，G先生还有一套详细的笔记——

上午7点到10点是早高峰时间，人们大多从家里去公司，G先生会在小区附近、酒店门口等待接单。

10点到11点，哪里的单子都少，G先生一般会放弃接单，在车站、写字楼附近停下来，休息一下。

11点到下午2点，这个时段是午饭时间，在大城市，有很多商务人士会趁这个时间参加简单的饭局，因此，G先生会回到小区、写字楼附近，因为那些地方去饭店的单子多。

下午2点到5点，这3个小时G先生会将车开向市中心的商业区或学校。

下午5点后，就是晚高峰了，G先生会去办公楼、写字楼前，而不是商场、酒店、小区附近。他一直叮嘱同行，一定不要乱跑，乱跑不仅费油、费精力，还没单子。

晚上7点到8点，他依然在写字楼和热点商场附近。

晚上8点到10点是娱乐时间段，他会向小区或吃饭的地方靠近。

晚上10点到11点最热闹，最容易溢价，因为许多商场关门，大部分公交车停运，G先生会把车靠近最近的商场。

至于晚上11点后，他会在夜店、酒吧附近出没。G先生说到这儿，舞台后方的液晶屏幕相应显示出他的笔记。

惊叹声满场起伏。

他看起来很骄傲，为他的智慧骄傲。他接着骄傲地解释，现在网约车平台派单，靠的是大数据精准对接。

网约车平台上有一个动态的热力图，会不断刷新显示几分钟之前的乘客分布，大部分司机会根据这个热力图来选择接单范围。而G先生和别的司机不同，他认为，大家都用一样的数据，都去一样的地方接单，会堵车，会造成"车多人少"。于是，他就自己研究、绘制动态地图。他在自家墙上挂了许多幅地图，综合自己跑车的数据，汇集其他同行的数据，绘制了一套自制的"静态热力图"。

"最多的一天，我收集了200多辆车全天的数据，总结出什么地方会出什么样的单子，总结后还分享到车友群中。同行按照我画的图跑车，每天的流水能从三四百元提高到500多元！"哟！G先生还颇有分享精神呢！

果然，最后一个段落，G先生主要在谈分享——"我想把这套经验和绘制的地图分享给更多人，于是，我在短视频平台上开通了我的名字加职业的直播，就叫'G先生网约车俱乐部'。"他的笑容加深了。

直播让G先生人气更高了，越来越多的同行把他当作偶像，越来越多的乘客知道G先生是个好司机。不仅他所在的网约车公司把他评为"年度十大好司机"，他的名声还"出了圈"——他参加过某卫视的春晚，做演讲嘉宾，还作为网约车司机代表，带着妻子上了央视的综艺节目。他的名声越来越大，在他所在的小城，常有打到他车的乘客认出他，提出合影。G先生成了不折不扣的"网红"。

"你看，从顾客角度出发，用好的服务攒好评；每天复盘今天发生了什么，总结出时间、地点的规律，让每个工作时段都有针对性的动作，还有时间休息；把笔记升级为地图，和同行分享，就能搜集更多的数据；当这些成了方法论，G先生又借助最新的媒体形式，为自己扩大宣传，树立了个人标签。"主持人拿着话筒，面向G先生，表达由衷的钦佩。

我也听得如痴如醉。行行出状元，行行有门道，而状元们的门道无非是精细化耕作、数据化管理、差异化服务，会琢磨，愿分享……越没有门槛的工作，越是考验谁更有实力，以及善走"捷径"。

怎样的朋友才是真正的好朋友

我们都渴望拥有几个真正的好朋友。那么，怎样的友谊才能称得上"挚友"？

穿越3756公里的腊肉

答主@Alice大鲸鱼分享了父亲的好朋友：

每年过年前一两个月，我爸都会收到一块秘制的腊肉，已经20年了！这块腊肉每年要穿越3756公里的距离来到我家。

宋叔会每年在过年前的一两个月带着家人来到我家，送块腊肉，看看我爸，聊聊家常，又背上一袋大米回去。年年如此，从不间断。

宋叔说，腊肉是用养了一年的猪杀了做的，得提前杀，不然怕来我们家时来不及。

每年宋叔来我家，我爸总会特别高兴，拉着宋叔回忆他们年轻时经历的事情，说说一年下来顺心与不顺心的事情。

我爸说，人生得宋叔一个知己好友，可谓满足。

我爸也为了送给宋叔的大米，每年总是在种水稻的季节去姑姑家帮忙，隔三岔五去稻田里看看。直到大米收到家中，才放心得下。

有回，我问我爸："宋叔为什么每年都来啊？"我爸说："大概是想念得厉害吧，年轻的时候说要把家安在一起，后来没成功，也只能他一趟趟跑了，我这腰也不能长时间坐车。"

不完美中的完美

答主@还算是个男人分享了他与发小的情谊：

发小结婚，我在外地上学实在回不去。两天后我在学校收到了发小寄来的快递，里面有一瓶老白干，三袋熟食，三袋花生。那三样，是我们小时候偷偷瞒着父母，躲在村外的河滩上第一次喝酒的东西。快递里面还附带一张字条："即使知道很难完美，但仍要努力去做，今晚我们不醉不归。"这就是我理解的好朋友！

借钱

答主@李燃末分享了向他大方借钱的好友：

买房那年，首付不够，还差两万元，给朋友打了电话，说："我要买房了，你手

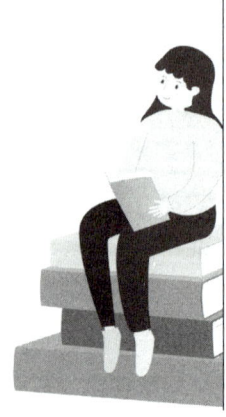

上有现金的话，借给我两万元。有吗？"朋友姓王，是大学老师，收入一般。电话那头沉默了两秒："有。明天来拿。"

拿来之后朋友一直没要过，我也没钱还，心里觉得他肯定暂时用不着。到年底的时候，同学聚会，在银行办房贷的同学说了这么件事："王同学买房子找我办贷款。头一天说好的，首付16万元，贷款30万元。第二天他变卦了，非得首付14万元，贷款32万元。害得我重新走了一遍手续……"

我心里一惊："我怎么不知道他买房？什么时候办的贷款？"

"比你晚一天啊。"

我掏出电话问朋友："你也买房子，也用钱，你怎么不说？"

他就说了一句："反正我比你有钱。"

划 算

买咖啡时，店员好心推荐，说可以买大杯的，更划算。我笑答，喝不了那么多。依然买小杯的。有一次买巧克力结账，店员也是好心推荐，看到促销了吗？买两盒有优惠。我说，吃不了那么多……买东西是问自己需不需要。经常有人告诉我怎么划算，但我从来是按需来取，脑子里不会算计"划算"这两个字。

不怎么热衷购物，买东西也只买需要的，不会因为打折去买并不需要的东西；超出能力范围的，也从来没想过去拥有。一则可能自己不属于喜欢购物的人，二则一直认为一件东西需要从容地拥有，而不是挣扎地拥有，量力而行，匹配消费才是适宜的。大到选择，也是一样，先问问自己，重要的是什么，其他的枝叶和附加可以忽略不计，做人的原则永远是不要贪心。

有得有失才是真理。任何一种小的选择，无非心要稳。少听别人怎么说，而是看自己怎么想。有时候，不要也是一种自由。

为什么很多有钱人一点也不快乐

有钱人为什么不快乐？这是一个有趣的心智模式的问题。费恩海姆和阿盖尔合著的《金钱心理学》中谈到了金钱和幸福的关系，"许多学者对金钱与幸福的关系进行了研究，他们无一例外地提出两者的相关性约为0.25"。

当人们的收入很低的时候，对幸福的满意度确实也很低。身无分文的人对幸福的满意度趋近于零。在0.25之前是正相关，到了0.25，就基本上没有太大相关了。用大白话说，从一无所有到小康这一个阶段，如果你有了钱，你的幸福指数会"噌"地一下蹿上去。但是在0.25以后，你的金钱和幸福就基本没有太大关系了。搞不好，还会下降到0.2、0.1或者更低。这一现象在数学中被称作"金钱的边际效应递减"。

《瞭望东方周刊》统计的"2009年中国幸福感最高的城市"分别是杭州、成都、宁波、西安、昆明、长沙、南京、银川、南昌、长春。上榜GDP的十大城市中，只有排名第8的杭州在幸福榜中上榜，而另外9个城市都和幸福榜毫不相关。

张先生（后文简称"老张"）原来的状况，显然属于穷光蛋到小康的阶段。这个阶段的人对金钱的看法是怎么样的？幸福度和钱成正比，就是越有钱越快乐！

越有钱越快乐！钱与幸福的链接就产生了。老张潜意识开始推论：赚钱是快乐之本。如果不够幸福，那就多赚钱吧！这个推论随后被证明行之有效，不断加强：他买了第一辆奥拓，送孩子上学引来不少羡慕的眼光；赚钱让他买到了一个三居室，晚上不用再去公共厕所了……

老张这个心智模式被强化得坚固无比，即便你在没有灯的夜里，都能在乌鲁木齐的超市门口看到他脑门上有荧光字幕：我能赚钱，就能幸福！

总有一天，老张会越过拐点，这个时候幸福和赚钱的关系就不大了。所以，当老张从建材中赚到更多钱的时候，他却发现，自己不那么幸福了，甚至有所倒退。老张于是更少回家，更多应酬，更加努力赚钱，更大把地往家里拿钱，却一次次看到老婆孩子更加冷漠的脸，也更觉得自己不幸福。像一个在瀑布下面溺水的人，他越是努力，越是下潜。

外界环境已经变化，他的内部程序还在进行，这个曾经让自己幸福快乐的心智模式今天却在毁灭自己。如果没有打断，这个死循环将会像短路的电路板一样，迅速地毁掉他的生命。这就是有钱人越有钱越不快乐的原因。

老张听完我的解释，给我讲了他的故事：和你说的一模一样，我就在那种状态中撑了3年，每天拼命干活，停不下来，有些时候我都希望自己生一场大病，让自己休息几天。有一天我在酒桌上和一个甲方谈项目，突发急性胆囊炎被送进医院，昏迷抢救一天，然后马上开始手术。那次生病使我彻底变了。人都没有了，还要钱干什么？我把所有的生意都交给我弟弟。我一直都想去平房住一段时间，我请朋友在后海边租了一个院子，带着家人住到了那里。小巷子开不进去车，于是我的车丢在家里。我每天什么也不干，就拿着一杯水在路边晒太阳发呆，晒够了就起来走走，看看路人，听听水的声音，然后买菜回家，给家人做饭。一年过去，我的幸福感又回来啦。

你竭尽全力了吗

儿子12岁生日时，我决定送他一份生日礼物：带他一起登顶非洲最高峰——乞力马扎罗。乞力马扎罗国家公园允许登顶的最低年龄就是12岁。

登顶乞力马扎罗需要连续攀登5天，途中有4个营地。从3700米营地走到4700米营地，海拔上升1000米，需要10～12小时。

快要抵达4700米营地的时候，他出现了第一次肌糖原和肝糖原耗尽。所以，当我在4700米营地等他的时候，他距离我只有10米，就是走不过来。我不过去接他，就等着他一步挨一步地走过来。真正的挑战刚开始，容不得心疼。4700米营地不能过夜，只能睡大约2小时，然后从半夜开始登顶。

登顶前夜，我对儿子的教练说："请你确保他的安全。在安全的前提下，登顶与否，你不定，我不定，让他自己决定。"之所以说这番话，是因为我跟儿子是分开走的，我们有各自的教练。不是我狠心，这也是为了安全。每个人的体力分配不一样，如果我一开始的速度比他快，会破坏他的节奏，他是有风险的。

在登顶过程中，我作为一个高原适应能力非常好的人，也在最后3小时里，先后遭遇了3次肌糖原和肝糖原的耗尽。因为我比较怕冷，在寒冷天气的刺激下，血糖消耗很快。这个"耗尽"是什么样的感觉呢？就是我感觉紫外线太强，脸要被晒坏了，我有一支防晒霜在兜里，就是没力气掏出来。

这个时候，教练会毫不犹豫地将一根带着冰碴的能量胶挤进你嘴里，就像在一簇快要熄灭的火上迅速添了一把酒精，你又燃起来了。连续三次被强制"燃烧"之后，我登顶了。接着，我做了一个妈妈要做的事情，就是在那个特别特别冷的山顶，等了我儿子2小时。我其实不知道他会不会上来，但我要等等看。

所以最后，当我看到儿子的橙红色身影慢慢向我靠近的时候，我是掉眼泪的，因为他自己上来了，我想做的事情做到了。我后来问过他，为什么决定上来。他说："我到这儿来，不就是为了登顶吗？"

更加令人欣喜的事在后面。下山途中，儿子一直走在我的前面。要知道，从3700米营地出发，到登顶后再回到3700米营地，是长达36小时的"噩梦"。首先，我们要用12小时从3700米到达4700米，休息2小时，再用6小时登顶。我在山顶等他，又冻了2小时。然后，用将近2小时撤到4700米营地，在那里只能休整1小时，不能更长，因为体力已经消耗殆尽，留在那个海拔高度的那一刻，我感受到一个12岁男孩完成了一场高难度自我挑战后的自信和快乐，这种快乐，是我在他身上从没见过的：你拼尽全力，你赢了，你知道自己可以，所以你快乐。

现在，儿子上九年级了，他的老师让每个家长给孩子录一段短视频。我在视频里对他说："人生路上远不止一座乞力马扎罗，记得当时你怎样拼过，你下山的时候有多快乐，九年级这一年，也是一样度过。我还是那个在那儿等你的妈妈，我为你提供一切后勤保障，是上还是下，你自己决定。我唯一的愿望是，下回再登上一座山顶的时候，你的姿势可以好看一点。"

为什么越努力越焦虑

许多人的努力,只是为了一劳永逸。从小到大,我相信每个人都听过无数遍"只要你×××,就好了"。

中学阶段,老师告诉我们,只要你努力,考上一所不错的大学,就好了。毕业之后,父母告诉我们,只要你努力,考进体制内,就好了。进入社会,舆论告诉我们,只要你努力,积攒财富买房买车,就好了。

没人告诉我们所谓"好"的定义,是快乐吗?是成功吗?是按照自己喜欢的方式度过这一生吗?

我们像一只只流水线上的集装箱,被熟稔地制造,打开,填充进一些相同的欲望,再关闭,就这么莫名其妙地被输送到未知的地点。

多数时候我们会发现,生活中根本没有"一劳永逸"这回事。寒窗苦读十几载,考上重点大学后,依然会烦心于不感兴趣的课程和难以写完的论文,依然要在招聘会上不知疲倦地推销自己,好让自己卖出一个好价钱。勤勤恳恳地考进体制,依然会囿于繁复冗杂的人际关系,浮于表面的各项流程,以及看似光鲜却单靠自身根本买不起房的工资。工作多年小有积蓄,咬咬牙买了房子,终于有了自己的家,却也背上了二三十年的房贷,小半生都要为了这一寸屋檐而拼命,丝毫不敢懈怠。

我曾经也是一个越努力越焦虑的人,作为起点平庸的普通人,能考上重点大学,拥有一份稳定的工作、一处独属于我可以遮风避雨的屋檐,已经很接近"就好了"这个看似一劳永逸的结局。实际上,我每天也会面临许许多多的新问题。新工作通勤距离太远,跟同事相处不太和睦,买房掏空了我的积蓄,新家居然还漏水,妈妈的头疼又发作了需要陪同去看医生,因为种种原因,我喜欢的演出接连三场被取消了。

有那么一些时刻,就很想抓住谁的领口恶狠狠地问,我努力了啊!一直都很努力啊!为什么还是没有"就好了"呢?

无数次午夜梦回,原本被睡眠治愈的我,下一秒又会被焦虑笼罩。

后来我慢慢不再焦虑了,因为我知道,生活根本就没有所谓的一劳永逸。没有所谓的从此王子和公主过上了幸福的生活,不管走到哪一步,都要接受生活本身是一堆鸡零狗碎的事实。新的麻烦不断出现,而且你成长一点,你面临的麻烦似乎也会变得更大一点。

挺奇怪,接受了这个既定事实后,我反倒松了一口气。工作没有想象中那么美好,那就骑驴找马呗!新家天花板漏水了,那就请维修人员上门呗!买房掏空了积蓄，那就再攒呗！

什么？原本全部取消的演出竟然恢复了一场？太好了，你看，废墟上真的会开出花来。

幼时的我读过许多童话故事，那些美满故事的结尾，总是人们从此过上了幸福快乐的生活。而长大以后我发现，生活是没有结尾的，如果有，那也只有"死亡"这一个既定事实。我们每个人，都在书写一个看不到句号的故事，这个故事里所有的人物、时间线条、故事情节都是流动的，你永远不知道下一秒会发生什么，可能是吃美食喝好酒，你爱的人刚好也爱着你，无意间中了头彩，也可能是频频失恋，病痛来袭，人到中年一无所有。

没关系，关关难过，关关过，好的烂的，不都是我独一无二的人生吗？

我很喜欢朱炫写的一句话："我听过的最好的故事，不是王子和公主从此过上了幸福的生活，而是公主死去了，屠龙的少年仍在燃烧。"

是的，我会一如既往地燃烧。

真正幽默的心灵

一个真正幽默的心灵，必定是富足、宽厚、开放，而且圆通的。反过来说，一个真正幽默的心灵，绝对不会固执成见，一味钻牛角尖，或是强词夺理，厉色疾言。

幽默，恒在俯仰指顾之间，从从容容，潇潇洒洒，浑不自觉地完成：在一切艺术之中。幽默是距离宣传最远的一种。"舍我其谁"的英雄气概，和幽默是绝缘的。宁曳尾于涂中，不留骨于堂上；非梧桐之不止，岂腐鼠之必争？庄子的幽默是最清远最高洁的一种境界，和一般弄臣笑匠不能并提。

真正幽默的心灵，绝不抱定一个角度去看人或看自己，他不但会幽默人，也会幽默自己，不但嘲笑人，也会释然自嘲，泰然自贬，甚至会在人我不分、物我交融的忘我境界中，像钱默存所说的那样，欣然独笑。

真具幽默感的高士，往往能损己娱人，参加别人来反躬自笑。创造幽默的人，竟能自备荒谬，岂不可爱？

为什么经济学家往前看，普通人往后看

单位发给员工每人一张音乐会门票，位置在前排中间，价值300元。可是天公不作美，在开音乐会的那天突然来了一场暴风雪，这场突如其来的暴风雪导致所有公共交通工具都暂停使用，但是音乐会照常进行。你如果要去，只能冒着寒风步行半个小时去音乐厅。

请问你去不去听这场音乐会？去？不去？如果这张票不是单位发的，而是你自己花300元钱买的呢？你又会不会去听音乐会呢？很多人在第一种情况下都不愿出门，音乐会门票浪费就算了，想想自己的损失也"不大"；但是在第二种情况下，人们就非常舍不得，宁愿冒着寒风和交通不便，也要去听音乐会。不过，我们不免产生疑问，为什么人们在自己花钱买票以后，就有更大的动力去听音乐会？

这种现象在行为决策理论中被称为"沉没成本谬误"：人们在决定是否去做一件事情的时候，不仅是看这件事情将会给自己带来的好处和因此引发的成本，还看过去是不是已经在这件事情上面有过投入，虽然这些投入已经是不能收回的沉没成本。

当然有时候沉没成本只是价格的一部分。比方说你买了一辆自行车，骑了几天，然后低价在二手市场卖出。此时原价和你的卖出价中间的差价就是沉没成本。在这种情况下，沉没成本随时间而改变，那辆自行车骑的时间越长，一般来说你的卖出价会越低。

大多数经济学家认为，如果你是理性的，那就不该在做决策时考虑沉没成本。比如在看电影的例子中，会有两种可能的结果：一、付钱后发觉电影不好看，但忍受着看完；二、付钱后发觉电影不好看，退场去做别的事情。

两种情况下你都已经付钱，所以不应该再考虑钱的事。当前要做的决定不是后悔买票了。因为票已经买了，后悔已经于事无补，所以应该以看免费电影的心态来决定是否再看下去。作为一个理性的经济人，选择把电影看完就意味着要继续受罪，而选择退场无疑是更为明智的做法。

2001年诺贝尔经济学奖得主斯蒂格利茨教授说，普通人（非经济学家）常常不计算"机会成本"，而经济学家则往往忽略"沉没成本"。不计沉没成本也反映了一种向前看的心态，而计较沉没成本反映了一种向后看的心态，我们很多人常常会惋惜、惆怅。

对整个人生历程来说，我们以前走的弯路、做的错事、受的挫折，何尝不是一种沉没成本？过去的就让它过去，总想着那些已经无法改变的事情只能是自我折磨。过去所说的话、所做的事均代表着昨天，无论对错，无论你如何后悔都已经无法更改，这与沉没成本的道理是一样的。昨天的成本已经打进去了，从今天来看，这些成本是昨天的沉没成本。人在思考问题时老是后悔莫及、悔不当初，其实是非理性的，是自己给自己寻找痛苦。

所以，应该承认现实，勇敢地承认自己过去言行的对与错，把已经无法改变的"错"视为昨天经营人生的坏账损失，今天经营人生的沉没成本。以全新的面貌去面对今天，这样才是一种健康的、快乐的、向前看的人生态度，以这样的态度去面对人生才可能轻装上阵，才可能有新的成功，才会有辉煌和幸福的人生。

为什么人们更喜欢买而不喜欢租

如果只按现金流的花费和对生活中实际问题的解决来说，租用汽车的性价比早就超过了自己购置汽车。其中的主要原因是汽车的购置成本越来越低，而其资源占用成本越来越高。但是，这么看问题的人真的很少。

除了汽车，还有房子。在北京和上海这样的城市，租房生活的性价比绝对要高于买房的性价比。看我这么说，你可能立刻就可以举出一大堆租房的问题。但这都是真的吗？这些问题大多数出现的概率都非常小，以至于你没必要花成本把它们消除。另一部分问题，则来自人们的心态，如果你不和别人比，那就根本不是问题。

还是如同拥有汽车一样，人们也非常钟情于拥有自己的住房，即使现在这种资产的价格让很多购买者的生活变得很尴尬。

再把问题看开一点，大部分东西，只要买得起，人类就倾向于把它买回家，而不是租用。其中最明显的是婚纱。如果婚礼上的新娘真的那么爱她的丈夫，相信"与子偕老"，那么她的做法就应该是租一件婚纱，因为租金只要比购买价格低，租婚纱就是理性的。但据我了解，起码有40%的"80后"卧室里的衣柜顶上都放着一个储放女主人婚纱的大盒子——可以肯定，离婚率没那么高。

这是为什么？人们在各个领域倾向于购买而不喜欢租赁有其个性化原因，而这种人性的偏好也有共通的原因。丹尼尔·伯努利对人们的这种行为偏好给出一个基础性的解释，那就是所谓的"边际效用递减"原理。如果用人们感受到的效用作为纵轴，产生这种效用而花费的钱作为横轴，那么，你看到的函数曲线不会是一条直线，而是一条曲线，它的样子有点像一片风车叶轮。

这么说好复杂，简单点说，就是人们挣一大笔钱，比如10万元，没有挣10次1万元的总体快乐程度高；另一方面，人们一次花10万元，心疼程度也没有花10次1万元的总体心疼程度高。你可以理解为，花10万元时他已经疼麻了。

租用一件东西，就是让租的人一次次花费现金，而购买一件东西就是一次性的大笔花费。这种对花费金钱的厌恶感在想象中，即使是同等额度的花费，一次次的租金付出也比一次性的购买付出要痛苦得多。在各个方面，人们付租金和购买的痛苦差也是不一样的。

还有个商业现象也说明，很多领域的租赁生意相对于这个领域的销售商来说，规模和受众要小得多。最明显的是房地产业和房屋租赁业、汽车销售商和汽车租赁商。差距最大的则是服装销售商和服装租赁商。虽然现在互联网服务创新更加深入细节，一些创业者在服装首饰租赁这个领域想有一些作为，但是一个能形成大规模的，特别是服装租赁，这似乎和人性相违背。

哦，别老说人们是怎么心疼钱的。在让人高兴方面，类似于租赁和购买造成的效用差也有体现。

如果你要讨好你的女朋友，你应该送她10万元的礼物还是送她10件1万元的礼物？我建议你采取后一种行动。当然，这会让你多付出一些代价——付出10次1万元比一次付出10万元要痛苦。但，如果你暗示一下，自己是足够理性的，这种比较带来的痛苦就会消失。

为什么有钱人还在不停地挣钱

我们都感觉有钱人真是太多了，但也发现有钱人并没有停下来好好享受生活，而是像普通人一样继续辛苦地挣钱。

在法国学者帕斯卡尔·布吕克内看来，很多有钱人缺乏关于金钱的智慧，没有认清金钱的本质。

他在《金钱的智慧》一书中说："如今平民阶层貌似已经像贵族一样蔑视工作，与此同时，富裕阶层则成天劳累过度，标榜自己每周有60到80小时的工作量。"即使是百万富翁，也会抱怨钱没挣够，只有再多一倍的财富才能让他们感到舒坦。

他要是攒了500万元，就会想要1000万元，而当有了1000万元的时候，又想获得2000万元。"没有什么可以抚慰他的焦虑，满足他对舒适生活的设想。每个人都在忖度自己没有什么，而不是去衡量自己拥有的东西。"布吕克内写道。

瑞士银行的一项调查发现，只有资产达到或超过500万美元的人才对未来拥有充分的安全感。

热衷于挣钱不是什么丢脸的事，但沉迷于挣钱无异于头脑简单，耽误了更重要的事情。

布吕克内写道："金钱是如此让人渴望，以至于其他的一切都不值一提。没有什么能与金钱所包含的无限可能性抗衡，工作、世间的美好、亲密的感情联系又有何重要？金钱不需要我们，它可以自得其乐。而拥有它会让我们感到快乐，即便除此以外一无所有。金钱具有可怕的双面性。它既是通往快乐的通道，又是阻隔人们获得快乐的一堵高墙。金钱冰冷又将人灼烧，剥夺了我们美化日常生活的能力，而寻常日子才能建构出存在的诗意。"

人们很容易变得贪财，"金钱赋予存在最为直接的意义在于，攒上几百万元总比走上人生巅峰更容易一些。贪婪之人有且只有一股欲望，并且永远都无法得到满足：小心翼翼地窥视着数字，带着近乎微醺的喜悦将小数相加。贪婪的人从每次冒险中享受着衰败或是荣耀带来的快感。当一群人只为一件事所忧虑、担心或是奋发努力时，他们也就没有时间，更没有闲情逸致关注其他难题或烦心事。约翰逊博士说，没有比挣钱更无辜的消磨时间的方式了。因为这时人们不再思考其他东西。贪婪的人缺乏想象力，他们从纷繁复杂的世事间，把一件事情，唯一的一件事情，隔离出来，并全身心奉献于此。尼采说，我们的时代只知道挣钱和工作，就像不再有钱可赚，不再有工作可做"。

有许多挣大钱的人，在日常工作中承受着很大的压力。

"一些银行和储户对着干，它们向客户出售跌价的证券，从而催生出一个新的角色：忏悔经纪人。这类人敲诈勒索客户，骗走了客户大部分的财产，但社会默许这类人拥有更高的社会地位。经纪人长期处于亢奋的状态，绷紧了弦，24小时在线。这是一个会令人重度上瘾的游戏。这种过度的激情会以排毒治疗、道德讲座、瑜伽练习、禅宗、冥想，甚至是祷告等方式得到缓解。"

去年《纽约时报》记者Alex Williams（亚历克斯·威廉斯）撰写了《为什么亿万富翁还要继续工作》一文。他采访的精神病学教授卡拉苏说，顶尖的企业家和金融家通常都是肾上腺素分泌旺盛、不循规蹈矩的人，他们往往拥有高度专注的数字大脑，总是处于交易模式，并且他们做得越大就越孤独，因为他们没有归属感。

布吕克内首先从文化史的角度介绍了西方人的金钱观念，也借用了心理学的理论。"金钱之所以会成为困扰，是因为随着年龄的增长，人们逐渐害怕失去，金钱随即成为社会的中心。没有人对金钱无动于衷，自以为憎恶它的人其实心里头往往视之为神灵。装模作样鄙视它的人都是在自我欺骗。"

他说，心理学家注意到，人们不愿意把一张100欧元的纸币换成5张20欧元的纸币。因为这样会强化失落感。大额纸币本身比小额纸币凑成的总额更有价值。很多人喜欢在口袋里感受钱的存在，它们有着光滑的手感。货币在我们的指间呼吸。它说，只要我在，你就一切安稳。很多钱变成了账户上的数字，但财富不会彻底"变成屏幕上的一串数字，它还是会物化为成捆的纸币、珠宝、高级手表、钻石等"。

布吕克内还对比了美元和欧元的地位。"不同面值的美元拥有同样的票面尺寸，这是个谜。这或许是要表明，无论票面数值是多少，支付方式都同样神圣，哪怕是最小面值的钱币。"

书中提到，法国哲学家萨特一度在散步时身揣一百万旧法郎，随机分发给路人和乞丐，借此获得双倍的喜悦。

既做了好事，又通过肆意挥霍表达了对金钱的蔑视。一方面体现了贵族阶层的慷慨大方，另一方面体现了自由主义精神的崇高。

《华尔街日报》记者罗伯特·弗兰克在《富人国》一书中介绍了富人是怎么花钱的：谷歌的两位创始人买了一架宽体波音767，它本来可以乘坐224人，被改造成了最多能容纳50人。

拉里·佩奇说他们没有选择私人飞机是从实用考虑，一架波音客机不到1500万美元，只有湾流550价格的1/3。私人飞机2005年的销量是750架，是1995年的两倍多。价格也涨了不少，1995年最贵的湾流是2700万美元的G4，现在是4700万美元的G550，想买还要排队。不愿意等的可以插队，指标的转让费是100万美元。

在布吕克内看来，金钱的智慧就是对钱不卑不亢的态度，要认识到，"钱创造不了幸福，严格意义上说，什么都创造不了幸福，没有任何窍门和技术，但钱可以缓解不幸，让我们得以避而远之，它是抵抗命运打击的一面盾牌。金钱决定了我们是否能得到照顾，接受优质的教育，住上体面的房子。金钱带我们躲开逆境带来的不幸，提供给我们种种方法克服逆境"。

牛人都喜欢用逆向思维

夏蒙

亚马逊创始人贝佐斯说:"我常被问一个问题:'在接下来的10年里,会有什么样的变化?'但我很少被问到'在接下来的10年里,有什么是不变的'。我认为第二个问题比第一个问题更加重要,因为你要将你的战略建立在不变的事物上。"他概括了一套逆向工作法。

司马光砸缸被认为是逆向思维的经典案例:无法爬进缸中救人,就使用另一种手段,破缸救人,从而顺利地解决了问题。通常的思维是人进入水中,砸缸的思维是把水放出来。还有那个把鞋卖给非洲人的段子:一个商人觉得把鞋卖给非洲人没戏,因为当地人都不穿鞋,另一个商人觉得这恰好是一个巨大的市场。

在马克·吐温的小说《汤姆·索亚历险记》中,汤姆的姨妈罚他刷墙,被其他小伙伴看到了,这本是一件丢脸的事,汤姆灵机一动,声称刷墙是一种特权,不让别人插手,结果成功地使他人替他刷墙,还付钱给他。聪明的一休也动过这种脑筋,将军要他把一个大树干劈成木柴,他想让小伙伴帮他,就对小伙伴说,用斧子劈柴并不是一种简单的体力劳动,能证明一个人会武术,可以被选拔去当武士。这就是孟子说的"劳心者治人,劳力者治于人"。

哈福德写过一篇文章——《谈逆向逻辑的实际应用》。比如如何解决司机抢着加油的问题。在英国,燃油短缺时,人们担心加不到油,所以都去加油。有的加油站就规定,每位司机最多只能加25英镑的油。这样做看上去很合理(油不多就大家平均分),但一位经济学家说,正确的做法与此相反,如果规定最大购买量,只会激发更多的人去加油。石油公司应该规定最低购买量:只有油箱里的油量低于1/4,才有资格加油。这样做有点麻烦(要查看每辆车还剩多少油),但加油站内不会再排长队了,因为只有真正需要加油的人才可以购买,预言自动实现式的短缺就消失了。这一解决方法的宗旨是,"不是要求司机少加油,而是要他们多加油"。

逆向思维的核心是颠倒通常的逻辑,采取相反的做法。类似的还有,如果你是环保主义者,又很有钱,你应该去收购煤矿,然后把它们关掉,比如一个煤矿卖800万美元,有800万吨的煤炭储量,会排放2000万吨二氧化碳,花点钱减少这部分的排放很划算。前提是不会有人为了满足需求而开发新的煤矿。我们可以继续联想下去:如果你认为吸烟有害健康,你就不买烟,这当然没错,但你也可以买很多烟,再彻底销毁。如果你不希望穷人因为购买奢侈品而降低生活质量,就应该鼓励有钱人多买奢侈品。

逆向思维做出一些可见的、直接的调整,能获得不那么明显的、间接的收获。经济学家经常能看到不可见的因素。法国经济学家弗雷德里克·巴斯夏在《看得见的与看不见的》一书中说,经济学家应该同时考虑看得见的以及看不见的(幕后因素)。比如一个小孩把家里的窗玻璃打碎了,他爸爸要花6法郎请玻璃工换一块新玻璃,有人说这是好事,创造了对玻璃新的需求。但巴斯夏认为,破坏就是破坏,他爸爸本可以拿这6法郎去买双新鞋,这个少卖出一双鞋的第三者——鞋匠,就是这一事件中看不见的因素。逆向思维需要动脑筋,因为我们能看见事物,它们是有,而事物的反面是无,是不存在的,需要去想象。

多大的房子才够住

有人体会到，买什么东西都是买大的好，手机屏幕越大越好，汽车的空间越大越好，房子越大越好。关于房子的面积，六年前，加州大学洛杉矶分校一个附属机构的人类学家和社会学家做了一项研究，他们用摄像机记录洛杉矶市32户人家如何使用他们的家，用定位装置跟踪他们的每一次移动。结果发现，没人使用家里正式的客厅和餐厅。

一般家人大部分时间（68%）都在厨房和非正式的客厅或书房里。买大房子，结果许多房间都被浪费了，但美国人已经把大房子当成了必需品。车库只有25%的空间可以用来放车，其他的空间堆满了东西，院子也很少使用，吃的往往是加热的速冻食品，厨房也很少用。

如果你为四口之家买了一所4000平方英尺（1平方英尺等于9平方分米）的房子，平均每个人1000平方英尺，如果房子被充分利用的话，会导致谁也见不到谁。家中最常用的共同区域之所以是厨房和非正式的客厅，是因为人们喜欢一起吃饭、看电视。

托克维尔在《美国的民主》一书中说："在美国，对于物质福利的爱好并不是个别的，而是普遍的。满足身体的微不足道的需要，为生活创造小小的方便，也是人们普遍关心之所在。在那里，没有为了满足一个独夫的尽情欢乐，而建筑金碧辉煌的宫殿和巧夺天工的花园，以及由此而耗尽天下财富的问题；人们所希望的，只是多购几亩良田，经营一个果园，建筑一所住宅，使生活更加舒服和安康。"

买大房子往往不是为了使用。《建筑文摘》的作者凯特·瓦格纳说，贵族式豪宅一直保持着正式空间和非正式空间的区分，正式空间主要是财富和名望的象征，成功的象征。两层楼高的前厅巨大的窗户，宽敞的房间，朝着街道的正式的餐厅。如果这些房间是为了其实际用途而设计的，就不会大到从冰箱到灶台要走50步，窗户太大以至于取暖和空调费要上千美元。这些低效的空间主要是为了让人刮目相看的，让别人感到相形见绌。

有些人买大房子确实不是因为攀比，而是为了更好地招待客人，让他们开心、舒适。这些客人是我们的朋友、邻居、同事和家人，关心和尊敬我们的人，我们想回报他们的关心和尊敬。

许多人以为空间能带来自己想要的生活：如果房子很大，就可以举办巨大、精致的《广告狂人》式的派对，家里有个吧台就可以跟大学时的朋友重建联系，如果有一个巨大的厨房，叔叔阿姨过节的时候就不会辩论政治，整个世界就清静了。这种想法反映了美国人普遍的信念：我们可以通过买东西来解决问题；最好的社交生活需要举办大型派对。理财专家J.D.罗斯说，大房子、大院子不仅按揭和税更高，维护起来也更贵，需要更多的篱笆、摄像头。大房子还需要摆满家具，如床、沙发、钢琴、桌子。

租房住的岁月总是令人难忘。美国导演诺拉·艾美隆在《漫漫租房路》一文中说，20世纪80年代她在曼哈顿的一栋公寓楼租住了大约十年，"浴缸的水龙头经常流出黄水，暖气片可能含有石棉，公寓的外墙被煤烟熏得发黑，还有老鼠。"可那是她的两个孩子跟她住在一起的唯一空间，"在这里，马克斯把脑袋卡进了蛋糕模，雅各布学会了系鞋带。它是家的符号，是我身份的一部分。由于它是租来的，我自觉含蓄低调。由于它破败陈旧，我自觉超凡脱俗。"

为什么要熬夜

夜幕降临,时针慢吞吞地指向数字"10"。灯都熄了,闹腾了一天的微信也消停了,世界终于万籁俱寂。我长舒口气,洗漱上床,准备迎接期待了一天的"精神朝圣"——熬夜。

晚上十点到凌晨一点,是我雷打不动的熬夜时间。在这种无人打扰的自由里,我可以随心所欲地取悦自己。切上水果,精致地摆个盘,再点上新买的香薰,放一缸热水,舒舒服服泡个澡;或是开启投影,瘫在床上看一场轻松搞笑的喜剧电影;抑或是什么都不做,刷刷手机、闭目冥想,任思绪漫无目的地远游。若是碰上周五就更爽了,倒上一杯红酒,肆无忌惮地醉一场,反正第二天不用早起。

总而言之,一切白天没有耐心、没有精力做的事情,都能在晚上徐徐图之。紧绷的神经,就在一分一秒流逝的时间里得到放松,然后重新充满能量。差不多熬到凌晨一点,困意袭来,我才会放下手机,安然入睡,心中还伴随着舒服的喟叹:"这才是生活啊!"

追溯起来,我熬夜的习惯大约是从进入职场开始养成的。之前在学校生活规律,我有充足的时间支配,自然不会留恋晚上这点空闲。那段时间,我的生物钟健康得令人发指。后来开始工作,即便能做到晚上六点准时下班,也觉得时间骤减,根本不够用。久而久之,我入睡的时间一再推迟,最后稳定在了凌晨一点左右。

我身边的家人朋友也是如此,比起多年前寡淡无味的夜生活,大家现在都有丰富多彩的事情去做,哪怕是无聊地刷会手机,也不肯乖乖上床早睡。

诚然,熬夜对身体健康百害而无一利。几年混乱作息下来,我的身体率先举起了白旗。黑眼圈自不必说,我开始脱发、长痘、内分泌失调,乳腺和甲状腺部位还长了很多小结节。

考虑到健康因素,我开始尝试各种方式戒掉熬夜的陋习。但形成固定生物钟的人想要早点入睡,并没有那么简单。晚上十点之前,就算我躺在了床上,也是翻来覆去睡不着,手总是想伸向身边的手机。为了寻求心理安慰,我还加入了一个"早睡打卡群"。群友们要每天晚上十二点之前在群里打卡睡觉,绝对不能起来玩手机。一开始,群里还很热闹,90%以上的人都能达成目标。但渐渐地,接龙打卡的人越来越少,也没什么人说话了。最后,一百多人的群解散了,我的早睡计划也随之搁浅。

后来不甘心的我还尝试了各种助眠药物,但头痛的副作用也没有让我坚持太长时间。三番五次自救失败后,我彻底放弃了早睡计划,重新投入夜晚的怀抱。

我为什么这么喜欢"熬夜"呢？大抵是因为，这是一场难得的放松和疗愈。白天的大部分时间已被他人和工作占去，快节奏的时代，无法停滞的奔波和劳碌，俨然剥夺了我的"白日自由"。唯有夜晚，才是真正属于自己的浪漫时刻。两三个小时的短暂放松，足够缓解白天的拥挤和忙碌，让灵魂得以喘息。

时至今日，"熬夜"现象早已不是个例。不信的话，半夜十二点发条朋友圈，评论的人怕是比早八点要多。据《2022中国国民睡眠健康白皮书》显示，当下有44%的19~25岁的年轻人熬夜至零点以后。甚至网络上还衍生了一个最新的名词——"报复性熬夜"。

个体心理学开创者阿德勒曾说："当人们因生理或心理问题感到受挫，便会不自觉用其他方式来弥补这种缺憾，缓解焦虑，减轻内心的不安。"为了补偿白天的不满，我们就将娱乐时间挤压到夜晚，抱着"夜晚时间才属于自己"的心态，疯狂熬夜。

这种想法在学生党和打工族中更为严重。他们将熬夜视为一天的冲刺时刻，意图用延缓睡眠来实现自己在白天无法完成的想做的事，用健康与生活对赌，重拾对生活的掌控感，这正是一种心理上的代偿机制。

和失眠不同，"熬夜"不是一种生理逼迫，晚睡人群往往是自愿不睡，是一种主动的心理选择。

在信息无远弗界、无所不在的媒介环境中，很多人都沉迷于手机制造出的信息茧房。刷不完的短视频、看不完的八卦……永远有层出不穷的新鲜内容夺人眼球。若是有人觉得白天过得没有意义，晚上就会通过刷手机、打游戏、追剧来弥补内心的空虚。

就像我们这种上班族，白天在单位累死累活干了一天，晚上并不想立刻洗洗睡觉，而是要在一堆垃圾食品和肥皂剧里躺平，耗费掉一段虚无的时光。难道我们真的想一直玩手机、刷视频吗？并不是，只是手机和追剧，是最廉价的消遣道具，而这些唾手可得的"小确幸"，能够清洗掉一天的不甘心。这也是大众明知"熬夜伤身体"的道理，却仍然过不好这一生的原因吧。

如今，我重新养成了一套稳定的生物钟，晚上十二点睡，早八点起，基本能保证一天的精神抖擞。比起现在的年轻人，也还算在合理范围内。其实我一直觉得，熬夜并不可怕，可怕的是，我们不知道自己为什么熬夜。是生活空虚，还是工作焦虑，抑或是单纯为了排遣？只有理解自己熬夜的原因，才能真正停止强迫性熬夜。

如果因为熬夜出现身体不适，最好还是改变一下作息。但如果你比较自律，能在保证身体健康的基础上适度"熬夜"，或许也能变成一种安静独处、深度思考的生活方式。这夜，也算没白熬。

如何面对生活的低谷期

宏桑

如果把我的每个年龄段单独拆出来看，其实都有着专属于那段时光的人生至暗时刻：读书的时候，性格内向不愿意和人说话。

高考结束之后，我想报名的专业遭到了全家人的反对，没有一个人支持我的选择，甚至家里人差点因为这件事把我逐出家门，本来高考之后应该是轻松且放纵的假期，我是在日复一日的争吵，还有家庭的打压中度过的。

工作之后，我孤身来到北京，刚开始只能在一个只能放下一张床的房间里面趴在床上打字工作，还经常被领导训斥。我没有朋友，一次团建被灌酒灌吐的我，走在路上晕倒，等到凌晨三四点才被冻醒，一个人踉跄地走回出租屋，那段时间家里经济特别紧张，我自己都不够生活还要操心家里的开支。

更不用说创业之后，曾经的团队分家，当初我悉心培养的很多人离我而去，而且经济损失和流量的损失让我一度喘不过气来，天天焦虑到失眠，每天只能借着药物强迫自己睡两三个小时。毫不夸张地说，每个至暗时刻，我都想过一了百了，我甚至不止一次站在不同的住所，认真思考过要是从这个楼层高度掉下去能不能彻底结束。

然后呢？然后就没有然后了，但凡有个然后，我也不用写这些话给你看了。因为在那段时间，我突然反应过来：在这之前出现的那些至暗时刻，在曾经好几次想要一了百了的时候，我面对的，在当时足以压垮我的问题，好像现在看来，都不再是问题。后来的我，好像总在某个时间点突然想到了解决办法，或者说，解决办法突然找到了我，我很好地利用起来。

我靠着给班里面另一个学习很差，但是哥哥是退伍特种兵的同学补课赢得了他的好感；我靠着我在大学里面优异的成绩，以及我毕业之后拿到的高薪，让所有人认可了我的选择；而之后因为我的工作成绩逐渐被人认可，我也积累了我的第一笔人脉资源。

我不会告诉你应该怎么做，我不是你，我没办法帮你解决；我也不会告诉你一定有方法，因为但凡能有立马生效的方法，你也不会绝望到这种境地。

但是有一个人你可以相信，那就是未来的你：你曾经无数次帮助过去的你解决了那些虽然当时看起来是至暗时刻，但在你眼中不值一提的问题，那么未来的你，在必要的时候，也一定会出手帮助现在的你。所以，不要沮丧，试着重新热爱生活吧，别那么着急放弃。因为将来的你，已经打算出手了。

第四章 治愈力

快乐太少，是因为想得太多 □林语堂

　　作家葛若宁叙述了他的一个经验。有一次他在飞机场等待一架为恶劣天气所阻、久久盘旋而不能降落的飞机。时间一小时、一小时地过去。葛先生注意到一位等待未婚妻的青年人那极度焦急不安的情形。时间每过一秒，他的情形跟着恶化。这位有名的作家知道，若是劝这位青年不要担心是毫无用处的。于是他采用另一种方法，他走向前去和他聊天，问起他未婚妻的情形。她长得什么样子？他们是怎样认识的？于是那青年就非常起劲地谈论自己的未婚妻，不久他的忧愁竟暂时忘记了。在他不知不觉的时候，飞机已经降落了。

　　葛先生所用的方法，乃是将积极的思想放在青年人脑中。你脑中若有消极的思想，也可以用同样的方法，将注意力集中在那些使你得着快乐和希望的事物上。

一个举动,她被160万网友评为"合格的大人"

最近,有人收获了一张特别的奖状。

这张"合格的大人"奖状,是B站网友为UP主@凡凡的小店颁发的一项殊荣。

凡凡经营着一家小卖铺,店里人来人往,总会发生许多趣事,她干脆把自己店里监控录像中值得记录的部分截取下来,和大家一起分享。

而她之所以被大家评为"合格的大人",还要从几天前的一段引发全网热议的监控录像说起——

这天,一个小女孩拿着妈妈的手机来到小卖铺买雪糕。在柜台结账时,往常都能用密码顺利支付的手机,突然蹦出了刷脸支付的页面。而小女孩孤身一人,一来没有妈妈陪在身边帮忙刷脸支付,二来从没遇到过这样的状况,因此一时陷入了尴尬境地。不仅如此,在她身后还有两名成年人,对这件小事开起了玩笑。可能是担心耽误的时间太长,雪糕会融化,也可能是被他人的眼光影响,在多重重压之下,小女孩一个人捧着手机,手足无措地哭了起来。

身为老板的凡凡第一时间赶跑了在一旁奚落孩子的大人:"走了啦,你们两个人!"然后告诉小女孩不用担心雪糕会融化,即使化了,也可以拿两支新的给她,以解后顾之忧。

此话一出,让不少网友瞬间共情,因为很多人犯一个小错,产生一个小失误,就会引来指责和谩骂。一件很小很小的事情,也会让人当场崩溃,觉得无法挽回。

有了她的安抚,小女孩的哭声渐渐停止,情绪也稳定下来。但她并没有草草了事,反而认真地帮小女孩寻找解决问题的方法。

首先,她引导小姑娘分析了问题出现的原因。因为结账用的是妈妈的手机,所以需要刷妈妈的脸才能支付。即便发生了自己解决不了的突发情况,也不用着急,可以向大人寻求帮助。

其次,顺着这个逻辑,她为小女孩提供了两种解决问题的方案:第一种方案,就是带着手机回家找妈妈刷脸,完成支付;第二种方案,则是回家拿现金,再回店里付钱。

不仅如此,凡凡还明确向小女孩强调了她需要承担的责任:可以直接把雪糕带回家,但是只有确认妈妈付钱后,才可以吃。

至此,凡凡的开导还没有结束。授人以鱼不如授人以渔,她还为小女孩提供了一套在未来面对问题时的解决方案——她先是理解了小女孩在两个陌生大人面前感到羞愧、尴尬的情绪,并没有因此而责怪小女孩;她又告诉小女孩,等到下次面对他人的玩笑时,一定要大声地表达出自己的真实想法,说出自己的不满。这一整套处理方法,不仅逻辑清晰,而且面面俱到,让不少观众都由衷地感到佩服。

视频的结尾,在小女孩离开小卖铺后没多久,一条到账通知的语音提醒,打破了小店的宁静——小女孩按照约定,一分不差地把钱转给了她。而凡凡在这段短短的监控录像中所展现出来的坚定、善良、同理心,让很多观众都深受感动。在小女孩的情绪被她疗愈后,无数个在童年时代一样孤立无援的B站网友,仿佛也得到了救赎。

毕竟,对于这一代成长于世纪之交的年轻人来说,或多或少都有过在童年时代被忽视、被大人们嘲弄的记忆。

但不是每个小孩,都能遇到像凡凡一样伸出援手的大人。

正因如此,一个"合格的大人",才显得如此弥足珍贵。

远离"人家"

仔细想想,我们中的很多人从小就生活在"人家"的关注下。我们的父母总习惯用"人家"来教育我们。我们贪玩不好好学习时,他们会说:"你这么没出息,让人家笑话。"我们不听话时,他们会说:"这么不懂事,让人家笑话。"时间长了,我们习惯了生活在"人家"的目光中,生怕一时不注意,让"人家"说啥。

也许是惯性使然,长大后依旧如此,结婚晚了,生孩子晚了,职位太低,收入不高,房子太小,诸如此类,我们都怕"人家"在背后说三道四。由此造成两种结果:要么打肿脸充胖子,要么越活越不自信。

不过,我们坐下来仔细想想:这个"人家"真的存在吗?现代社会不同于传统的熟人社会,人们随着生活圈的越来越大,对其他人的关注度越来越低,同时社会和个人的包容性越来越强,从另一个角度说,深处现代社会的每个个体都挺忙,也没有精力和时间过分关注他人。小时候,我们的父母总将"人家"挂在嘴边,目的之一是给孩子构建一种无形的社会监督形式,让我们知分寸,懂礼数。成人之后,我们已经具备道德法制观念和思想意识,这一目的可以说已经实现了。所以,这时我们就没有必要将自己的生活和他人的眼光总捆绑在一起了。我们成人之后要做的就是,活出自己的人生,远离"人家",给自己也给下一代松松绑。

吃货奶奶的生活哲学

奶奶常常念叨："要想长寿，就要吃好、耍好、睡好。"

"吃"在奶奶的人生榜单中稳稳占据着第一位。她的重口味在重盐、重油、重辣、重麻方面四足鼎立，这方面连很多年轻人都拼不过她。吃火锅的时候，往往我和小马同学已经被辣得直掉眼泪、热汗淋漓，奶奶依然面不改色地一边唱着歌，一边烫着麻辣牛肉。奶奶说："人生啊，就是一顿又一顿的饭。"每一个为生计奔忙的瞬间，每一次畅快肆意的相聚，每一顿认真对待的餐食，都汇聚成了我们人生路上的点点足迹。我想，那些没法儿通过语言表达出来的感情，也都藏在特意为你留下的饭菜里。而对奶奶而言，认真生活的人生，就是好好吃饭。

心态豁达是奶奶性格中的一大特征——喝最烈的酒，唱最野的歌，蹦最欢的迪——这简直是她一生都在践行的快乐指南。关于奶奶的才艺，相信看过我们视频的朋友都已有所了解———言不合就飙歌那是小场面。

奶奶喜欢唱歌，而且都是非常经典的老歌。经历过水深火热，才深知好生活来之不易，所以她总教导我们要学会珍惜和感恩。奶奶是个极爱热闹的人，夸张到什么程度呢？现在奶奶和爸爸住在一楼的小洋房里，她从不拉窗帘，甚至从来不会背对着窗外。她喜欢守着窗子，然后乐呵呵地和路人打招呼，笑容很甜很甜。

我们家里，每一位成员过生日都会搞聚会，尤其是奶奶的大寿，更是会大聚特聚一番。但是奶奶并不关心"生日"本身的仪式感，只要家人聚在一起，热热闹闹的，她就高兴。我发现，人会越来越觉得孤单，越来越不喜欢一个人待着。每次去奶奶家，她都会满心期待地望着我问："今晚不走吧？"其实奶奶并不需要子孙挣多少钱回来，陪伴就是给奶奶最好的礼物。平时没办法天天相伴，但我们永远都是彼此最深的牵挂。我常常想，现在这么多年轻人得抑郁症，没有生的欲望，若是带他们来跟奶奶玩儿玩儿，说不定会重新爱上这个人间。吃货从不相信眼泪，她只相信"吃完这顿火锅，快乐就回来了"，她信奉的是"吃好喝好，长生不老"。

奶奶会告诉他们："有啥来头嘛！睡一觉，吃饱饭，明天又是光芒万丈的一天！"。有时候我想，奶奶大概是上天派到人间的天使，不为别的，只为把快乐传递、扩散开来，让她身边的人因为这位天使的无忧无虑而感到快乐。

奶奶的处世哲学真的很简单，就是吃饱、睡好，没有过不去的坎儿，没有处理不了的事儿，这种豁达或许值得我们年轻人学习。

 # 悲伤有理

《经济学人·商论》的一篇文章中提到,消极情绪也许和身体疼痛一样具有进化意义,比如在追求无法实现的目标时感到的痛苦和悲伤,会提醒人们停止付出无谓的努力,避免损害自身繁殖的机会。

在中国,也有学者从进化心理学的角度为消极情绪正名。湖南大学邹竹林在其论文《进化心理学视角下的情绪管理》中写道:"消极情绪具有适应意义,是人类在进化过程中抵御外来威胁时产生的适应行为。"邹竹林继续说明,在进化心理学视角下,"愤怒是个体为了增强生存能力,促使个体快速做出攻击行为而产生的;厌恶是为了使个体利益不受侵害,促使个体快速做出驱逐行为而产生的;恐惧是个体在面临威胁时为了生存所需,促使个体做出逃跑行为而产生的"。也就是说,这些消极情绪释放出人类面对威胁又必须离开威胁的信号。

如果说,消极情绪的产生源于我们的祖先面对威胁时的自我保护,那么积极情绪是来自我们后天的发展需要。辽宁师范大学董光恒在其论文《积极情绪与消极情绪启动对冲动控制影响的差异研究》中,介绍了一位学者的理论,该理论认为:"从进化的角度说,积极情绪不是为了解决生存问题,而是为了解决个人的成长和发展问题,积极情绪具有更长远利益上的适应意义。"

据董光恒的解释,当个体处在消极情绪状态时,思维会变得越来越狭窄,往往"聚焦于引起消极情绪的事件或情境,心态变得警惕而紧张,肢体血流加速,以备随时的'争斗或逃离'"。而处于积极情绪状态时,"个体思维开阔,心态积极而放松,更容易发现事件的积极意义",从而产生探求更广泛事物的想法和行动。

到底是哪个脑半球支配哪种情绪,学界一直存在争论,其中向量假说理论认为,人类大脑右半球处理消极情绪,而左半球处理积极情绪。学者对大脑半球差异的原因解释,或可帮助读者了解这两种情绪控制。有学者认为,右半球负责分析感官信息的早期成分,负责防御性行为,因此通常暗示着消极情绪;而左半球则分析随后成分,与探索、趋近和人际交流相关,通常暗示积极情绪。

此外,损伤研究也为这种情绪控制差别提供力证。"大量的损伤研究表明,右半球在对情绪的感知和理解方面都有更大的加工优势。研究发现右半球脑损伤的被试者比左半球脑损伤的被试者更难完成表情再认任务。"董光恒叙述了一位学者在1998年的一项研究成果。而在更早之前的1980年,便有另外两位学者发现,"积极情绪面孔在左半球呈现时比悲伤面孔会感知得更迅速。所以,左半球感知积极情绪,而右半球感知消极情绪"。

尽管消极情绪具有如此深远的进化意义,并且具有充分的存在理由,但这并不意味着我们就放任消极情绪不管。在消极情绪下,我们的行为往往是逃避,而在真实的社会生活中,逃避大多数时候是不能解决问题的,只会制造更大的困难,从而导致消极情绪的循环。

在漫长的人类进化史中,个体的存在渺小且短暂,与其消极地逃避,不如积极地面对。在一种愉悦向上的情绪状态下,我们更容易发现那些潜在的可能性,从而获得成就感,因为就真正的内心感受而言,还是积极情绪更让人舒适。

互联网时代的羊群效应

小王在下班路上看到一家新开的餐厅，犹豫着要不要带女友来这里吃饭，于是他打开该餐厅的链接，发现网友们评价甚高，便决定去吃一次，没想到这家餐厅饭菜味道很一般，价格也不便宜，两人吃得很不爽。小王纳闷，难道网上的评价都是商家买来的？

这样的事情大家想必都经历过吧？网络上确实存在商家花钱买评论的现象，事实上，对一些较为正规的网站来说，商家的力量是有限的，大多数评论都是真实网友上传的。问题在于，真实网友就一定可靠吗？他们有没有可能受到其他人的影响？

心理学中有个术语叫作"羊群效应"，专门用来形容人类的这种从众心理。羊群效应一直是心理学研究的热点之一，社交网站的出现提供了一个绝佳的实验场，研究者们可以通过大数据的研究方法排除个案的影响。

众所周知，在心理学领域单独研究某件个案是不科学的。就拿羊群效应来说，不可能把网民们对某件产品的评价单独拿出来研究，因为这件产品有可能确实质量很好。为了避免这个问题，美国麻省理工学院附属的斯隆商学院的希南·阿拉尔博士和他的同事们决定借鉴自然科学的研究方法，进行一次大规模随机对照实验。他们和一家社交网站合作，花了5个多月对这家网站所有的网友评论做了一次实验。

这是一家综合性社交网站，先由网友上传文章，再由其他网友做出评论。评论的内容是可以被打分的，要么点赞（大拇指朝上），要么给差评（大拇指朝下）。点赞的数量减去差评的数量就是每段评论的最终得分。研究人员和站方达成协议，事先为这5个月当中出现的101281篇评论进行打分。也就是说，每出现一篇评论，都立即由机器自动生成一个网友评论。当然，到底是点赞还是差评则是随机决定的，和帖子的内容无关。另外还有一定数量的评论不事先打分，作为对照组。

值得一提的是，随机出现的点赞和差评的总数并不是一样的，在通常情况下，这家网站点赞的数量比差评要多。于是研究人员根据以往的情况，设定了随机点赞和差评的比例。研究人员对实验材料的选取是非常细心的，尽量做到不影响网友的直观感觉。

结果显示，社交网站上的羊群效应还是相当明显的。研究人员一共收集到30.8515万次网友打分，发现事先被点赞的评论最终得正分的可能性比对照组高出32%，最终的得分也比平均值高了25%。相比之下，事先被点差评的评论则不受影响，和对照组没有区别。

"一条负面评价的后面往往会有很多人试图去修正这个结果,最终导致负面评价对一条评论的总得分没有影响。"阿拉尔博士评价说,"正面评价则没有这种情况,说明人们对不符合自己意见的正面评价和负面评价的态度是不一样的,对前者比较宽容。"

牛津大学的伯尔尼·霍根教授认同这一判断,他认为正面评价往往是一种广告,做出正面评价的人是想让更多网友喜欢,而负面评价则是一种个人化的情绪发泄,这就是一般社交网站点赞比差评多的原因。

另外,评论的内容对实验结果也有影响。文化、社会、政治和商业类的新闻评论容易受到羊群效应的影响,普通新闻和经济新闻则影响较小,这大概是因为前者比较主观,受个人观点影响大,容易走极端,而后者属于事实类新闻,比前者要客观得多,不太受个人因素的影响。

阿拉尔之所以要做这项研究,并不是想唱衰群体智慧。他一直坚信互联网对打破信息垄断是很有帮助的。但这项研究的结果说明,群体智慧是有缺陷的,基于公众意见所做的决定很可能需要修正。比如,他认为社交网站应该重新进行设计,使得网友在做出评价之前看不到其他网友的意见,只有这样才能防止羊群效应对评价结果的影响,避免做出错误的决定。

颜色之源

你观察过从秋天到冬天树叶的变化吗?注意过仲夏的山头,一色深绿,忽然之间,都泛了红、染了褐,又再匆匆换上了嫩紫与深黄吗?你拿着一部颜料百科词典,也无法分类出所有的色泽来。

决定颜色的,是光与阴的时序推移,是自然气温的变化,不单使青草绿树换装添衣,山园河湖移旧换新,人类也会随气候而变换不同的衣料和色泽。画家说,冷色暖色,并非自己独创的,而是学于自然。

曹雪芹是画家,对颜色有独特的敏感。他说一个冷夜,宝玉"起来揭起窗屉,从玻璃窗内往外一看,原来不是日光,竟是一夜的雪,下的将有一尺厚,天上仍是搓棉扯絮一般"。这是描写冬雪的色泽和景象。不用"白"字,却是极白、极亮的了。为什么不用白?因为雪与光才是白之真源。

宝玉换衣服,"出了院门,并无二色,远远的是青松翠竹,自己却似装在玻璃盆内一般……回头一看,却是妙玉那边栊翠庵中有十数枝红梅,如胭脂一般,映着雪色,分外显得精神"。自然、气候、万物、人类的色泽都是一体相关。季节变了,颜色就变,不在人为。

峰终定律决定你的人生幸福感

一天，你在街上走着。迎面走来一个人，拿着摄像机问你："你幸福吗？"你会怎样回答？事实上，当你回忆自己的人生是否幸福时，主要取决于两个体验。

第一，在过去的生活中，你是否有过非常快乐（或悲惨）的一段经历。比如一个人上学要读十几年书，平时的各种大考小考，成绩难免有起伏。假如有人问你，你学生时代算差生还是优等生。很多人会将自己考得最好的那次，或者考得最差的那次作为判断的重要依据。有位朋友曾经为了财富睡过马路、被人羞辱，甚至坐过牢，如今虽然富甲一方，仍难逃人生的阴影，回忆起来仍觉得悲凉。

第二，你最近一段时间是否有过非常快乐（或悲惨）的一段经历。假如你昨天偶遇一位佳人，并与之确立了恋爱关系。当你走在街头，觉得周围的一切都那么顺眼、那么有趣。这时，突然冒出个举着摄像机的人采访你，问你幸福吗，你会不会觉得非常开心？假如昨天晚上你和老婆大吵一架。刚才又被客户投诉，你正窝火呢，突然有个人问你幸福吗，你会怎么说？卡尼曼和特韦斯基经过深入研究，发现人们对体验的记忆很不客观，通常由两个因素决定：高峰（无论是正向的还是负向的）时与结束时的感觉，这就是"峰终定律"。卡尼曼做过一个有趣的实验，让一群学生比另一群学生多听8秒相对之前较弱的噪声，相比于仅仅听了较强噪声的学生，这些多听8秒的学生反而觉得更好。峰终定律，可以用来提升人的幸福感。

人生如戏，戏如人生。

人这一辈子，活得是否"值"，要在去世前才能得出结论。就算一辈子坎坎坷坷，但人争一口气，只要最后遂愿，人生也就圆满了。就像一个故事，开头只是开胃菜，诱导读者读下去。高潮和结尾才能最终形成对这个故事的印象。

卡尼曼举过一个例子，在歌剧《茶花女》的最后部分，男主角终于赶到了奄奄一息的女主角身边，在分别多年后，有情人终于可以团聚了，但女主角在10分钟美妙的音乐过后便死去了。

试想如果不是这10分钟，是不是《茶花女》就会是一个完全不同的故事？

10分钟，对人漫长的一生来说真的如此重要？因为我们的记忆会不自觉地将过程都忽略，一些关键的时刻，特别是开始、高潮和结尾就代表了整个阶段，所以对一部经典歌剧的感受，很大程度上正是由这最后10分钟决定的。

人生如戏，取决于高峰体验，并且卒章显志。

我在深夜便利店掩盖寂寞

我很喜欢便利店的氛围，24小时灯火通明，不管何时走进去都有人值守。前台摆放着热气腾腾的关东煮，粉红色的烤肠随着支架上下翻滚，蒸箱里的白胖包子弹性十足。最诱人的是鲜食柜，盒装便当整齐地排列在一起，有盖浇饭、烤肉拌饭、拉面等，颜色搭配得相当诱人，碧绿的菠菜、橙黄的蛋卷、绛红的肉片，勾起味觉的冲动。

我的工作跟影视剧写作有关，可灵感又不是随手可得，白天不来撞我的腰，偏偏到了晚上，新奇的点子就跟跳跳糖一样在嘴里炸开。为了捕捉难得的灵感，我只好选择晚上伏案写作，等到夜里12点钟，腹中高歌响起，我就跟个小猫般蹑手蹑脚地去附近便利店觅食。

我仔细观察过，深夜便利店的食客大多会选择轻食，比如饭团、沙拉或者奶酪，晚上吃太饱不利于健康。还有一部分人会在角落里安静地吃着泡面，浇上热水，合上盖子，最后把叉子固定在面桶的边缘，等上几分钟后，就可以开始大口地吸面了。此刻，手机与泡面很是相配，蓝色屏幕光映照出年轻且青涩的面孔。

我一般不吃晚饭，到了深夜多是饥肠辘辘的状态，就常去买盒饭。一个人付账，撕开塑料纸，加热后大口咀嚼，都发生在这寂静的夜里。每个人仿佛都有种共识，除了霸道且浓烈的泡面味，小心翼翼地掩盖着私人气息。

有一次，我遇到盒饭促销，两件七折，犹豫地拿起两个，又放下一个。后面传来了一个声音："我可以和你拼单。"扭头看去是一个陌生的男人，他穿着西装和衬衫，但明显不合身，松松垮垮地挂在身上。我勉强挤出一个笑容，轻声说好吧，但心里在抱怨这种不必要的社交。

男人油腻的头发，软趴趴地贴在头皮上，侧身的时候眼角显示出细微的纹路，我定义为年纪不小的沧桑大叔，总之深夜游荡在便利店的绝对不是意气风发的人。当然我也匆匆扫了一眼自己在玻璃窗上的形象，同样清汤寡水、眼圈深重。

两个人坐在靠窗的位置吃饭，有些尴尬。大叔嘴唇抽动了一阵，才问道："你做什么工作？"这问题有些私人，但既然萍水相逢，我还是礼貌地回答："影视写作。"他轻笑了一下，评价说难怪有书卷气，又问："做得怎么样？"我说："要是做得好，也不用坐在这里，吃七折盒饭。"

他沉默了一会儿，从包里拿出几张广告纸说："大家都不容易，你也拿两张看看吧。"我一看是房地产的广告，他大概是地产推销员，顿时觉得不再适合彼此卖惨。他继续说："以后你写出电影，我一定去支持！"我接过广告纸放在一边，说："等我有钱了，一定多买几套房。"

说得过于认真，两个人都不禁"扑哧"一笑。大叔又给我看女朋友的照片，一脸幸福地向我炫耀："等情况好起来，准备把她接过来，在小城市待着没意思，还是大城市机会多。"我只能在旁送出未来会更好的祝福，他听得直点头，眼里闪着亮晶晶的期待。

吃完离开，大叔跟在后面叮嘱："赶紧回家睡觉吧，写东西也要头脑清醒，不要熬坏身体！"我挥手向他告别，没有留下任何联系方式。

他在工地吃饭，1000多万人围观

肖瑶

"城市人喜欢看公园，看海，但他们看不到我们工人的真实生活。"

做农民工30年，做自媒体3年，川哥只能用前者去解释后者：一个灰扑扑的大叔在工地上吃自热米饭的视频，全网累计播放量竟高达1000多万。

那是2020年11月15日，和往日一样，午休时，川哥站在未修完的毛坯空楼里，头戴橙色安全帽，对着镜头打开了人生中第一盒自热米饭，"花18块钱买的，牛肉有点少"。

从2018年开始，"农民工川哥"拍了1000多条视频，大多是工地上的吃播。没有布景、滤镜和特效，靠着那些粗糙、原生的镜头，一口不加修饰的四川口音，一张黑黢黢的流着汗的笑脸，"农民工川哥"在各平台的粉丝量加起来超过百万。

川哥和妻子川嫂每天的生活从早上5：05开始，6点就到达工地。中午12点，他们在施工地的一间毛坯房搭块废木板当餐桌，从家带来电饭锅，早上提前炒好菜，川嫂从塑料口袋里拿出两只锡碗，面前半米处用三脚架支起一个单反相机。粗茶淡饭，一身臭汗，也不晓得这两口子在开心什么，却温暖了观众。

工地上的吃播

四川达州人川哥今年52岁，半百人生，有30多年都在工地上度过。

他从小跟着亲戚学灰匠，18岁开始做泥瓦匠，23岁和川嫂结婚，两口子有整整17年一起打工。2003年，川哥川嫂去福建福州打工。夫妻俩修过很多30多层高的大楼，人踩在半空中，弯上弯下抹灰，一天下来腰酸背痛。唯有吃饭是一天中最幸福的时刻。他们吃工地餐、泡面，吃4个一块钱一个的馒头。川哥视频里最贵的"大餐"是110块钱的炸鸡。那天发了工资，他们决定犒劳一下自己。

"人嘛，就是这样吃那样吃，吃一顿，人就新鲜一顿。"

第一次举起镜头对准自己是在2018年春天。当时在成都念大学的大儿子松林让川哥把自己平常的日子拍成小视频，由他来负责剪辑制作。松林当时想，父亲在工地上待了几十年，一定能呈现最真实的农民工生活。川哥自认是一个乐于尝试新事物的人。"那就拍嘛，试看看。"

在儿子的远程指导下，川哥用手机完成了自己人生中第一条视频——接小儿子放学。小儿子在县城读小学，父子俩在校门口遇到一辆卖糍粑的手推车，铁皮桶里挤出拇指大小的糍粑掉进黄面粉里。川哥给儿子买了一盒，自己扔一颗到嘴里，望着镜头，用川味普通话笑嘻嘻地点评："甜甜的，糯糯的。"

拍摄时也偶尔有工友调侃川哥"瓜兮兮"的，不晓得拍这些灰尘和钢筋做什么。川哥便邀请工友到自己镜头里做客。有的人十分乐意，但也有人背过身去，"我不想上抖音快手"。

川嫂最初不大愿意配合，觉得累，中午好不容易得到一个小时休息时间，还要被川哥指挥着"一哈儿这样拍，一哈儿那样拍"。

川嫂一生气，摆摆手说不拍了。川哥有点委屈，也有点愧疚，他只好一个人出镜。但看见川哥孤零零地坐在镜头前，川嫂又心疼了，"他一个人拍太累了，我就去帮一下他嘛"。

实际上，条件允许的话，川哥还希望将镜头对准工地上其他角落和人物。他拍过"一口气背100斤水泥走5公里"，拍过如何用自己的技巧降低爬6米高墙的危险性，拍过一个60多岁的工友一口气卸了30多包80斤/袋的水泥，"比年轻人还厉害"。

他想分享的不仅是"农民工吃什么"，还想呈现"农民工怎么活"。或许，有远方的人会关心。

"我真的是农民工"

川嫂是在24岁那年认识川哥的，她比他大一岁。性格内向的川嫂看中川哥两点：一个是他性格乐观开朗，成天嘻嘻哈哈的，叫人开心；另一个就是川哥有门手艺，只要城市还得建设，就不怕吃不饱饭。

"那时候有手艺就找得到饭吃，不像现在要文凭才行。"三十年前，川哥对自己这么说，三十年后，他却常在视频里劝导年轻人："努力学习，努力多学技能，争取以后做更好的工作。"

2018年11月15日，一盒自热米饭，让川哥的画面头一回被数千条弹幕唰唰侵占，川哥一时"受宠若惊"，他心想："大家可能觉得，工人吃自热米饭吃不饱嘛。其实能吃饱，但再来一份我也吃得下。"

不过，450多万观众里免不了有人质疑：农民工吃得起自热米饭吗？能吃饱吗？是摆拍吗？干活儿的手为什么这么干净？农民工怎么住得起这么好的房子？农民工拍的视频这么清晰？

川哥只好捺着性子回复："吃饭前都要洗手的""在工地上打工三十多年存的积蓄，都给县城这套房了"。

但依然有人骂他是"假的农民工""装腔作势"，松林在私信里和人大吵一架。那天，川哥凌晨两点还睡不着，他委屈地向儿子哭诉："我都在工地上干了这么多年，哪里不是了嘛！"

他不是第一次上网，但第一次感受到冲击：从来没想过，做了三十多年农民工的自己，有一天需要向人证明自己是农民工。

2021年11月，央视新闻节目《24小时》找上川哥采访，给他拍了一条12分钟的视频，曾经的诸多谣言不攻自破。

好在，正如川哥形容自己的那样，他这个人，最大的优点就是乐观，"人和人都不一样，而且，（看我视频的）大多是小孩子嘛，不跟他们一般见识。"他安慰自己，"反正我实实在在，每天做了什么就拍什么。"

的确，大部分观众是年轻人——至少在川哥眼里，基本都是年青一代。"很多学生看了我的视频受到很鼓舞，觉得工作难找，钱不好挣，我们的乐观精神会感染他们。"这些东西能给他慰藉。

有个粉丝的留言川哥看了很多遍，几乎背下来了："爱看也喜欢看每天都笑的川哥，喜欢摆龙门阵的川哥，面容有灰尘的川哥。不喜欢笑的川嫂，喜欢像铡刀一样打断川哥的川嫂。两个人吃着很简单的食物，我也会开心，我也会加油。"

边界感是一个人成熟的标志

边界感，指一个人对自己责任和义务边界的清晰认知，以及在多大程度上维护这种边界的存在。

一个人怎样算是成熟？我个人认为什么时候一个人有明确的边界感，什么时候一个人就算是真正成熟了。

成熟不是指智力和心理发育完毕，而是说一个人终于可以游刃有余地处理自己和他人的关系、自己和世界的关系，彼此之间能保持相对合适的距离。

小时候父母子女之间没有什么边界感，孩子稍微大一点之后，在学校发生的事情就不再愿意向父母倾诉所有了，他有了自己的秘密。

等到孩子再大一些，父母过问他的衣着、爱好、社交生活，孩子就会不乐意了，因为他觉得父母在干涉自己的私人生活。

有时候双方会发生冲突，其实就是孩子试图在自己和父母之间建立边界感。

当父母对孩子拥有了足够多的信心，认为他可以独自应对生活，彼此也就成为独立的个体，这时候边界就变得非常清晰，双方除了健康和经济之外，很少过问对方的私人生活，双方处于一种良性的关系之中。

反过来说，如果父母认定子女对自己负有无限的责任，子女认定父母对自己负有无限的义务，那么孩子也就永远无法成熟，无论到了多大年纪，他依然是父母家庭生活的附属品。

一个人同其他人之间的关系也是同样。

有的人责任感很强，有的人关怀欲很强，这类型的人边界感会变得很弱，有时候会因此造成反感。

从接受者的一方来看，责任感强可能意味着对自己的诸多干涉和挑剔，关怀欲强可能意味着对自己能力的不信任，本质上是一种否定和贬低。

子女和父母之间的争执，朋友之间的相互指责，同事之间的责任和争吵，都指向边界问题。

我不会幻想人人都能心平气和地划分边界，自如恰当地保持边界感，越界才是生活的常态。

如果忍不住要去关心他人，忍不住要去建议他人，遭到反击才能控制好这种心态。

如果忍不住要别人帮忙，忍不住要归责于他人，遭到拒绝才能明白自己身上的

责任。

什么时候冲突消失了,感觉不费吹灰之力也能维护好人际关系,什么时候就是有了边界感,也就算是成熟。

除了和他人的关系之外,边界感还要解决个人和世界之间的关系。

世界极为广大,个人极为渺小。在绝大多数情况下,世界对我们自己如何折腾完全抱有一种漠不关心的心态。

我不赞同在个人和世界之间建立无限联系,更不赞同在这种无限联系上添加无限责任。那种"我忘了关空调出门,就责备自己毁灭了三棵亚马孙雨林的大树"的想法,我认为是一种无法承受的精神重负。

在生活中,我们时常看到的景象是一个人绕开倒在地上的自行车继续前行,心中却为非洲某国的战火而焦灼不已。然后这个人在餐桌上慷慨激昂地谈论就业公平,转身却像是呵斥奴仆一样呵斥饭店服务员。那我会认为这样的人和世界之间的关系出现了问题,整个世界变成了他家的后花园,同时他也不会为一点力所能及的小事而承担任何责任。

边界意味着自我限制,无论针对他人,还是针对世界,边界感都是一种约束。在这种约束之下,关系会达到某种平衡。而在这种平衡之下,一个人可以做他想做的任何事情,这就是自由。

不去控制别人,也不为他人所控制;不对全世界负责,也不回避自己能力范围之内的社会责任,那么人也就得到了解脱。去除了心灵上的压力,可以在不伤害他人和不伤害自己的前提下自由自在地活着,在别人看来就是成熟。

一天的难处一天担当

我们喜欢说人无远虑,必有近忧。这当然也对。不过,远虑是无穷尽的,必须适可而止。有一些远虑,可以预见也可以预作筹划,不妨就预作筹划,以解除近忧;有一些远虑,可以预见却无法预作筹划,那就暂且搁下吧。车到山前必有路,何必让它提前成为近忧?还有一些远虑,完全不能预见,那就更不必总是怀着莫名之忧,自己折磨自己了。总之,应该尽量少往自己的心里搁忧虑,保持轻松和光明的心境。

一天的难处一天担当,这样你不但比较轻松,而且比较容易把这个难处解决。如果你把今天、明天以及后来许多天的难处都担在肩上,你不但觉得身体沉重,而且可能连一个难处都解决不了。

幸福的饥饿感

周华诚

曾经有一份食物摆在你的面前,但你没有珍惜,请不要难过,因为这不是你的错——很多时候,一份食物给一个人造成的视觉上的愉悦感及味觉上的亲近感,很可能不是由厨师的烹饪水平或原料的贵贱所决定的,而是取决于你的胃的内空程度。换言之,你饿了,它就好吃了。

在雅典举起一枚金牌的大力侠女唐功红,对此貌似简单的哲理进行过深刻的分析。她除了练肌肉力量,每天没事还练吃,吃不下还不行。对唐功红来说,饥饿感是一种幸福的感觉,可是它总是离这个朴实的山东姑娘那么遥远。

美味体验是一种与"身体写作"极其类似的私人活动,它带给人的记忆只可意会不可言传,且个体之间的差异性极为明显。从一本医学专业书上我们查到了一些证词:"当物质溶解于唾液中并作用于舌面、口腔黏膜和咽喉上的味觉细胞(味蕾)时,产生的兴奋传到大脑就产生了味觉。研究发现,动物的味蕾数在1~40000个之间,婴儿的在10000个以上,以后逐步退化,成人则只有2000~3000个。"专家据此指出,一个成年人爱吃的东西,多数与其年幼时的味蕾体验有关,长大后认为的美味往往是小时候爱吃的东西。这也是许多人近乎顽固地拒绝他从未品尝过的某些食物的原因,毕竟要改变一个人的习惯和口味不是件容易的事情。

从这个意义上说,年轻的爸爸妈妈们千万不要认为宝宝的舌头是好欺骗的。他们常常将苦苦的药丸捣碎溶解到糖水里喂给宝宝,敏感的宝宝们总是一再地将药水吐出来。与生俱来的防御机制,使我们一直到成年后都不会认为"苦"是一种令人愉快的味觉。除此之外,我认为,让宝宝保持一定的饥饿感相当重要,这将影响他们一生的味觉幸福。

一个年代的人与另一个年代的人无可避免地存在着"代沟",表现在吃上也有极大的差异。新人们逐步把旧人们所谓的"美食名单"中的许多东西一一剔除,缩小包围圈后,代之以与时俱进的新鲜内涵。越来越少的人在幼年时有机会体验到饥饿,因此越来越多的食物对多少年后的他们来说,已经不再是美味。在网络上,我读到过这样一句感叹,很能代表"先饱起来的"一部分人的心声:"当小时候把一次能吃上30个包子当作人生理想时,每次吃包子感觉都很幸福;而如今月收入5000元以上,我却仍然感觉不到快乐。"相信这不是无病呻吟。当事业、爱情、家庭、金钱都不缺的时候,人们经常还缺一样东西——饥饿感。

保有底限的欲望是幸福的。"饭吃七分饱"是至理名言。

"焦虑"也有鄙视链

27岁的姑娘跟人家传授医美知识，在她眼里，万物皆可填，填完就平了、挺了、翘了。她给我们打开了新世界的大门，没想到那么细腻的一张脸，并非"原装"。"我以前挺普通的，现在也就一般吧。"说着，她掏出一面小镜子，在脸上指指点点，说这里有纹路，那里不够细致，但她说的问题，我们都没看出来。朋友说："我以前也容貌焦虑，去年大病了一场，什么美不美的都不重要了，看开了，还是健康最重要。"

"那您是把容貌焦虑转化为健康焦虑了。人嘛，不是这焦虑就是那焦虑。但不知道为啥，大家都觉得别的焦虑比容貌焦虑高级，难道焦虑也有鄙视链？"姑娘笑嘻嘻地说。

聚会结束，我跟几个同龄的朋友一起回家，大家感叹，一把年纪，被年轻人教做人了。

焦虑的确存在鄙视链，自认为站在更高焦虑链条上的人，往往以鄙视低链条焦虑的方式，试图证明自己不焦虑。

容貌焦虑是最普遍也最容易被鄙视的焦虑。我每次写容貌焦虑的文章，下面一定会有人留言说自己不焦虑。有人说，生病以后，长啥样都无所谓了，反正病房里大家都面如菜色；还有人说自己的精力都放在搞钱上，只要有钱还愁啥美貌。

在很多正在经历生活捶打的中年人眼里，容貌焦虑是一种充满幸福感的焦虑，颇有几分庸人自扰的味道。一个人倘若拥有强烈的容貌焦虑，说明她日子过得不错，有时间有资格在美美美上释放荷尔蒙。

人是一种崇尚沉重与宏大的动物。基于此，就产生了焦虑鄙视链。

为搞钱焦虑的，瞧不上为容貌焦虑的；因健康焦虑的又瞧不上为搞钱焦虑的。站在顶端的是胸怀天下的焦虑，这种焦虑我在女性身上较少看到。大多数女性务实，想把自己的那一亩三分地给盘活，但很多男人的地里长满了野草，每天睁开眼睛就开始上网指点江山，焦虑南极冰川融化、小行星撞地球。

人真是各有各的焦虑，所谓克服焦虑，实际上是焦虑转化。甚至有时候，我觉得人类的某种安全感是焦虑带来的，焦虑意味着思考、不甘、向好，它是梦想的另一面。

我见过的最有意思的焦虑是，一位单身的朋友，连正经恋爱都没谈过，每天的业余生活就是操心网上其他人的婚姻，会因为旁观了某场八卦，担心结局不如自己所愿而焦虑得睡不着。

我将她的这种焦虑称为"生命中不能承受之轻"。她有时候也郁闷，说自己是不是太闲了。我安慰她，先偷得浮生半日闲吧，终究会有那么一天，你要为自己的生活焦虑。谁没个庸人自扰的时候呢？因为自己的两斤体重焦虑，因为老师的一个眼光焦虑，因为同学聊八卦没带自己焦虑，因为没有被深爱而焦虑。然后走着走着，就发现了这些焦虑的可笑之处，鄙视这种焦虑的"小"，所谓克服焦虑，不过是昨天的焦虑已经配不上今天的你了。

所以，就正常朝前走吧，不断前行。焦虑不是被克服的，而是被覆盖的。因为旧的焦虑年久成疾，而新的焦虑，我们会乐观地称之为挑战。

幸福不是心态而是脑态

人类的物质生活水平，正处于前所未有的"暖期"——食精脍细，衣鞋满柜，时不时还来一场想飞就飞的旅行……拥有太多，应该每天沉浸于幸福快乐中吧？

恰恰相反。物质虽在"暖期"，心情却在冰期。加州大学洛杉矶分校格芬医学院临床助理教授马克·舍恩把这种情形称为"舒适悖论"——当生活舒适度提升10分，我们对不适的忍耐力却至少下降了50分。

经历过真正困苦的人会说：都是惯的！此话从脑科学的角度看不假，被惯坏的正是大脑边缘系统。它主管睡眠、行为、短期记忆等重要机能，操控着我们的直觉、情绪、欲望和安全感。舍恩认为，如今环境中充满让我们想吃立刻有的方便食品、有疑即搜的搜索引擎……这些看似不起眼的东西，是惯坏大脑边缘系统的罪魁祸首。

幸福快乐本质上不是心态，而是脑态，是大脑对外界信息加工后，脑中的分子、电流和神经元连接组成的一种特定状态。这种脑态很容易被打破，"快乐与欲望分子"多巴胺就能改变大脑的平衡。

以吃东西为例。过去，你饿了，多巴胺水平降低，于是你生火、洗菜、切菜、做饭、等饭菜熟……多巴胺在漫长的过程中不断分泌、慢慢积累，你也越来越充满干劲，满心盼望。等闻到香味、入口咀嚼，幸福感就与多巴胺水平一起冲上巅峰。而大脑边缘系统在这个过程中学会了两件事：饥饿虽然不适，但我有能力忍耐；忍耐过后，就会有甜美的回报。

现在，你饿了，随手抓起一包薯片，重盐高油的酥脆口感刺激着味蕾，多巴胺水平瞬间冲上巅峰又迅速回落。你停不下嘴，而多巴胺水平一次次大起大落，每次回落，你都立刻补上一剂"强刺激"。直到吃腻薯片，你拿起饮料，以此抚慰再度低落的多巴胺水平……而大脑边缘系统在这个过程中也学会了两件事：不适是不可忍受的；必须用尽一切手段，让不适立刻消失。

当边缘系统视舒适为理所当然，拒绝接受任何轻微不适，脑中的快乐就脆弱得不堪一击。怎么办？重新训练大脑的边缘系统。舍恩提出一个办法，就是练习"双重感知能力"。舍恩建议，不要将不适视为要战胜的对象，相反，感觉不适的同时，要努力让涌入的其他感觉冲淡不适感。比如，你可以觉得房间闷热，同时感到身下的椅子十分舒适；可以觉得父母唠叨，同时感恩他们为你做的一日三餐；可以害怕自己无法完成面前的难题，同时为有机会接受挑战而兴奋。

泡沫感

连我长期沉浸在艺术史中不问世事的朋友昨晚也跑来问我ChatGPT的事，我就觉得这事现在泡沫感极强。

类似的事情我已经经历过很多轮。比如20年前叫嚷着要连上信息高速公路，我当时都觉得中国互联网的春天正式开始了。现在呢？连信息高速公路这个概念都已经被彻底抛弃了。

现在的ChatGPT也有点那个意思了。我很早就观察到，在面对创新的时候人们有两重性。一重是片面神化，幻想因为创新会出现一个无所不能的存在，可以解决一切自己所能想象出来的问题。对科学、对医学的态度，也与之类似。神化到这种程度，当然也就能看出这和创新本身没关系，而是一种精神寄托。另一重是极力诋毁，论证新东西怎么怎么不行，论证我们一眼就看穿了它的本质是新瓶装旧酒，论证过去和既有的东西是何等伟大独特，论证新东西如何永远都拍马不及。它和片面神化是一回事，同一样东西，你说它是100分，和你说它是0分，都是一回事，只是姿态上的差异而已。要么是在上面投射希望，要么是在上面投射恐惧，和事情本身没有关系。但这种两重性已经足够把ChatGPT推到极高的位置。微软买了点ChatGPT的股份，并且把它集成到了自己家的搜索引擎必应上，那么股价就一夜暴涨5000多亿美元。隔天Google推出了自家的竞品Bard，公开演示时回答问题错误，那么股价就暴跌7%。这两天我看新闻就感觉很魔幻，其魔幻程度只有泰勒·斯威夫特可以与之相比——在格莱美颁奖晚会上主持人问她，现在鸡蛋太贵，人民苦不堪言，能不能想办法让价格下降一点？她回答说："我的小草莓们无所不能。"于是，第二天美国市场上的鸡蛋价格应声下降13%。本来我也想着接入一下ChatGPT的API，也开发几款产品跑一跑。但是看看现在人们的狂热程度，我觉得没有这个必要了。像这么想一下就好：现在已经有人向ChatGPT提问，要求它写出一个ChatGPT的全套代码出来——那还有什么服务，什么产品，是人们没有想到的？甚至此时此刻，又有多少人在催促团队加班加点开发？我没有什么具体理由，大概是来自经验或者玄学吧，就觉得自己看见的是急剧增长的泡沫。也许此刻，在世界上某个无人关注的角落里，那个会真正为世界带来改变的新创造正在一点点成型。等到ChatGPT的泡沫破灭消退，事情就会像历史上无数次重复过的那样，又一匹黑马横空出世。等人们发现黑马，想要抓住马鬃，跃上马背，却发现早已追赶不及——当初的确有过很多时间，但都用去吹泡泡了。

在我的脑海里，总是有一段视频在重复播放。那是一场乔布斯主持的发布会，人们有所期待，但是期待值并不算太高。然后乔布斯在台上重复了两次：这次我们推出了一部手机，一个音乐播放器，一个上网冲浪浏览器。等到台下的观众终于意识到乔布斯的意思是指三合一的时候，时代悄然改变，我们再也回不去了。那次发布会干干净净，在那之前连个泡都没见到。

落地窗，正在成为年轻北漂的租房愿望

万万没想到，窗户已经直接关系到这届租房年轻人的精神状态了。

关上电脑窗口，打开心灵窗口，望着夕阳，放点轻音乐，此时想象自己就是奇异博士，可以瞬移到任何一个时空圈。

窗户，是8平方米合租房间里的祷告室，是有限居住空间的无限外延。如果你的窗是落地的，那更是把配置拉满了——没人能拒绝站在大窗前俯瞰城市灯火，进行一场视觉按摩。

相当长的一段时间里，人们普遍觉得落地窗中看不中用，如今它却一跃成为租房顶配，被当代租房人称为最强福报、限量版盲盒。

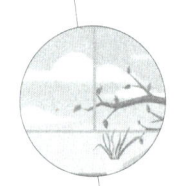

与此同时，互联网上还流行起了"窗户治愈学"——

是的，有时为了租到一间带窗甚至带落地窗的低价房，年轻人快要把租房软件划拉出火星子了——

如何接受现实合租生活与想象中的落差，是年轻群体融入都市生活的第一课。

根据"房格尔系数"，房租占工资的30%是一道幸福感分割线，超过这个比例则表明在承担过大的房租压力，幸福程度较低。

但在北京，这套标准并不实际。即使按月薪过万来算，在北京五环内租到的不超过工资30%、预算3000元左右的房子，也基本等同于"坐牢"。

住在靠近市区却远离舒适的"老破小"里，别说幸福，连保持精神状态稳定都费劲。狭窄的面积容不下精神更容不下肉体，房间里连加一张椅子都显得局促。

但北漂的生活哲学就在于，想尽一切办法琢磨可以改变的东西。既然因为经济状况只能选择面积小的合租房，那么可大可小的窗就成了影响居住幸福感的重要变量——一面巨大的落地窗，自然成了租房人心里的加分项。

小某书的租房改造笔记中，窗户永远是营造氛围感的利器。

撕掉上个租户留下的泛黄贴纸，清理窗户上风吹日晒积攒的灰尘，换上北欧风白色百叶窗和蕾丝窗帘……有了一扇干净通透的窗，小房间都显得高端多了。

除去好看，窗户还决定了影响居住幸福感的采光。

要知道，在北京租房，最奢侈的不是面积，而是阳光——拥有铺天盖地的阳光，就算是8平方米的蜗居，也有了轻奢感，否则就算是50平方米的房间，也像住在厂房或仓库里。

如果租房的预算不多，那么住得近和住得好就不可兼得。经历了通勤与房租价格的权衡取舍，比邻市区的落地窗主卧，竟成了年轻北漂们租房的必争之地。

你已经想象不到，为了租到有落地窗的房间，这届年轻人有多拼。

在租房App上，阳光是明码标价的。小窗户与落地窗的区别，是视野从1米×1米的方块变成了宽视全景，是房间从盘丝洞变成了通透的阳光房，是租金从2500元变成了4000元以上。

2023年，本科毕业的"00后"JUNJING成为一名北漂，她原本想着在公司附近租一间3000块钱左右的房子，没承想跟着中介看了一天，就没找到一间满意的。"3000块钱在朝阳区只能租到一个10平方米左右的房间，面积小是其次，窗户小，住起来就很憋屈。"

JUNJING租房的诉求只有一个，就是窗户敞亮，阳光给够，于是她只能把租房的范围扩大到了郊区。"考察了昌平南部的回龙观才发现，3000元出头就能租到一个采光好、面积大的单间，要是再加1000块，还能整租到有落地窗的开间。"

为了住得舒服，预算有限的JUNJING选择在通勤上吃点苦。

工作日的早上，她需要7点半准时到达龙泽地铁站，才赶得上公司的9点打卡。每月通勤支出260元，加上房租，算下来不比市区"老破小"月租便宜，但是居住体验感大大提升了。

从JUNJING主卧的落地窗望去，是一座大型购物中心，下班回家，在黑暗中推开门，映入眼帘的就是灯火通明的临街夜景。"我叫它'昌平三里屯'，晚上再累，回到家在窗前坐着喝一杯，会觉得一切都值了。"

在大城市租房就像谈恋爱，你看上了这个好处，就要接受那个不足。从县城走出来的JUNJING，在位于回龙观的某个22楼落地窗前，找到了想要的都市感。

像JUNJING这样的年轻人比比皆是，对他们来说，落地窗不仅提供了一种想象，还为他们建立了某种生活秩序。"早上太阳照进来的时候，感觉一天才能开始。"

并不是每个年轻人都租得起有落地窗的房子，中介宋琪告诉我，曾有明确要租有落地窗的房子的年轻人找到他，在得知价格之后，把预期降低到了"窗户大点就行"。

在北京租到一间有落地窗的房间，意味着你脱离了"老破小"的新手村配置，住进了新小区的高层电梯房，拥有了兼得窗景与阳光的城市轻奢生活。

为了窗户带来的宽敞视野和充沛采光，有人愿意每个月多掏房租，有人只能找起平替，花10块钱下单一块假窗幕布实现"窗景自由"。

比如在床头白墙上挂了一张能看到远山淡影的十字木窗，近景是一片点缀着郁金香的草坪。让你恍惚以为自己身处法国的莫奈花园——

还有人在沙发边开了一面超大的"落地窗"，窗外的沙滩浪花和棕榈树，让人真切地有了一种"心里有浪，哪里都是马尔代夫"的错觉——

名叫窗外古堡、秋日田野、绿叶成荫和波光海浪的假窗户，挂起来与逼仄的房间氛围格格不入。但评论区里的人们调侃着"轻松拿下海景房"，再挂上赠送的氛围灯串，房间里就有了"玫瑰金色的光晕"。

对租房没窗的年轻人来说，假窗就像是他们的精神图腾，带给他们对远方的想象。就算租房预算紧巴，也能在寒酸的日常里整点浪漫。

写到这里，我才浅浅读懂了年轻人的"窗学"。

被落地窗折磨的"凡尔赛"烦恼，正是年轻人向往的甜蜜负担。当人们抱怨落地窗难清理的同时，挤在"老破小"里的年轻人，正在许下"我要租有落地窗的房子"的愿望。

在更广阔的世界"成为自己"

张丰

老家一个小朋友到成都读大学。他在国庆节前联系我,看假期有没有时间见一面。我说,正好和几个朋友一起烤饼干,就一起来玩吧。他很开心地答应了,最后又补了一句:"我去方便吗?"这一句让我惊异,也有几分感动,"00后"的小孩,即便是在农村长大,也很"懂事",知道所谓大都市的交往礼仪了。

我们父母那一代,拜访亲友多喜欢"空降"。

前段时间回家,父亲想组一个饭局,邀请舅舅过来。我让他提前打电话预约,他不以为然,坚持只提前几小时联系。为此,我们争执不下,甚至有点不快。

我的经验,来自繁忙的大都市,每个人都很忙,"未来"也安排得满满的,突然的拜访会被认为是一种打扰。

当然,父亲是对的。在老家,他不用见舅舅,也对舅舅的生活了如指掌,因为大家都一样。没人认为突然拜访是一个问题,也不存在"寻人不遇"的情况,如果不在家,到田里去找就是了。

这两种"经验",其实代表着两个世界。

一个是传统的,相对稳定的;另一个则是现代的,瞬息万变的。从乡村到城市读大学,就是从传统世界跨进现代世界。

人们总是在谈论读大学是否可以实现阶层跃升,这种看法实在太过功利。所谓财富和阶层,都是宏观的、外部的,而如何从传统到现代,则更多是一个人的内心感受,关乎个人生活习惯和世界观的变化——更细腻,更不为外人道,有时候也更艰难。

中国人都很熟悉的朱自清的《背影》,讲述的就是这样一个故事。

文中的父亲无疑是"旧世界"的代表。在月台分别,父亲给作者买了几个橘子。但是,作者观察的重点是父亲的背影,而真正隐藏起来的,面目更模糊的,则是作者自己,这个即将奔赴新世界的"新人"。

二十多年前我到外地读大学的时候,父亲送我到商丘火车站。我一个人上车,放下行李后,买了一瓶啤酒。那是我第一次一个人喝酒,啤酒真是难喝啊,苦的。后来我意识到,当时自己的状态,是恐慌多于期待,或许喝一瓶酒,就是面对新世界时为自己壮胆吧。

一觉醒来已经是第二天早上，周围全是胶东口音，一句也听不懂，我知道，一个全新的世界已经摆在我面前了。

变动的时代，成为"新人"是每一个人都面临的课题。在中国社会，这是一百多年来最常见的主题之一。

鲁迅在《故乡》中对这种变化进行了最经典的描述。小说刻画了少年伙伴闰土到中年后的变化，其实，闰土的"变"，只是生理意义上的衰老，在"传统社会"反而是一种正常。如果我们站在闰土的角度看，在北京打拼的"迅哥儿"，变化一定更大，因为那是另外一个世界的人。闰土的那一声"老爷"，未必全是阶层差异的反映，可能还来自对"大地方"工作的人的敬畏。

在鲁迅生活的那个时代，离开故乡到大城市打拼的还是极少数，连1%都不到。如今，中国每年有几百万上千万大学生，要离开家乡到"更大的世界"读书。他们和外出务工的人是不同的，因为他们有着要在新世界立足的决心，有"改造自己"的热情。在传统社会，乡村精英通过科举考试谋取功名后，都有"告老还乡"的一天，鲁迅的《故乡》中，主人公回到老家卖房，这一幕意味深长，他们知道，不管"新世界"如何，自己再也不会回去了。

最近二十年，这种对自我的改造发展成为新的有关个人成功的叙事。"超越自己"，成为每一个人对自我的要求，而这一过程，通常也伴随着痛苦。这样一个"新世界"，不仅是更大更广阔的，也是更复杂的。成为"新人"，除了获得新的知识和技能，也需要以一种无情的态度来对待过去的自己，那不是决裂，而是一步三回头的告别。

舒适不等于快乐

很多人以为，舒适就是快乐，快乐就是舒适。事实上，这完全是两个事物。

古希腊人发现，不舒适是快乐的前奏。这点其实很容易理解，当我们饿了一整天，饥肠辘辘时，再平常的食物也会狼吞虎咽；当我们劳累一天后躺在床上，才知道睡觉是一件多么令人快乐的事情……但是，如果没有这些令人不舒适的前提，饮食和睡眠就不会让我们这么快乐。

舒舒服服地"躺平"，最终只会感到人生的无聊，而所有的苦难和挫折却是日后快乐的源泉。在快乐和舒适上，老天对人是最公平的。

手机壳，年轻人的"第二面子"

"换手机还不如换手机壳"，"90后"女生陈欣告诉我们，晚上下班回到家，在淘宝和小红书上刷好看的手机壳，成了自己释放负能量的主要方式。

据调查，75%的智能手机用户会用保护壳，25%的用户会购买2个以上的手机壳，来配合不同的手机造型和服装搭配。

对当代年轻人来说，手机壳不再是单纯的保护套，而是一种新型社交货币，可以用来表达情绪、个性和态度。价格便宜、时尚潮流、消费门槛低的手机壳，很容易让人买上瘾。

手机壳就像奶茶，容易让人上瘾

最近一段时间，陈欣几乎每周都要换一次手机壳，"买手机壳和买奶茶一样，几十块钱，价格不高，用烦了就扔，花钱的时候不心疼，很容易上瘾"。

对年轻人来说，手机壳的审美意义正在超过实用意义，越来越多的人会根据季节、心情和衣服的颜色更换手机壳，而不是缺壳才会买。

萧琴说："每个季节我都会换不同的手机壳，比如过年买红色的，春天买带花的，夏天买颜色亮丽的，冬天买有质感的，心情好就用可爱风，偶尔审美疲劳就换成纯色液态硅胶手机壳，手机不能经常换，但换手机壳可以换个心情和新鲜感。"

手机壳已经成为年轻人表达情绪和生活态度的工具，具有很强的社交属性。玩壳工厂CEO（首席执行官）韩冰认为，相比材质和质量，一些消费者更在意的是手机壳的内容。热门剧集《隐秘的角落》火了的时候，印着"一起爬山吗"的手机壳就卖得很好；而《开端》热播的时候，手机壳上又流行印上"走出循环"。

"很多手机壳上的标语会涉及时事热点，大家喜欢将表达自己观点、情绪的文字和图案印在手机壳上。"韩冰说。

电商平台最畅销的手机壳价格集中在10到40元，消费者大多是女性，紧跟流行文化和网络语境，十分迎合年轻人追求小确幸的需求。

社交媒体和明星效应也在助推着手机壳消费热潮。在小红书等网络平台上扒明星同款手机壳，成了不少网友的爱好。毕竟买爱豆同款穿搭不一定有财力，但买一个同款手机壳的经济压力则小得多。

智者不入爱河，手机壳点缀生活

闲着没事的时候，小李会打开电商平台逛逛，经常看着看着就下单了手机壳。

她数了一下，过去已经下单了9个手机壳，平均一个月买1.5个。"单价低嘛，几块、十几块一个，而且现在的手机壳好可爱啊，各种风格都有，很彰显个性。"小李的想法折射出的是一个群体现象：手机壳正在成为年轻人表达自我的工具。"早日退休""猫狗双全""暴富"……印着这些文字或图案的手机壳，是消费者心情宣泄的出口。

"要用手机壳搭配我的穿搭呀，可爱风的来一个，酷妹风的来一个，还有文艺风的也要来一个。"小吴是"95后"女生，爱好之一就是买手机壳。她告诉我们，她的购物车里总能躺着两个没来得及下单的手机壳，等过段时间新鲜感过了就换新。

为什么年轻人这么热衷于换手机壳呢？因为如今的手机壳风格多变，简约时尚、可爱少女、个性潮流、搞怪趣味……几乎你能想到的形容词，在淘宝的手机壳热门风格里都能找到。还能和消费者产生情感共鸣，比如"考试专用"手机壳，可以把知识点夹进透明壳子里，方便背诵，省电护眼；"社恐"专用手机壳，把万能回复印在手机壳上，方便时时翻阅。

在电商平台上，亲自动手设计或制作手机壳之风，已吹进了年轻人的心房，各种工具包和教程应运而生。"85后"柳曼，经营的就是手机壳网店。"我在淘宝、拼多多都开了店，卖的手机壳不是市场货，主打个性化定制。"柳曼介绍，自己最初是开实体配饰店的，后来生意不好做了，于是转型线上。

"你想，衣服可以定制、鞋子可以定制，茶杯等小东西也可以定制，为啥手机壳不行呢？"柳曼说，手机壳生意有一个很重要的优势，就是消费者以女性居多，"男性一个手机壳可以用好久，但女性不一样，今天可以喜欢这个娃娃，明天又喜欢那个卡通IP，并且她们买手机壳是不设上限的。"

在柳曼的店里定制手机壳的消费者，七成以上是女性，客单价约30元，定制的图片除了自己的照片、男友的照片、宠物的照片，还有一些动漫人物。

定制手机壳和DIY手机壳，让"拥有独一无二的手机壳"这件事成为可能。个性配图手机壳，可以印照片、打字、放表情包……甚至不需要和客服对接，就跟自己修图一样快捷方便。另一边，奶油胶DIY的风潮也异军突起——手机壳逐渐开始3D化。还有其他新兴材质手机壳类型，超轻黏土手机壳、毛线针织手机壳、丝绸手机壳……凝结了无数心血与创意，以"独一无二"作为主要卖点的个性手机壳，可以说是狠狠拿捏住了年轻人的心。

为什么我们需要手机壳

最初的手机壳功能非常单一——保护手机。为了方便区分，我们暂时把这类单纯只起到保护作用的手机壳称为"手机壳1.0"。在手机壳2.0时代，手机壳不再只是简单的手机保护，而是在保护之外起到更多的"功能性"作用：那些可以侧过来当手机支架使用的手机壳，就是"手机壳2.0"时代最好的例子。从根本上看，翻盖手机壳的诞生是手机发展的必然结果。

随着智能机一统天下，手机壳才在"必备配件"的路上找到了新的定位。融合了社交、时尚等要素，材质款式也多元化起来：硅胶、塑胶、皮革、液态硅胶、金属、碳纤维、亚克力、木质……曾经以实用性征服消费者的手机壳，如今已然与盲盒、手办等年轻人喜爱的新"社交货币"一样，成为娱乐性、精神性消费的重要部分。

数据统计显示，十年前，手机壳的保护性能和耐用性，被视为影响购买决定的首要因素，其次，才是优质的材料和美观程度。而现在，买手机壳，成了一件自然而然、根本不需要考虑许多的事——有超过75%的消费者会在购入手机之后，立马购入手机膜和手机壳凑一套；购买手机壳的消费者中，又有1/4的人拥有不止一个手机壳。

说到底，理性购置手机壳，也算是在复杂的生活中，给自己找一个简单的情绪出口，增添一点仪式感……毕竟，以承受范围内的价格，收获难得的快乐，总是容易被人们所接受的。

贴现思维：思考未来是人生的起点

什么叫贴现思维？"现"是"现在"，"贴"是"折扣"。所以，贴现思维可以视作未来价值和现在价值之间的折算。

贴现思维，不仅是金融市场的核心，更是我们生活中很多长期决策，比如成长、职业、婚姻选择中必备的一种思考模式。我们借用一个故事来解释这个概念：

一个华尔街精英碰到一个漂亮女孩，这个女孩一直想找一个大款结婚。他对这个女孩说："结婚其实相当于一次长期投资，双方进行资产置换。看上去你貌美，我多金，是一桩公平买卖，但实际上我很不划算。"

为什么呢？这位精英接着说："因为随着时间的流逝，你渐渐年老色衰，而我的经验能力在增加。换句话说，你这项资产在贬值，而我这项资产在升值。如果我们的婚姻维系很多年，那从我的角度出发，进行长期投资不合算。"

这只是个故事，但我们可以借这个故事来讲贴现思维。

贴现是给未来定价，而在这一过程中，资产会有折旧和损耗。比如，在刚才这个故事里，如果我们把人看作资产，男方拥有的是能力资产，女方拥有的是美貌资产。而后者是一种折旧很快、耗损很高的资产。

那从我们自身的角度，你可能会想：什么样的资产折旧率会低，甚至不折旧，反而增值呢？要回答这个问题，我们不妨将人力资本分成两类：

一类是自然人力资本，比如容貌、体态、身体素质等。这类人力资本您能维持当然很好，但在时间维度上它们肯定会自然折旧。

另一类是后天习得的人力资本，比如知识、技能、智慧等。这类资本在时间维度上可以进行累积，只要你的累积速度够快，你的资产不但不会折旧耗损，反而可能增值。

这么一想，古人说的"书中自有黄金屋"其实就有很强的金融含义了。那些以知识为生的人，在更长的时间维度上，他们的市场价格，也就是未来收入会更高。

西南财经大学的一项抽样调查显示：2015年，在影响中国家庭平均财富的变量中，受教育程度是最显著的变量。有大学文化的家庭的财富中位数是99万元，而有小学文化的家庭的财富中位数是13.8万元，前者是后者的7倍多。

现在你能明白父母让你好好读书的用意了吧！

顺着这个思路想下去，你会发现很多全球性的社会现象都可以得到解释。为什么医生、教授这些职业有越老越吃香的趋势？因为这些职业所依靠的人力资本不怎么折旧，反而可能增值。

现在再回到前面那个故事，你可以用金融思维对那位华尔街精英进行批判了：你看，并不是只有男方有能力资产，女方也可以有；也不是女方的容貌、体态会折旧，男方一样受到这个问题的困扰。所以，双方的价值最后都取决于长期的努力程度。

这就是贴现思维最重要的原则：未来原则和长期原则。

一个人必须以更长远的未来为起点考虑问题。任何短视的行为，都可能在内部埋下高耗损、高折旧的根子。

不但企业，个人生活也适用这一原则。任何希望提高自身价值的选择，都必须满足两点：第一要高增长，第二要低折旧。只有这样，才能达到让自己长期升值的目的。

天黑了，黑不掉所有的光

记得一次跟奶奶走亲戚，时至傍晚，虽然亲戚一再挽留，奶奶还是决意回家，说是不放心家里养的猪呀鸡呀什么的。

我怕天黑之前赶不到家里，一路走得很急，奶奶在后面有点跟不上，说："奶奶老了，赶不上啰。""不快点，天就要黑了。"我说。奶奶看了看天，说："天黑下来，也黑不掉所有的光。"

天渐渐黑下来，我走得更急了。"莫急，你抬头看看。"奶奶的声音从我身后传来。我抬起头来，看见不少星星在天空中亮起来。"你再看看远处。"身后又传来奶奶的声音。我向远方望去，看到了别人家中透出的灯光。靠着灯光的指引和星光的照耀，我和奶奶顺利地走回了家。

时隔多年，我还会时常想起奶奶说的那句话：天黑了，也黑不掉所有的光。是啊！天黑了，虽然没有太阳的光，但还有星星的光、月亮的光、萤火虫的光和万家灯火。每当我的人生处于黑暗中时，就会想起这些星星点点的光，便看到了希望，看到了通向远方的路，心里因此踏实起来，脚步因此坚定起来，一路向前，去穿越黑暗，迎接那黎明的曙光。

不开心就做点好吃的

曾颖

在我的成长过程中，我妈语重心长或和风细雨或雷霆万钧地对我说过许多话，都是她认为理想中的儿子应该学习和拥有的准则。这些话大多都随岁月流逝而渐渐远去了，现在能记得的也就寥寥几句，而其中排行第一的是这一句："心情不好时就给自己做点好吃的。"

这句话显然是出身贫穷，饱受过饥饿之苦的人的强烈的人生体验。人在饥饿的时候，困扰他并急需解决的问题并不多，最重要的事就是做点吃的。妈妈对我说这句话时，不像是在教育我，而是一种自语。

关于食物带给妈妈的治愈和安慰的故事，我都是听她讲的，虽然声情并茂，但并不能完全感同身受。倒是在我童年时，她当着我的面，一边做着好吃的，一边说那句话的样子，令我难忘。

烦恼对我们这样的穷人家庭来说，不是稀缺品，因此，妈妈心情不好，也是经常的事：逼仄的生活空间，紧张的财务状况，以及由此引发的纠结的家庭关系和家人们急躁的情绪……而她排解的方式，就是做点好吃的。

贫穷让妈妈学到的第一项本领，就是让她在家徒四壁，碗柜粮缸已清空的状态下，搞出无米之炊来。比如有一次，家里只剩下半袋用来炒菜的淀粉，她用水兑了，放到锅里熬成糊，然后舀入碗中，冷却成型，切成条，加点生酱和泡菜水，居然做成了一碗酸辣咸香、冰爽嫩滑的凉粉。妈妈搬张小板凳，喂我两口，她吃一口，连汤都不剩。我吃完之后，舔舔碗边，完全忘记了之前惹她愤怒和伤心的事情。

我还看过她炸红薯丝做苕丝糖，或将土豆蒸熟搅成泥炸成丸子来吃。很多烦恼和痛苦，就被她煎炸、蒸煮成了一道道美味小吃。

以我多年的观察，妈妈做菜的过程，其实是一次情绪重建过程。

通常是心情不爽地踢开蜂窝煤炉的铁罩，把菜板扔到桌上，洗菜的水如身体里无处发泄的怒气，四处迸射。刀切在菜上，如切在令她生气的事上，如果剁馅，则更显得酸爽解恨……

接下来，油下锅，辣椒、蒜瓣、姜末、花椒与它们命中注定的煎熬相遇，经过一通翻炒，所有的挣扎和不服渐渐平和，成为一锅鲜香美味的菜肴。这是一种由杂乱无序到规整精美的过程，也是一次情绪的清理和梳洗，其间愤怒和郁闷的情绪，如一只流浪狗，在清洗修剪梳理后，瞬间变得平和安详，甚至可爱起来。

在和妈妈相识相守的50多年时光里，我曾见过无数次这样的过程，这是一位历尽人间酸甜苦辣，在苦难面前手无寸铁的弱女子仅有的一点防卫能力，说是自欺也好，说是麻痹也罢，但这扶持她度过还算乐观、安然的大半生。

直到现在，70多岁的她，没事的时候还会做很多食物，包子一包两三百个，豆瓣酱一做好几坛，炸一大堆土豆丸子，炒一大盆油辣酸菜，分给亲人和邻居，特别是给那些没人照顾的空巢老人送去。当然，这个时候，她做食物，已不是为了排解痛苦和不安，而是从中得到制造和分享的快乐，是在玩了。

在这一点上，我很像她。

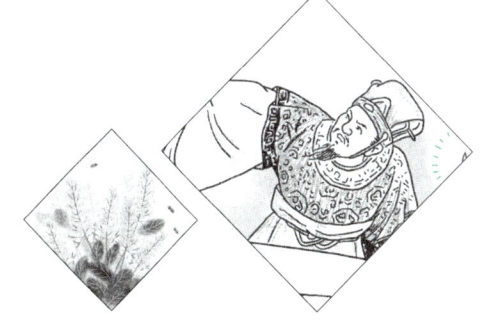

利不可独，谋不可众

《省心录》中云："利可共而不可独，谋可寡而不可众。"

做人，不可独占利益，如果不与众人分享，就会招人怨恨，终会陷入危难；做事，不可公之于众，若与众人商议大事，就会各行其是，终究难成气候。俗话说："独食难肥。"在利益面前，若独自霸占好处，不与他人分享，只会众叛亲离，最终无利可图。

从前，有一头驴和一匹马一起去镇上驮东西。回家路上，驴驮着沉重的货物，被压得喘不过气来，逐渐体力不支。于是，驴对马说："这些货物对你来说不算什么，帮我驮一点，减轻我的负担吧。"马稍加思索便欣然答应，将驴身上的货物都驮到自己身上继续走。快到家时，驴想独占功劳，灵机一动，便不怀好意地对马说道："帮我驮了这么久，你也累了吧，我来驮吧，把你的货物给我，我也帮你驮。"疲累的马没有多想，便接受了驴的好意，将货物全放到驴身上。

到家时，主人看见马什么都没驮，而驴则累得气喘吁吁。于是，便说道："这头驴真有劲，不像这匹马一点用都没有。不如将这匹马卖了算了，还能省下不少钱，反正有这头驴就够了。"此后，所有的货物都由这头驴来驮，驴最终被活活累死。

趋利，乃人之本性，若为了争夺利益，处处算计他人，终将得不偿失。面对利益，一定要懂得取舍之道，学会让利，有利分享，才能得到长远的好处。

《战国策》有言："论至德者不和于俗，成大功者不谋于众。"

谋求大事，若与众人商议，不一定能得出有价值的结论，还会影响自身选择。

东汉末年，董卓荒淫无道，残暴狂妄，朝野上下人人自危。

汉献帝初平三年，大司徒王允忍无可忍，暗自谋划除去董卓。王允千方百计刻意讨好董卓，骗取他的信任，以便计划能更好地实施。他还将义女貂蝉送给吕布，让貂蝉从中离间吕布和董卓，使得两人翻脸。他又找来吕布密谋一番，激起吕布对董卓的怨恨，从而使吕布答应共同除去董卓。

后来，趁着汉献帝因庆贺病愈在未央殿召会群臣，吕布在董卓上朝进殿时刺杀他。

最后，蛮横一世的董卓被除，其亲信也被吕布率兵清剿，并诛杀了其三族。

而在整场谋划中，只有王允、杨瓒知道，并未与过多人商议。就连身在局中的吕布和貂蝉，也是在行动前才得知整个计划。

若当时有太多人一起谋划，事情也不会如此顺利，还可能会走漏风声。

人活于世，每个人都有自己的想法，人多嘴杂，意见难以统一。若是做大事时犹豫不决，各行其是，就容易错失良机，坏了自己的大事。

能成大事者，必然有自己的主张和见解，看准了就去做，哪怕失败也心甘。

重大决策，不必四处宣扬，深思熟虑，做出正确的选择，才能成就一番大事业。

愿人人都能不独占利益，不与众人谋利，忠于自己，自由生长。

攒到人生第一笔10万元后我更焦虑了

起初我是一个没有存款意识的人。但我也不焦虑，总之就是得过且过，及时行乐。

然后事情的转机就来了。有一次看朋友圈，大学同学已经自己存钱买房买车了。心里感叹好厉害的同时，也有一点儿自惭形秽。然后大数据就推送给我《90后的你，目前存款多少》的帖子，网友们的存款金额不等，但都比我多的回复，狠狠刺痛了我的心。

看着满屋子的衣服鞋子包包，还有储物柜里的各种零食，我在后悔之余萌生一种假设，那就是：如果这些东西我没有乱买，或者哪怕少买，我是不是也能存下不少钱呢？

于是我开始复查自己的账单，计算自己的收支比例。每个月做好规划，把一部分钱存入固定账户，不到期取不出来的那种。尽量删减购物车里的东西，不囤货，等优惠。为了还算可观的加班费，平时还多加一点儿班。总之，为了存钱，我尽心尽力，身体上付出了相当的辛苦，精神上也享受着精打细算的压力。

说实话，刚开始真的非常上瘾，抱着对每个整数的执念，看着存款金额逐渐变大，巨大的满足感能够帮我驱散原本疯狂的购物欲。首位数字的每次变化，都像一座漂亮的里程碑，宣告着我节俭朴素生活的一次次胜利。每天睡前，我都看看余额然后暗自下决心：我要成为一个隐形的美丽小富婆！

经过大半年的努力，我终于在30岁之前，存到了人生的第一个10万元。那一晚，我看着躺在银行卡里的6位数余额，想着自己大半年来的省吃俭用，想着自己频繁地大额小额地往这个账户里转钱，想着自己每次购物时的精打细算，顿时觉得满意又值得。

可正当我沾沾自喜，觉得底气甚足的时候，我开始陷入存款焦虑，在攒下来回血和花出去开心之间，反复横跳，无比纠结，陷入了莫名其妙的精神内耗。有时候觉得应当坚持下来，继续存钱；有时候又觉得工作已经如此辛苦，为什么不给自己买点儿好的安慰一下？然后就陷入报复性消费。在报复性消费之后，又开始自责懊悔，明明是非必要支出，为什么要冲动消费？渐渐地，我失去了存钱的耐心和毅力。

这样的状态持续了两三个月，之后来到了年底，支出也变得多起来。父亲突然需要做一个小手术,工作原因我不能回家,虽然手术所需费用并不多,但我还是急忙给父亲转过去一笔钱,让他在住院期间不要不舍得花钱。

房租一次需要交一年,这是我第一次没有向家里伸手,虽然数目不小,但心里特别踏实,好像这一刻,我才真正独立。跨年的那天晚上,我不能回家,给家人发了一个大红包,母亲很惊讶,我竟能在养活自己之余,制造出这样的小惊喜!那一刻,我还是很有成就感的。而这一切,都源于我所焦虑的存款,源于我放弃的一切不必要的开销。

那一刻,我似乎突然明白了存钱的意义。它不是一种竞争或攀比,也不是要固执地坚持清贫的生活,而是在意外到来的时候,不必捉襟见肘、手足无措;是家人不舍得花钱省吃俭用的时候,你能提供给他们更好的物质选择;是在努力生活和工作之后,给予自己的一种可以量化的正向反馈。我渐渐不再焦虑存钱这件事了,我要将生活规划得当,稳稳前行。

真正的见识,不一定都是"新"的

之前一位报社同行,目前还在省级党报做评论员的朋友,问过我一个问题,评论员最重要的素质是什么,我几乎不假思索地回答:见识!套用王国维的一句话:有见识自成高格。

我们期待从评论作品中读到作者独上高楼、拨开云雾、能够使人有所裨益的见识,而不是人云亦云、老调常谈的絮语。这种见识与我们书本上所说的评论要有新的论点相近,但又完全不同。

很多评论的论点确实"独树一帜",或者评论者为了标新立异故意"独辟蹊径""反弹琵琶",但是,这些"新"往往是为了新"评"强说"新",经不起时间和实践的检验。

真正的见识,往往不一定都是"新"的,有的甚至是我们所习以为常,但是,不愿相信,甚至反感、抗拒的。

写作考验人的综合素质,评价一个好的作品,不能看其一时的人气和流量,而是要看其是否经得起时间的检验。

从时间来看,很多评论是"易碎"的,但是,不能过于脆弱。很多评论作者把新闻评论当成"生鲜"来生产售卖,这是短期投机行为。

放空成了奢侈品

杨璐

放空，俗话讲是"走神儿"，文雅讲是"一场思想遨游"，它时常出现在无聊的时刻。哲学家海德格尔曾经用日常生活的场景论述过无聊的三种形式。

第一种是某人误了火车或者弄错了时刻表，不得不在候车室里进行漫长的等待。

第二种是被邀请去吃晚餐，寻常的食物佐着常聊的话题，整晚都很无聊，这种宴请很无趣。

第三种是伴随假期而来的"这很烦人"，走在城市里很烦人，读一下午书很烦人，安排和完成一顿家庭晚餐很烦人，甚至待在这里就很烦人。

现在处于哲学家描述的这些场景时，无聊大概刚刚冒头，人们已经掏出了智能手机。候车室和高铁车厢成了共享的办公空间，智能手机就是移动的工位。会议App随时随地就能开会。乏味的宴请和烦人的假期早就被在线游戏、短视频、网上购物、社交媒体或者聊天填得满满的。走在城市里也不烦人了，人人都戴着耳机，听书、听知识付费课程、听音乐。不知不觉中，一个人待着什么都不干或者走个神，成了罕见的事情。更有趣的是因为我们已经进入了消费社会，放空，仿佛成了奢侈品。人们赋予放空仪式感，要跋山涉水地去露营或者进行其他身心放松的活动。

这些目的地没有Wi-Fi（无线网络通信技术）信号或者必须上缴手机，所谓"奢侈"不是指活动要付出的经济成本，而是有敢于失联一周的底气。

我们处于一个连"下班之后要不要回领导微信"都能兴起讨论的社会，屏蔽互联网的壮举，足够艳压朋友圈了。无聊从某种程度看也有正向的价值。罗素写道："在我看来，无聊作为人类行为的一个因素，所受到的重视远远不够。我相信，无聊曾是人类历史上最伟大的动力之一，在如今的世界更是如此。"

对今天智能手机造成的局面贡献巨大的史蒂夫·乔布斯，有一句名言："我是一个无聊的大信徒……使用科技产品是美好的，但无事可做同样美妙。"

放空是生命的缝隙，我们这么急于把它们给堵上，主要来自对无聊的厌恶，智能手机、平板电脑的普及放大了人性中的这部分。

人性中应该还有深沉的一面，我们具有创造力、想象力、理解复杂的社会、理解别人与自己的关系。

忍受无聊的煎熬可能让我们更聪明，精神更健康，甚至寻找到自我的价值感。

尼采写道："与无聊作斗争，即使是神也束手无策。"

互联网行业似乎做到了，与此同时带来了副作用，信息的碎片化让人烦躁不安，导致自我的支离破碎。

站在人性的另外一端，我们需要理智、毅力和智慧，让智能手机不成为牢笼，我们能保持自我的完整性和稳定性。

放空是这场博弈里的一项指标，如果它消失了，是一件可悲的事情。

第五章 时光轴

只扫今天的

秋天，院子里总是有落叶，它们是从一棵老枫树上掉下来的。每天都得扫，有时还要扫好几次。扫久了，我就烦，用脚狠狠地去踹树身，希望把那些要掉的叶子，全部踹下来。的确，每次都能踹下来一些，但第二天一开门，院子里又是一地金黄色的落叶。

一棵树上的叶子，为何不能同时落下，让我一次性扫尽呢？儿时，我对此一直不解。长大之后才明白，这就是大自然的规律啊！

想想，何止落叶，人也一样：每天我们都会有烦恼，都需要及时清扫，但别想着把今天的烦恼扫掉了，明天就没有烦恼了。我们永远不能一次性解决所有烦恼，也别想着把明天的烦恼提前摇落下来扫掉，这便是人生。

□ 周牧辰

请给哀伤一把椅子

雷爱民

陆晓娅老师在《旅行中的生死课》一书中说:"如果没有对逝者的爱,何来哀伤?爱与哀伤,是成正比的,爱得越深,往往哀伤也越深。这些被泪水包裹着的爱,不能被否定、被忽略,它们需要被看到,被珍惜,被重新挖掘出来,成为宝贵的资源,为生者未来的生活提供力量和意义。"

"哀伤是因为爱,爱得越深,哀伤就越深",这个观点仿佛一下子激活了我尘封已久、但从未减轻的哀伤。

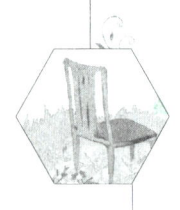

今年春节前,我随母亲和表弟、表妹去外公、外婆的坟前祭拜——尽管两位老人已过世多年,但由于我从小在他们身边长大,他们的音容笑貌常常在心头浮现。让我记忆犹新的是,回到父母身边后,每当我乘车从自己家回外公、外婆那里时,我从公交车上下来的那一刻,外婆总是提前在车站等着我了。她不断张望的身影,慈祥的眼神,跟随着车辆移动的神态,永远定格在我心中,那是亲人的牵挂和温暖……后来,我去外地上学,外婆去世时,家里人出于好心瞒着我,当我再次回到外婆家时,在下公交车的那一刻,习惯性地搜寻那个熟悉的身影时,却发现"她"已经不在了。那一刻,竟让我这个轻易不掉眼泪的人号啕大哭……

我不知道,这种情绪究竟是怎么爆发的,但是自那以后,我心中长久地留有一些遗憾和怨恨:遗憾的是,我最亲近的外婆走的时候,自己却不在身边,甚至连最后一面、最后一程都无缘得见、无法相送;怨恨的是,那些好心隐瞒的亲人,他们是那么"残忍",以至于我的悲伤、自责、遗憾连一个出口都没有。至今我依然不能想象外婆去世的样子,前一天她还跟我通过电话,怎么说走就走了呢?人的哀伤和眼泪或许真如晓娅老师、亚隆先生所说,它是由人最真、最深的情意化成的,否则,人类长久的悲伤就无法理解。可是,悲伤多为自己所知,不足为外人道。我一直相信,悲伤是自己的事情,所谓的"悲伤辅导",也就是给他人一个空间、一份权利去守护自己的悲伤,在悲伤中成长,而不是赶走它。

或许是因为死亡过于重大,对他人至亲的离去,许多人并不能感同身受,只能说一句"节哀顺变"或"保重身体"。这些看似关心的话,无非想让人们尽快从哀伤中抽离,似乎没有想过给这些丧亲者留一些空间,一些安放哀伤的机会。曾经,我不敢告诉任何人,我突然变得悲伤而沉默,是因为又想起了小时候的美好场景,可是场景中的外婆却不在了。

多年来,我一直没有试图把哀伤从身边赶走。没有哀伤了,是否就意味着遗忘?

我记得第一次去老人家的墓地，近距离地感受最亲的逝者就在眼前时，那种震撼让我的情绪彻底爆发，我不记得当时在墓前哭了多久。

也许，终其一生在哀伤中度过的人并不是异类，或许他们只是需要抒发的精神空间大一点，时间久一点，自我消化的方式特别一点。陆晓娅老师说"请给哀伤一把椅子"，这令我十分感动。一来，在逝者面前，亲人可多停留一会儿，让自己的心灵卸下一些东西；二来，在逝者安息之地，设置一个可以与逝者面对面倾诉的地方，也是一件美好的事情。反观现今，许多非常有名的墓园、漂亮的墓地，似乎也没有想过"给人一把椅子"，安抚一下哀伤的人们，也没有制造一个让遗属可以停歇的精神空间。或许以后，当人们更理解哀伤之时，"给哀伤一把椅子，给丧失者一点空间"将不再是一种奢望。

顺应趋势未必能赢得未来

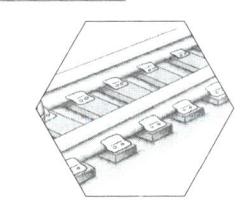

从技术的趋势来看，铁路带动发动机引擎的发展，并终结了马车运输，这是历史事实。在这个趋势之下，顺势而为显然是正道。对此，美国历史学家彭慕兰做了一个假设，如果你是一个英格兰小伙子，1830年恰好20岁。当时铁路刚刚被发明出来，你敏锐地顺应历史趋势，看到了发动机与机械运输的光明未来，甚至推理出188年后的2018年，那让你堵两个小时的晚高峰。于是，你根据未来，调整了当时的经营策略，卖掉马车，从此改行。因为你认为在运输业，马车是没有未来的，你已经远远地看到了那个行业的天花板。

可是，做出那个决定后，历史慢吞吞地告诉你，这个趋势要100年后才能成为现实，马车运输反而迎来了黄金时代，并持续你的一生。因为直到卡车被发明出来，才终于强有力地解决了铁路物流的分发问题，自此，运输体系才实现了区域覆盖，马车运输便真的消退了。

为什么这个英格兰小伙顺应了趋势，最后却丧失了一个巨大的机会？因为他忽略了一个问题：顺应趋势未必能赢得未来。此外，不是所有趋势的未来都能在短时间内到来。因此，对技术趋势的把握，需要考虑这一趋势在可预期的时间内的运用情况。

定力,决定了你能走多远

一个人的定力,决定了他最终能走多远。

我当时苦练很长时间的英语之后,有一次上口语课,老师让我回答问题。

我回答完,老师说:"没想到你的口语还挺好的。"

我突然感到自己的付出被看见了,虽然它小到不值一提。

请你记住,很多小的变化就是从那一刻开始的。就是在人生的曲线里,你也不知道是哪个点起了转折作用。但是当你重重摁下那个点的时候,日后的经历会告诉你,你当时的判断是对的。

下课之后老师说:"我有个同学从国外来西安旅游,但我没有时间,你能帮我当个导游,给他介绍一下西安的美景吗?"我说当然可以。

那天,我带着这个外国嘉宾去西安的景点打卡,像什么大雁塔、兵马俑、华清池。当时我很兴奋,我把他带到了大雁塔下,看唐僧铜像。

唐僧当年不是被皇帝送出去的,他是带着巨大的使命感和热情偷偷跑出去的,很有可能回不来。他在回来的那一刻,我想象他遥望长安城时,内心的激动和兴奋。

我想象他晚年坐在慈恩寺里,银杏叶落下,晨钟暮鼓,他在那里给徒子徒孙们讲经的时候,内心是怎样的一种豪迈。

我记得那天晚上,我看着唐僧铜像的时候,不由得跟那个外国游客讲,你想理解这样一种使命感吗?我说出这些话的时候,非常激动,甚至手舞足蹈、语无伦次。然后我回头发现那个外国嘉宾,他的脸上也满是泪水,我们都很激动。

那是一个农村出身、一直很自卑、尝试在大学里寻找自我、探清人生未来方向的年轻人,第一次用自己的表现获得了外部的认可。那是一个转折点,因为从那次之后,一发不可收。

那个外国嘉宾专门给我们学校的老师发了一条短信,表扬我具有诗一般的语言和非常饱满的激情。然后老师以后所有的朋友来西安都联系我。那一年我去了17次兵马俑。

2018年夏天,在西安的一个校区里,高三学生正在上课。上到一半,整个大楼停电了。因为外面下着暴雨,雷电击中了整个楼的变压器。旁边六年级、三年级的同学,立刻欢呼,拿起书包就跑了。

他们也欢呼了几秒,欢呼完之后我问他们:"你们是想回去,还是再学一会儿?"他们说:"再学一会儿"。我说:"你们都有手机,对吧?"他们说:"没有……"我说:"不要装了,拿出来吧。"最后大家都拿出口袋里的手机,打开了手电筒。

就这样,我们在教室里一起学习。一开始还很凉快,后来越来越热,但就是在这样的状态下,我又讲了一个多小时。

当时外面电闪雷鸣,下着倾盆大雨,城市仿佛要颠倒。但是在那栋楼里,平静的教室里,我拿着手机打开手电筒,所有同学拿着手机打开手电筒。

那一个小时,是我印象中为数不多的全情投入时间,激情慷慨,以至于后来内心久久不能平静。也是学生们全神贯注,积极互动,下笔如有神的一段时间。

那天放学之后,我看到好多学生都在他们的社交媒体上更新,说"这可能是我人生中永远都忘不了的一个小时"。

我给大家讲这些,就是想说在一个职业中,你要去做你认为对的事情,你要寻找到你的使命和成就感。

长期驱动你并且让你持续投入、持续精进的,只有热爱。

2022年6月,可能是长期处于焦躁的状态,我的睡眠越来越差,经常彻夜难眠。我当时把我能借的钱都借完了,我说那个月我再没有新的收入,可能就受不了了。

不知道是不是老天爷,突然想跟一个年轻人开一个玩笑。2022年6月8日早上,我又拿着小黑板坐在镜头前。就这样胡说八道的时候,我突然发现,讲着讲着,人数从300到了500。这很令人意外,我没想到竟然有人喜欢这些。

我当时正在讲莎士比亚,我看他们喜欢,我就继续,然后从文学讲到哲学,讲苏格拉底,讲柏拉图,讲亚里士多德。

我发现大家并不反感,人数从500又到了1000。当时我就继续讲,讲了很多我所熟悉的文学作品,或者我以前所看过的历史。

我越讲越兴奋。那天早上从平常的几百人,到最后下播的时候,得有快1万人。我有一种空前的兴奋,那天下播之后,我坐在那里,心情久久无法平复。等到第二天我再上去的时候,发现人更多了,一上来就是3000人,等我下播的时候,已经到了3万人。

3万人是什么概念?就跟做梦一样,想不到。然后就开始被很多人关注到了,越来越多的人涌入直播间,大家发现在这可以听一点无用的知识。

这是我的幸运,事实多次证明,运气永远会垂青那些时刻准备好的人,知识就是你的武器,书籍永远都是你的朋友。

我在想,另外一个平行时空里的我,如果当年在西安工作的时候那么忙,晚上回家很累了,这本书不看了。或者当年在大学的时候,极度自卑,每天躲在宿舍里,戴着耳机打游戏,也不去看书,可能我就不会有这些表现。

如果说要给你们几个建议的话,我希望把它们能缩略成关键词。

第一就是专注。心无旁骛,万事可破,请你相信这一点。

第二就是勤奋。付出不亚于任何人的努力,终将会有回报。

第三就是耐挫,或者用一个北方的方言,叫皮实一些。

你会发现后来的很多人,一直在讲一些成功的人,共有的品质就是不会被困难所打倒。现在有一个流行词叫作钝感力,你随便折磨我,我就是不放弃,皮实还得乐观。

刚出发那会儿,你意识不到。但是有一天蓦然回首,你发现一路走来,正确的初衷是你的加持,是你的护身符,有一天会成为你的铠甲和灯塔。

很久不曾去旅行

我并不算一个喜欢旅行的人，嫌麻烦。如果不去考虑所有的麻烦，旅行是对日常生活的反对。首先是剥离了工作，然后是剥离了熟悉，最后你的确知道自己是在一个陌生的地方游荡，先前的一切都距离自己极为遥远，那就是自由的感觉。

平日里一个人总是会忍不住去想等我有了钱就能，等我换了工作就能，等我买了大房子就能，等我换了新汽车就能……这是以拥有作为基础的自由，以为自己一旦拥有某些东西，心灵就会更少束缚，获得更多自由。旅行像一把刀子，直接切断这些妄想，不单没有得到这些东西，反而让你失去周围拥有和熟悉的一切，这时候人反而会觉得轻快起来，倒不是因为风景和风情。

有一次我途经法国海滨自由城，车子停在山道上，可以俯瞰城边的碧蓝海水和点点白帆。法国人在这里停车放尿，所以空气中有浓烈的氨味。幸好海陆风很猛，吹得人恍恍惚惚。当时我有两个念头，一个念头是眼前的一切都美得极为不真实，蓝色怎么会有那么多种层次？另一个念头是眼前的一切都和我无关，这里确乎存在某种生活，和我的生活完全不同，但现在我不存在于它们中的任何一个。

所以有那么一刻，风吹得我有些魂魄离体，我既不想立即上车下山进入那城里，也不想回望身后暂时远离的一切，它们都和我无关。于是我站在风中，感受到了一种带着氨味的自由，越发感觉到时空无限绵延，自己飘浮在透明的空中，又沉入蓝色的海底，站立一瞬间又仿佛过去许多年，全靠那一丝氨味把我牵住留在人间。

这样的感觉很难在生活中找到，甚至很难在朋友圈找到。我看许多人虽然在记录自己的旅途，但无非是从一处咖啡厅换到另一处咖啡厅，从一处自助餐厅换到另一处自助餐厅，"网红"才是最好的教师，无须布置作业，人们自觉主动地学习他们的选择，他们的姿势，甚至是他们曾经用过的角度，然后对着手机摄像头复刻一遍。有无形的手在操控一切，对许多人而言旅行同样意味着格式和规范，其中并没有漫无目的的游荡，只有完形填空。

我想，对大多数人而言，去到一个新地方就已经足够值得欢喜。其中有些人却在找寻，在生活之外找一个处所，在那里找寻自己的理想生活。所以，有些人会一次又一次地去大理，有些人则一次又一次地去海南。他们并非在旅行，而是在回归，认为自己应该拥有某种静谧的田园生活。现实是什么呢？现实是投胎时的空降错误，落到了错误的地点，需要用旅行来修正。

每个人对旅行的期待并不相同，理解也大相径庭。但是大家的处境是类似的，那

就是许久都不曾外出旅行,想着要去什么地方走一走。在经历了那么多不被许可之后,需要找个地方感受一下什么都被许可是怎样一种感觉。甚至连感觉都不需要,找个地方发下呆也是好的,因为什么都不去想也是一种奢侈,如同突然赦免了某种义务。

不知道你有没有在旅途中看过云柱。就是那种夏日午后,你在某处海滨,又或者是某处山林,看见天空中升起巨大的云柱,耸立于天地之间,有些云柱边缘还会下雨,接地处变成雾气蒙蒙模糊不清的一片。长久凝视这些水汽形成的云柱,会感觉到它一点点变得坚实,变得沉重,最后会变成某种固体,仿佛长久以来一直那么存在。天和地本来在一起,是云柱把天空撑起来,稳稳当当地罩在这个世界上。

同时,有个声音在你心头大声提醒:都是液滴,都是气体,它们会随风而散。那么我们称之为生活的东西,看似坚不可摧,永远如此,会不会也是因为我们凝视的时间过长?而旅行则是一种轻微的扰动,让这坚不可摧裂开一丝罅隙,让心飞出去,让光透进来?

成长的代价

虽然人们的好友总数几乎不变,但是每过七年,约一半的朋友会不再往来。友谊并没有消失,只是回归到它应有的位置。

"当我们不再愿意和拒绝改变的老朋友、老同事们来往时,会有负罪感。这是成长的代价,也是成长的标志。"

某种程度上,亲密关系也类似。在路途中寻找同行者,而非拽着人一起上路。

深厚的友谊或亲密关系是建立在长期有效的沟通之上的。而沟通不由任何一方单独决定。无效的沟通,好比"鸡同鸭讲"。

沟通的前提是彼此能够拥有相近的成长速度,恰到好处地"你追我赶"。

我不想祝友谊一帆风顺,更愿意我们乘风破浪。

从大城市回老家摆摊的年轻人

吕萌

在潮汕街头，出现了不少年轻的摆摊人。近年"地摊经济"兴起，经营门槛低、投入少、时间自由、利益即得等多种因素，让一些年轻人放弃了在城市的打拼，回到老家摆摊为生。他们之中，有人刚刚大学毕业，对追求流量的工作失望，愤而离开；也有人已经摆摊两年，月入八万元，但经历着难以想象的"网暴"。这些年轻人觉得，可以尝试拥有快乐工作的新生活。

以下是两位潮汕摆摊女孩的讲述。

黄榕珊，22岁，应届毕业生

我是2022年的应届毕业生，5个月前开始摆摊。每天下午，我到玉浦村的一所幼儿园门口卖烤肠，晚上又和姐姐一起在仁港美食街卖关东煮。有些朋友听说后替我可惜，说"大学读完了，你反而去摆摊了"。我心想，怎么赚钱都是赚，又不是去偷、去抢，在没有找到合适的工作之前，总不能一直在家荒废着。

我是不赚钱就没有安全感的人，想要经济独立。我从15岁就开始做兼职，端过盘子，卖过视频，但从没想过创业。从2022年6月开始，我跟着姐姐摆摊，到现在已经比较稳定了，我们一共有3个摊位，每月的收入还是比较可观的。

我第一次独立摆摊是卖烤肠，当时用我攒下的1000块钱，买了一张折叠桌和煤气、调料、烤肠，用电动车拉着去隔壁村摆摊。后来，又用两个星期的收入买了一辆小推车，这样就方便多了。

我记得第一天摆摊生意特别好，幼儿园放学后，一下子围了好些人过来，我和姐姐手忙脚乱。但第二天，我的摊位就被另一家卖烤肠的本地人给占了，我当时才意识到，摆摊也是有恶意竞争的。我年龄小，看起来就比较好欺负。

摊子支起来三个月后，我攒了一点小钱。那时候天差不多冷起来了，我想趁晚上的空闲再多摆一个摊，就和姐姐一起投资，卖关东煮。姐夫把现成的小推车改造了一下，自己焊了架子，喷了颜色，做了灯带，又买了一点装饰品，只花10天就完成了。当时，我还借鉴了朋友们的意见，也在网上看了些别人的摊位，决定用纯白色，光打起来会很显眼，我觉得特别好看。

为了调出好吃的汤底，我和姐姐花了半个月，每天都做一锅新的关东煮，有时自己试吃，有时请朋友们一起尝试，最后才做出满意的配方。

现在,我每天下午照常去幼儿园门口卖烤肠,结束之后再赶到仁港美食街,有时连饭都顾不上吃。我一般凌晨一点半收摊,但有时也会推迟到四五点,回去再准备第二天的食材。刚开始,朋友都很震惊,觉得我离谱,有些一直劝我去工作,认为可以接触更多东西。我说我以后可能会去,但不是现在。

直到几个月之后,我的生意慢慢做好,朋友们才接纳了我摆摊这件事,有些人甚至也想尝试当副业——他们的工作不是很顺心,已经厌烦了,觉得就算再找一份也不会好到哪里去。

和许多"00后"朋友一样,我不是吃不了苦,而是受不了压抑,我可以多干活,但是不能不开心。摆摊的这几个月里,我每天都能看到钱进到自己的口袋里,不用被老板洗脑,不用被同事"暗算"。毕竟摊子是我的,我想卖就卖,想收就收,没有人可以指责我,很自由。

肥仔,23岁,前珠宝销售

我们家有7个孩子,我排第六。我每月要往家里寄2000块钱,剩下的生活费只有1000多块,什么东西都不舍得买。在网上看好的衣服就加入购物车,连续看一个月,也就不想买了。当时我家买了房子,花掉了大部分积蓄,我想多贴补一点家用,嫂子建议我去摆摊,我觉得可以尝试一下,就买了一辆三轮车。

刚开始我不会开,好在三轮车摔不倒,只要把握好刹车,慢慢就学会了。我还记得我第一天出摊的时候非常尴尬,我的推车是粉色的,吸引了很多人围观,被好多双眼睛看着,我做奶茶的时候手都在抖。

我读书的时候在奶茶店做过兼职,有做奶茶的基础,而且那时候刚刚兴起摆地摊,我是普宁第一个卖柠檬茶的人,第一天就卖了100杯,接下来就慢慢增加,从几百块钱赚到了3000多块。第一天摆摊前,我抱着试一试的心态,在网上发了一条视频,说"准备出摊",没想到这条视频火了,有300多万播放量,直播的时候有8000多人。

我很在乎网上的评论,每睡半个小时,就起来看一次评论,做梦都能梦到别人在指责我。现实里,我每天开着三轮车,搬着那么重的冰块,通宵熬夜,就觉得自己很委屈。我不敢打开评论看,甚至得了抑郁症,不停耳鸣、哭泣、脱发、失眠,每天靠吃安眠药入睡。我只好找了一个员工帮我出摊,把自己关在老房子里,整天不出门。

本来离开大城市就是想摆脱压力,没想到自己做起小生意,压力更大了。2022年7月,我从老家普宁搬到了揭阳市里,想换个地方重新开始。我租了一个每月2500块钱的摊位,又在离夜市不远的地方租了一个单间,每月房租700元。在这里,我终于开始了理想中年轻人的生活方式——快乐地赚钱。

有一次,在去摆摊的路上,三轮车没电了,我推着车,发现有许多不认识的人在后面帮我推,推完没说一句话就离开了。等他们走后,我忍不住哭了。还有一次,我的车翻了,奶茶洒了一地,有许多人来帮我扶车,还问我"有没有事"。这些事情我都记着。

生意好的时候,我一月能赚三四万元,有一个月甚至赚了八万元。也有许多人来问我摆摊经验,我已经收了100多个徒弟,其中有很多是"00后"。我跟每个人收200块,教他们制作奶茶的原料配比。大部分人都会问我是怎么坚持下来的,其实他们大多数人都吃不了苦,摆一两个月就不干了。我始终觉得,靠自己的双手去赚钱,是一件很实际的事情。前两天,我去长沙考察了一下,那边的夜市也非常火爆,计划明年去那里试一试。

背帆布包的女大佬们

毛利

前段时间，我认识了一名女导演。她热情地说："我们见个面吧。"一起相约的，还有一位著名女主持人。

临出发前，我想到要跟这么厉害的女人们一起吃饭，当即从衣橱里翻出了最贵的一只包。那是一只四五年前在东京机场买的名牌包。当时刚三十岁出头，心想，到这个年纪，也该买个贵点的包了，女人在买包的时候，总会给自己很多心理暗示，我不能输，必须买。

包买完后，用的次数极少，主要是它实在太不能装了。还有一个原因是，我作为一个在家埋头写作的人，出门的机会实在不多，可以说寥寥无几。我到底去哪里撑场面用呢？

现在，这个机会来了。我背着尘封多日的名牌包，喜滋滋地奔赴下午茶餐厅。当两个女大佬朝我和蔼地打招呼，让我把包放在一旁的椅子上时，我猛然发现，她俩背的都是帆布包。

两只随意摆放，用得松松垮垮的帆布包，一下让我有点不自在。手里这只名牌包，忽然显得如此刻意且郑重其事。这只包仿佛透露出某种心思，我迫切渴望着她们的认可。但在帆布包的映衬下，它显得很小家子气。

原来现实跟电视剧根本不一样，电视剧里的女主角为了得到上流圈子的认可，费老大劲求爷爷告奶奶买一只包，巴巴拿着去参加聚会，只想让所有人高看她一眼。观众未免生出这样的感慨，哇，看来跟上流圈子交手，必须穿出倾家荡产的贵气。另一部律师题材的国产剧里，女老板出门时，拿出一只爱马仕铂金包，往里面装上笔记本电脑，大堆案件资料，再趾高气扬地把包挽在手中，踩着高跟鞋走出办公室。让你恍惚觉得，女老板一定都是这么气派。

现实中，女大佬才不愿意精心披挂来赴下午茶聚会。没有必要，她们用不着跟任何人证明自己，特别是自己做事业的女性，根本不会把自己从头发丝精致到脚后跟。第一太花时间，第二太花心思，第三没有必要。

我细心观察了一下两位女大佬的着装，都是随意中带着自己的个性，完全不被潮流所左右。如果衣服是语言，她们大概就在说，噢，我有我自己的一套，没有人能轻易改变我。

帆布包轻便、结实、能装。女大佬也是为生活奔波的女人，她的袋子要兼顾家庭和工作，没有人能鱼与熊掌兼得，厉害的人，只是能尽量周全一些。

朋友跟我说起她的妹妹，二十岁出头，做着一份月薪几千块的工作，但魂牵梦绕想要买一只四万块的包。朋友劝她说没必要，妹妹非常恼怒，说单位同事好几个都有背，就她没有。

她说这件事时，我不免想到多年前的自己。人对买不起的东西，总是充满万千渴望。

时间解释了一切。35岁之后，我遇到的大多数女人，不管律师事务所合伙人还是赫赫有名的制作人，出来玩的时候，都背着一只帆布包。

我问做律师的女朋友："电视剧里你们女律师都是拎铂金包的，现实中呢？"

她笑笑说："都有，看人，做助理的也有好多拎着铂金包呢。"

我看了看她旁边放着的帆布包，大概明白了，帆布包是一种境界，大音希声，大象无形，大道至简。

正当最好年龄

张曼娟

我的母亲是白羊座，她身上有着迅捷、勇敢、决断的特质。许多年前，她结束工作后，便思索什么是她想做而没做过的事。最后，她选择去学编织。和她一样赋闲在家的朋友对她说："这种事是老太太做的，你还年轻，应该做点别的事。"母亲想了想，还是去报名了。

母亲每个星期搭乘公交车到相当远的地方上一次课，然后就是不停地编织，在画得密密麻麻的图样上做记号。托母亲的这项手艺的福，我们这些孩子，包括所有的亲朋好友，各有一至两件颜色与款式皆不相同的毛衣。学生时代，因为穿手工毛衣，我得到不少注意与赞美，有些小小的虚荣。

几年前，母亲忽然要去学画画，这让我们很惊奇。我一直觉得自己毫无绘画天分是遗传自我的母亲，因为童年时我们要画个猫儿、狗儿或其他图画，母亲总是说："去找你爸。"现在，五十多岁的母亲却说她要学国画。那位热心的朋友这时又给母亲忠告："学国画是不是太吃力了？那是年轻人的玩意儿吧。"母亲想了想，说服了年龄比她还大9岁的父亲一起去报名了。

每天吃过晚餐，他俩一人提一个画筒，相偕出门。有一次，一位学生来家里找我，她并没见过我父母，可是她说："我看见张妈妈了。她是不是盘着银灰色发髻，提着一个蓝色画筒？"我很诧异，问她怎么看出那是我的母亲。学生说："她看起来很有自信、很快乐，而且像一位艺术家。"

从那时候起，我再也不敢将自己缺乏美术细胞这件事归咎于我的母亲。后来，每当我听见朋友说"如果可以年轻一点，我一定会如何如何"的时候，总不能同意。年龄不应该成为我们逃避任何事情的借口。母亲告诉我，一切都不会太迟，人永远也不会太老。

和一个年轻女孩聊天，她很恳切地说："以前我会想怎么才能让自己过得好一些，现在我只想找个好男人结婚，安定下来。"

在薄薄的黄昏中，我看着坐在对面的27岁女孩，想着应该怎样告诉她，她还很年轻，年轻得足以让自己过得好，也可以找到好男人。任何年纪的男人与女人都应该让自己过得好。我明显感到女孩很焦虑，这焦虑来自她所处的婚姻的激烈竞争场所中。自从有婚姻制度以来，自从男性主导家庭以后，女人的青春与美貌是优势，衰老与平庸便是劣势。在这种激烈竞争下，我们看见优胜劣汰的不变定律。不能摆脱这种生存竞争模式的女人，极易患上恐惧症，怕老、怕胖、怕丑，总的来说是怕败下阵来。

近来读《沈从文家书》，他曾疯狂而艰苦地追求灵魂伴侣。"我行过许多地方的桥，看过许多次数的云，喝过许多种类的酒，却只爱过一个正当最好年龄的人。"他是这么说的。这一句"正当最好年龄"撼动了我。假若说的是"正当青春的姑娘"，他就不是沈从文了。沈从文觉得最好的年龄就是相遇的年龄，就是相爱的时刻，岁月与他们无关。

我认为最好的年龄就在当下。有人想把岁月当成栅栏，一跃而过，我却只想无视年龄，做一个真正自由的人。

45分钟白天，45分钟黑夜：航天员陈冬揭秘太空生活

刘江浩 李念

据报道，"神舟十一号"返回舱与地球的直线距离为393千米，在这样的高度下，航天员陈冬有哪些不为人知的太空生活细节？就让我们从这些有趣的问答中了解一下吧。

1.航天员在太空中能不能洗澡？

陈冬：洗澡是一个比较难解决的问题。太空环境是完全失重的，水碰到身上会弹走，到处飘，到处飞，完全不受控制。如果飘到设备上，就会非常危险。因此，太空中不可能有淋浴设施。

但是，30多天不洗澡也不行。因为要做实验，航天员身上会涂抹导电膏，还有运动完后，身上会出汗，基本上我们是两到三天清洁一次。其实并不是洗，而是擦。我们会使用一种特制的毛巾，毛巾上有特殊的液体，擦拭身体来进行清洁。擦完一遍，再用湿毛巾擦。这样肯定不如洗澡那么痛快。

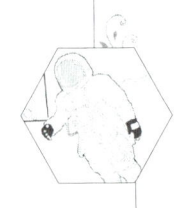

2.会不会专门定制特色食品？

陈冬：在地面吃早饭，可以一个星期都不带重样的，比如豆腐脑、胡辣汤、牛肉汤、羊肉汤、油茶、油饼、油条、包子等，但是，在太空中受形式和工艺的限制，不可能有地面的这些小吃。还好有面条，但是也比不了地面上的烩面可口。

我们的食物放在一个小袋子里，需要吃的时候，把袋子加热，撕开一个口，把食物从袋子中挤出来，挤一口吃一口。现在已经解决了食物有无的问题，以后要提升品质。相信未来随着科技的进步，宇航员在太空中吃上烩面还是有希望的。

3.太空第一夜是否会激动得失眠？

陈冬：第一夜确实很激动，但是也没有睡不着觉。发射是在早上7点多，其实，我们从凌晨1点多就开始做准备，晚上睡得不多。入轨之后，马上需要休息，因为任务量很大。一个人值班，负责监视飞行器的工作状态，另外一个人休息，然后两个人再交换。

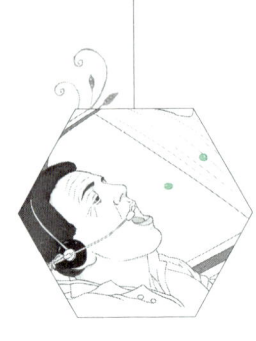

我把睡袋固定在轨道舱之后，钻进去，一开始还是不适应，跟地面不同，睡在床上的感觉更踏实。在太空中，我们都是竖着睡觉，睡袋的几个角固定在舱壁上，人钻进袋子，拉上拉链，袋子并不是完全包裹着你，睡袋里面也是有空隙的。

因为确实太累了，在整个发射过程中，我们的注意力高度集中，脑海中要想着下一个动作、下一个程序、下一个指令。入轨后，精神相对放松一些，人顿时会感觉很累。

所以，尽管不适应，我也一觉睡了6个小时，然后开始交换工作。

4.太空中有没有白天和黑夜？

陈冬：太空中也有白天和黑夜，不过日夜交替得很快。"神舟十一号"飞船绕地球一圈是90分钟，实际上，也就是90分钟经历一个白天和一个黑夜，45分钟的白天，45分钟的黑夜，座舱里也会明暗交替。

飞船中的每一个舷窗都有布帘遮挡，可以拉下来，就靠舱内的灯光照明。

我们按照地面的北京时间作息，非常规律。

早上6点半起床，开始洗漱，准备早餐，8点半开始工作，中午12点吃午饭。下午2点继续工作，下午6点开始吃晚饭，晚上总结一下白天的工作，梳理一下第二天的任务。晚上10点半睡觉。

5.在太空时生病了怎么办？

陈冬：这种情况在地面我们是考虑到的，会准备一些药。常见的病症有发烧、感冒、腹泻、便秘等。一旦出现身体异样，地面医生会根据症状指导吃药。但是一旦生病，对执行任务是非常不利的。

我们本来就只有两个人，任务又很重，如果一个人生病了，需要两个人协同完成的工作就干不成了，会打乱整个任务的计划安排，所以我们是非常非常小心的，任何细节都不能出现问题。比如，我们在飞船内骑自行车时会出汗，我们就会把对着我们的几个通风口都关掉，以防感冒。

有些感冒会有一个潜伏期。比如，第二天要执行任务，头一天有可能处于病毒潜伏期，但第二天会在进入太空后发病。所以，为了避免这种情况发生，我们会在飞行前进行医学隔离，在潜伏期就要把病毒排除。

6.在飞船上升和降落的过程中，会产生多大的压力？

陈冬：由于技术不断进步，在飞船上升和返回时，舱内的环境条件越来越好，航天员也会越来越舒适。上升时，重力加速度在5.5g，返回时在4g左右。1g就是一个重力加速度。

我们训练的时候要达到8g，讲得通俗一点，8个你的体重压在你身上。像我重70公斤，就是8个70公斤压在我身上，我要顶得住。一般人如果是8g，会被压得胸痛，无法呼吸。普通人能承受住4g就很不错了。

尽管实际运行中并不会达到8g，但是，训练还是要高标准，这样是为了防止意外情况的发生。因为一旦意外情况发生，飞船会应急返回，应急返回的时候，g值就会很高。

7.飞天归来，重回地面，你会不会有一些不适应呢？身体状态会发生哪些变化？

陈冬：落地后的主要任务之一就是恢复身体。从太空返回之后，有些方面是可以短时间恢复的，比如平衡机能、心血管功能、肌肉功能、骨骼恢复、血液和免疫功能等。

在太空中待30多天，影响比较大的是肌肉，肌肉会萎缩；还有就是心血管，因为没有重力，血液会集中到头部和上肢，下肢就不那么明显。而回到地球后，因为有了重力，血管就要重新适应。所以落地后，我们不能站立，因为肌肉发生萎缩，站立时会比较费劲。

此外，还有一种有意思的现象。我在太空中待了1个月，身高长了2厘米，这是因为在太空没有重力。回到地球后，身体受到重力影响，身高会逐渐恢复到原来的水平。

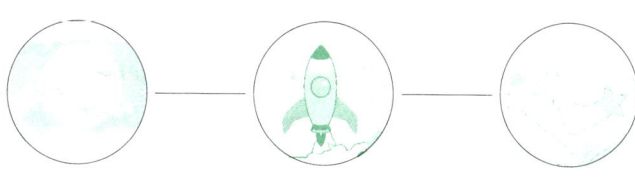

复杂世界里,你要拥有过好这一生的四种能力

在这复杂世界里,我们应该拥有过好这一生的四种核心能力:得自在、知孤独、记初心、要豁达。

01 得自在

每个人都争取一个完满的人生。然而,自古及今,海内海外,一个百分百完满的人生是没有的。所以我说,不完满才是人生。

在旧社会科举时代,千军万马过独木桥,要上进,只有科举一途,你只需读一读吴敬梓的《儒林外史》,就能淋漓尽致地了解到科举的情况。以周进和范进为代表的那一批举人进士,其窘态难道还不能让你胆战心惊、啼笑皆非吗?

现在我们运气好,得生于新社会中。然而那一个考字,宛如如来佛的手掌,你别想逃脱得了。

幼儿园升小学,考;小学升初中,考;初中升高中,考;高中升大学,考;大学毕业想当硕士,考;硕士想当博士,考。

无所逃于天地之间,我们的人生还谈什么完满呢?

灾难并不限于知识分子:人人有一本难念的经。所以我说不完满才是人生。这是一个平凡的真理,但是真能了解其中的意义,对己对人都有好处。对己,可以不烦不躁;对人,可以互相谅解。这会大大地有利于整个社会的安定团结。

02 知孤独

老友走了,永远永远地走了。我抬头看到那大朵的牵牛花和多姿多彩的月季花,她们失去了自己的主人,朵朵都低眉敛目,一脸寂寞相,好像"溅泪"的样子。

她们似乎认出了我,知道我是她们主人的老友,知道我是她们的认真入迷的欣赏者,知道我是她们的知己。她们在微风中摇曳,仿佛在向我点头,向我倾诉心中郁积的寂寞。

现在才只是夏末秋初。即使是寂寞吧,牵牛和月季仍然能够开花的。一旦秋风劲吹,落叶满山,牵牛和月季还能开下去吗?再过一些时候,冬天还会降临人间的。到了那时候,牵牛们和月季们只能被压在白皑皑的积雪下面的土里,做着春天的梦,连感到寂寞的机会都不会有了。

明年,春天总会重返大地的。春天总还是春天,她能让万物复苏,让万物再充满

活力。但是，这小花园里的月季和牵牛会怎样呢？

月季大概还能靠自己的力量长出芽来，也许还能开出几朵小花。然而护花的主人已不在人间。谁为她们施肥浇水呢？等待她们的不仅仅是寂寞，还有枯萎和死亡。至于牵牛花，没有主人播种，恐怕连幼芽也长不出来。她们将永远被埋在地里了。

我一想到这里，就不禁悲从中来。眼前包围着月季和牵牛的寂寞，也包围了我。我不想再看到春天，我不想看到春天来时行将枯萎的月季，我不想看到连幼芽都冒不出来的牵牛。

我虔心默祷上苍，让这一块小小的地方永远保留夏末秋初的景象，就像现在这样。

03 记初心

在这一条十分漫长的路上，我走过阳关大道，也走过独木小桥。路旁有深山大泽，也有平坡宜人；有杏花春雨，也有塞北秋风；有山重水复，也有柳暗花明；有迷途知返，也有绝处逢生。

我面前还有多少路呢？我说不出，也没有仔细想过。冯友兰先生说："何止于米？相期以茶。""米"是八十八岁，"茶"是一百零八岁。我没有这样的雄心壮志，我是"相期以米"。这算不算是立大志呢？我是没有大志的人，我觉得这已经算是大志了。

陶渊明的一首诗，我很欣赏：

纵浪大化中，不喜亦不惧。
应尽便须尽，无复独多虑。

我现在就是抱着这种精神，昂然走上前去。只要有可能，我一定做一些对别人有益的事，决不想成为行尸走肉。我知道，未来的路也不会比过去的更笔直，更平坦，但是我并不恐惧。我眼前还闪动着野百合和野蔷薇的影子。

04 要豁达

幼时读唐诗，读了"西塞山前白鹭飞""两个黄鹂鸣翠柳，一行白鹭上青天"，曾向往白鹭上青天的境界，只是没有亲眼看见过。一直到1951年访问印度，曾在从加尔各答乘车到国际大学的路上，在一片浓绿的树木和荷塘上面的天空中，才第一次看到白鹭上青天的情景，顾而乐之。

第二次见到白鹭，是在前几年游广东佛山的时候。在一片大湖的颇为遥远的对岸上，绿树成林，树上都开着白色的大花朵。最初我真以为是花。然而不久却发现，有的花朵竟然飞动起来，才知道不是花朵，而是白鸟。

我又顾而乐之。其实就在我入医院前不久，我曾瞥见一只白鸟从远处飞来，一头扎进荷叶丛中，不知道在里面鼓捣了些什么，过了许久，又从另一个地方飞出荷叶丛，直上青天，转瞬就消逝得无影无踪了。我难道能不顾而乐之吗？

现在我仍然枯坐在临窗的书桌旁边，时间是回家的第二天早上。我的身子确实没有挪窝儿，但是思想活跃异常。我想到过去，想到眼前，又想到未来，甚至神驰万里，想到了印度。

时序虽已是深秋，但是我的心中仍是春意盎然。我眼前所看到的，脑海里所想到的东西，无一不笼罩上一团玫瑰般的嫣红，无一不闪出耀眼的光芒。

记得小时候常见到贴在大门上的一副对联："万物静观皆自得，四时佳兴与人同。"现在朗润园中的万物，鸟兽虫鱼，花草树木，无不自得其乐。连这里的天都似乎特别蓝，水都似乎特别清。眼睛所到之处，无不令我心旷神怡；思想所到之处，无不令我逸兴遄飞。

我真觉得，大自然特别可爱，生命特别可爱，人类特别可爱，一切有生无生之物特别可爱，祖国特别可爱，宇宙万物无有不可爱者。欢喜充满大千世界。

现在我十分清醒地意识到，我是带着捡回来的新生回家来了。

感情不是靠"懂事"维系

唐婧

"懂事"的K小姐最近饱受焦虑困扰，她的恋爱谈得一直不顺利。

K小姐在恋爱中非常懂事，从不给对方添麻烦，凡事都为对方着想。对方问她想吃什么，她会说："我都行，看你。"对方问她想要什么生日礼物，她会说："都行，你送的我都喜欢。"

偶尔，她也会试着表达自己的需求，比如："你如果顺路可以来接我一下，不顺路就算了啊。"如果对方答应来接她又突然爽约，K小姐也会懂事地给对方找台阶下："没关系，我正好突然也要加班，你安心忙手边的事吧。"

然而，懂事的背后是委屈和孤独，K小姐觉得自己这么迁就对方，对方却不顾及自己的感受，常忍不住哭诉和指责对方。对方总觉得很冤——"你想要怎样就说啊，你不说我怎么知道"，但K小姐觉得——"这还用我说吗？你连这一点都不懂吗"。如此反复，对方觉得她太"作"，跟她在一起很累。而每当K小姐感觉亲密关系出了问题，就会率先提出分手。虽然嘴上说得很决绝，心里却希望对方挽留自己，可每次对方都当真了。

K小姐知道是自己的表达模式出了问题，应当将真实想法说出来。可总是欲言又止，或者一开口就说成了相反的意思。其实，这是焦虑型人格惹的祸。他们习惯性地讨好别人，揣摩别人的心意、迎合别人的需求，却总是对自己内心的想法视而不见。久而久之，潜意识的渴望得不到满足，与表达出来的需求形成了冲突，就产生了焦虑。K小姐受困于自己多年来形成的心理模式，不敢改变。

社会心理学称这种现象为"习得性无助"。

对像K小姐这样"懂事"的人，她们的无助往往源于儿时的成长环境或者曾经的情感经历。

K小姐是外婆带大的。外婆是个知识女性，注重家教。从小外婆就告诉她："我们这种出身知识分子家庭的小孩，要懂规矩，不能跟那些没家教的野孩子一样。那些野孩子总向大人要这要那，你不能乱要东西，该给你的，大人自然会给你；不该给你的，要了也没用。你要懂事，不要给大人添麻烦，外婆年纪大了，照顾你很辛苦，要是你不乖，就把你送去你奶奶家。你奶奶重男轻女，没你的好日子过！"

从小K小姐就最乖、最听话，外婆在众多孙辈中最疼爱她。也因此，K小姐心里就留下了这样的印象，只要自己不给大人添麻烦，就能得到更多的爱；而如果"不乖"，就会被抛弃。

在成长过程中，她一直努力压抑自己的需求，不表达自己的要求，生活得小心翼翼。

继而，在亲密关系中，她复演了这种模式。但与压抑相伴的往往是心理失衡。当不断隐忍却没有换来自己想要的爱，K女士的委屈就会忍不住爆发，演变成后续的"作"，让伴侣感觉莫名其妙、措手不及。长此以往，不仅亲密关系受到威胁，K小姐也被焦虑困扰。

要缓解这种焦虑，需要改变讨好的相处模式，真实表达自己的想法，尝试向对方提要求，而不是被动等待对方给予。

要对自己说："我不需要这么'懂事'，也可以收获爱。"用自己真实的样子，找到愿意接纳"真我"的伴侣。

开心，不是生活必需品

一个搞心理学的朋友，喜欢搞恶作剧。

大家一起玩，她会忽然问我："你开心吗？"我心想这人有病吧，我极少考虑开心这件事儿，可能想"做梦"都比想"开心"多。

她说："你应该是个蛮开心的人。很多人对开心有执念，每天恨不得问自己800次'我开心吗？我为啥不开心？我怎么才能开心起来'。问来问去，他的自我也在这种追问中变得无限膨胀，因为无法忘我，也就更容易陷入忧愁。"

她的话我琢磨了好长时间，我观察自己以及周围的人，发现人生的确不需要多么开心才能过活。即便一天中没有很开心的时候，也是很正常的。

我有过一个忧郁的诗人朋友。有一次大家出去玩，晚餐吃了一道特别好吃的土鸡，鸡爪很瘦，但经得起咂摸，越咂摸越香。当时大家都嫌鸡爪没肉，两只爪子都到我碗里了，我认真地啃，可能太投入，脸上的表情没收住。

诗人感叹："咋两只鸡爪让你啃得嘴巴都快咧到耳边了？"

可能我这种不自然流露出的吃货本能显得不太有见识，像八辈子没吃过鸡，让诗人有点惊讶了。

后来听别人说，那个忧郁诗人很好奇，为什么我总是很乐和，吃个鸡爪都开心。某一天诗人憋不住问我："你觉得这世界上有什么特别值得开心的事吗？"

这个问题，古人早就总结过：久旱逢甘霖、他乡遇故知、金榜题名时、洞房花烛夜。但严格意义上说，这叫大喜，或可遇不可求，或要历经千辛万苦方可得。开心不是大喜，它是每天的生活，我不太能说出特别让人开心的事，也说不出特别让人不开心的事。

开心是一种日常，一旦加上"特别"这个定语，就成了一种目标，复杂了。

所有的目标都会把生活复杂化，如果这个目标是吃穿用度、为人类做贡献，复杂就复杂吧，忍了。但如果这个目标是开心，则殊无必要。因为烦恼与开心如同我们的呼吸，花花草草都还闹点小脾气呢，人嘛，顺势而为，活得丝滑一点就挺好。

况且，人是不需要过于激昂的，跌宕起伏的情绪会彼此施与反作用力，就像荡秋千，推得越高，砸得越重。

人生万变，特别让人心潮澎湃的人与事，终究抵不过人变、情变、你变、我变。山峦总会走向平原，浪涛永远拍向海岸，大家上不了天的。

有一天晚上，朋友说她觉得自己不开心。我说："你赶紧去阳台上看看月亮，今晚的月亮特别亮，温度适宜，桂花还有最后的香气。"

过了一会儿，她发来消息："真的啊，今年的秋天真长。"我答："是啊！我最爱的几件风衣已经轮流穿了快一个月，穿得从容不迫。"

我们有一搭没一搭地聊了一会儿，淡淡地笑，淡淡地互道晚安，结束聊天前，她说要去搞明天上班要穿的衣服的搭配，免得早晨时间来不及。我想象她打开衣橱，拿出漂亮的衣服，配好挂在衣帽钩上，因为有了它们，明天变得充满希望、有所期待。

这么淡淡地忙着当下，淡淡地期待着明天，就是好时光。

最难的工作，安排在周几干最合适

此木

每一周，心情就像循环坐过山车——周一往往是沉闷的，周五就乐翻天。研究结果也证明了这一点，人的情绪会以七天为周期波动，其中周一的情绪最消极，周六的情绪最积极。问题来了，如果下周你要安排一项重要又很难的工作，需要自主安排时间完成，你会选择安排在周一、周二，还是周三、周四、周五？

心情最好的周六，当然不能安排工作，那难道是周五？除了情绪过山车，一星期里还有一些其他的小奥秘，了解这些奥秘，说不定你能事半功倍！

周一很痛苦，但也可以是黄金日

无论是学生返校还是上班族返工，从周末休闲时光离开总是令人不悦的，毕竟人本能地逃避压力追求快乐，实际上，让人痛苦的周一也可以让人很上进。

一项来自国际人力资源公司罗致恒富（Robert Half）的调查发现，有56%的人认为，一周刚开始的时候（比如周一、周二）更有工作生产力，29%的受访者认为周一是工作产出最高的一天，所以周一尽管情绪不佳，但往往更能让人专心工作。按照一天来看，近3/4的受访者认为在午餐前完成的工作最多。

为什么一周或者一天的开始会有更好的工作表现呢？可能是因为"新启动效应"（Fresh Start Effect）。人总会将希望寄托于新的开始，比如在新年时定下未来一年的目标，在季度初写下洋洋洒洒的工作计划，每一次开始都像是和过去的自己告别，重整旗鼓，以积极上进的姿态开始新的奋斗。

好的开始是成功的一半，如果你喜欢"重新做人"的感觉，不妨好好利用一下新启动效应，借着这股开始时的新鲜劲儿，在每周一拨出一块时间好好规划一番，怀着崭新的期待投入工作。

相比其他日子，周一的情绪更容易影响工作和学习的动力。一项研究调查了大学生每周的情绪和学业动力，结果发现，周一的好心情能带来更强的学业动力，周一的坏情绪也更容易让人进行自我批评。

尤其对自我要求较高的完美主义者来说，如果认为学习任务是繁重而有压力的，并且缺乏自主的动力，周一返校就会感到更加消极。相比之下，当认为自己的学习目标有趣且有意义时，周一反而是更加积极愉快的。

返校、上班有时候会让人觉得"丧丧的"，但如果能特意安排一些让自己开心的小事，告诉自己"没关系，能开始已经很不错了"，减少完美主义，寻找学习和工作的意义，能帮助你更平稳地度过周一，调动起积极情绪，也能给一周开个好头。除了周一，周二也在一周的前半段，同样是高效的一天，有一些调查甚至发现周二比周一更有生产力。这可能是因为周一花了更多时间安排规划，并且让身心开始适应工作周，周二则能保持甚至提高工作效率。所以，如果你想安排一些重要或者艰难的任务，可以试着放在周一或周二。

对管理者来说，最好不要在周一上午把员工都拉来开会——这可是员工宝贵的高效时光，拿来开会真的太可惜了。

分不清的周三、周四，还有"摆烂"的周五

痛苦的周一和愉快的周五总是给人留下深刻的印象，剩下的日子往往乱成一团。如果在周三问你"今天周几"，你大概率要多想一想，甚至一不小心就说成周二或者周四了。

一项英国的研究发现，人们更容易记错位于周中的工作日。实验中，被试者对周中（周二、周三和周四）的判断比其他日子更容易出错，即使判断正确也需要更多时间思考，其中对周三的判断需要最多反应时间，是周一和周五的两倍以上。

研究还发现对"周二""周三"和"周四"的语义联想比其他工作日少，情感唤起水平较相似，连搜索引擎出现的次数也更少。周中的日子之所以容易混淆，是因为人们对它们的内心印象是更平淡和相似的；周一和周五之所以记得更清晰，是因为它们有更丰富而独特的意义，给人更极端的感受。

在英语中，周三被称为"驼峰日"（Hump Day），因为周三就像驼峰一样，是工作日的中间阶段，驼峰日之后，大家开始逐渐"摆烂"。工作管理App "Redbooth"在2017年对应用数据进行统计时发现，从周三开始，工作完成量就逐渐下滑，工作日中周五完成的任务是最少的，仅占一周工作的16.7%，大概大家周五都在想周末要玩啥了吧。

所以重要的事情，可以尽量往前排，毕竟周三连日子都分不清，周五人们的心思早就飞到周末去了。

周一真的那么痛苦？试试情绪追踪

周一真的那么痛苦，周五真的那么开心吗？也许存在主观夸大的成分。

悉尼大学的一项研究发现，当人们预测下一周每天的情绪时，往往会低估周一和周二的情绪水平，而实际上在之后的一周里，周一周二并不会过得如他们想象的低落，其他日子也并不如他们料想的快乐。不仅他们预测时会出现偏颇，当他们回忆过去的一周时，也更容易将周一、周二的情绪评价得更低。

周一早上并不一定比其他任何一个早上都糟糕。在访谈中，许多受试者对周一在自己心中的悲观印象感到惊讶，事实上，周一也有许多快乐的事情，比如与同事分享各自的周末，而且周一的实际感受也更多地和当天发生的事情相关。

所以，尽管七天情绪周期在人群中普遍存在，但事实上每周都是不同的，情绪并不会完全按照主观预测的波动。人们对特定日子的相似感受，也很可能出于长期以来的刻板印象。与其被偏颇的情绪预期影响，不如探索属于自己的情绪周期。情绪追踪（Mood Tracking）是一个有效的方法，通过使用情绪记录App或者情绪日记，为自己创造一个空间来反思一天的进展和感受，对自己的情绪波动有更清晰的觉察。

长期的记录能发现自己的情绪变化模式，比如也许你周日晚上往往更焦虑和悲伤，或者周二下午通常心情更好。利用这些数据，可以找出这些情绪波动背后的原因，去改变或者平静地接纳。通过对自身情绪的探索，你也许会知道自己什么时候能沉浸专注，什么时候该放下工作喝杯奶茶。

羡慕别人的幸福是不幸福

我们总是会不由自主地羡慕，全身心投入羡慕当中，唯独忽视了自己。

人，都喜欢比较，结果却是"人比人气死人"。干吗要羡慕别人呢？明明自己同样是被别人羡慕的对象。想要有幸福感，不妨和自己比一比，看看自己是不是越来越好，目标是不是越来越近。你羡慕别人的幸福，那可不是幸福，自己拥有的幸福，才来得最真切。

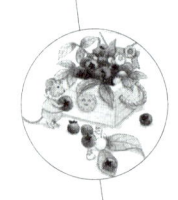

《伊索寓言》中有个关于乡下老鼠和城市老鼠的故事：城市老鼠和乡下老鼠是好朋友。一天，乡下老鼠寄了一封信给城市老鼠，信里这么写着："城市老鼠兄，如果哪天有空请到我家来玩，在这里，你可以欣赏到乡间美景，呼吸到新鲜空气，过悠闲的生活，快来吧。"

城市老鼠收到信后，高兴得跳了起来，立刻动身赶往乡下。到那里以后，乡下老鼠拿出很多大麦和小麦，放在城市老鼠面前。城市老鼠不以为然地说："你怎么能够老是过这种清贫的生活呢？住在这里，除了新鲜的空气，就什么也没有了，多乏味啊！还是到我家玩吧，我会好好款待你的。"

就这样，乡下老鼠跟着城市老鼠进城了。

乡下老鼠看到那么豪华、干净的房子，非常羡慕。一想到自己在乡下从早到晚，都在农田上奔跑，以大麦和小麦为食物，冬天还要不停地到寒冷的雪地上搜集粮食，夏天更是累得满身大汗，和城市老鼠比起来，自己实在太不幸了。

聊了一会儿，它们就爬到餐桌上开始享用美味的食物。突然，"砰"的一声，门开了，有人走进来。它们吓了一跳，飞快地躲进墙角的洞里。

乡下老鼠吓得忘了饥饿，想了一会儿，戴起帽子，对城市老鼠说："还是乡下平静的生活比较适合我。这里虽然有豪华的房子和美味的食物，但每天都紧张兮兮的，倒不如回乡下吃麦子来得快活。"说罢，乡下老鼠就离开都市回乡下去了。

这则寓言告诉我们，不同个性、习惯的老鼠，喜欢不同的生活方式，而那种"喜欢"，便是幸福。虽然人们都曾经对不同的世界感到好奇、有趣，会发自肺腑地去羡慕别人的幸福，但是，他们最后还是回归到自己所熟悉的生活环境里，这是因为，只有自己的幸福，才是真的幸福。

有这样一则故事：有一只蜗牛总是对一只青蛙有成见。有一天，忍无可忍的青蛙对蜗牛说："蜗牛先生，我是不是做错了什么得罪了你，所以你这么讨厌我？"

蜗牛说："你们青蛙有四条腿可以跳来跳去，我只能背着沉重的壳，贴着地面爬行，所以心里很不是滋味。"

青蛙说："家家都有本难念的经。你只看到我们的快乐，没有看到我们的痛苦而已。"

这时，一只巨大的老鹰突然来袭，蜗牛迅速地躲进壳里，青蛙却被老鹰一口吃掉了。

羡慕别人的幸福是不幸福，这个故事告诉了我们这样一个真实且残酷的道理。是啊！干吗去羡慕别人呢？此刻的你，不知有多少人正在羡慕呢，你从来都是幸福的，只是你不知道罢了。

羡慕别人，也许是因为我们期待完美，可是无论老天多么眷顾你，你也要眷顾你自己，用感恩的心去珍惜自己的一切，那样才会快乐。所有的承担都像硬币，有正反两面，如果你的眼睛总能看到正面，那么，你一定会获得幸福。

自由就是不再寻求认可

曾颖

我的一位侄女儿辍学了，在家"躺平"，坚决不出门，究其原因，竟是一次偶然的考试失利，让她掉到了常待的前十名之外，她怕别人看笑话，坚决不再去上学，并且拒绝一切心理医生和救助，令父母和亲人痛心不已，又无能为力。

这样的悲哀场景，在青少年中并不少见。被别人的看法困住的孩子们，随处可见。有的孩子，甚至因为别人对自己做出不能接受的评价，而过激地做出无以挽回的行为。

荷兰著名心灵治疗师罗伊·马丁纳针对这种状况，说过这么一段话："我生命里最大的突破之一，就是不再为别人对我的看法而担忧。此后，我真的能自由地去做我认为对自己最好的事。只有在我们不需要外来的赞许时，才会变得自由。"心理学家阿尔弗雷德·阿德勒也有过相似的表述："太在意别人的视线和评价，才会不断寻求别人的认可。"对认可的追求，扼杀了自由。由于不想被任何人讨厌，才选择了不自由的生活方式。换言之，自由就是不再寻求认可。

只要你还在担心别人会怎么看你，他们就能奴役你；只有你再也不从自身之外寻求肯定，才能成为自己的主人。

不要太在意那些无关紧要的人的意见和眼神，被那些毫不相干的人影响甚至左右，是一件极度愚蠢的事情。我的一位女性朋友，离婚两个月不敢出门，害怕别人的眼光和闲话。殊不知，等她再出门时，人们对她自以为惊天动地的经历，竟完全没有感觉。

我们对别人与别人对我们的看法，真的没想象的那么重要。

人活着,要多一点"品相"

一直很喜欢木心先生的一句话:人生在世,需要一点儿高于柴米油盐的品相。

也许人在吃不上饭时,温饱成了生活的全部重心和焦点。可是一旦物质上得到了基本的满足,人就会不自觉地变得诗意起来,总是渴望活得更有质感和厚度。

其实人类社会的发展,不仅需要经济、科技和天文知识等的支撑,也需要诗歌、音乐和艺术聊以慰藉。前者便利了人的生存,而后者才真正让人活得更像人。

我曾看过一篇文章:1942年5月的一天凌晨,反法西斯战争进入最艰难的时刻,德军的铁蹄踏碎了巴黎人的梦境。在侵略军进城的当天夜里,一个名叫洛希亚的卖花女悄悄起身,开始了一项不起眼的工作。第二天清晨,凯旋门广场周围大部分人家都收到了一束玫瑰,里面附着一张字条:"明天上街请怀抱鲜花……"

那天早晨,驻扎在香榭丽舍大道的侵略者突然发现,在街上迎接他们的不是"箪食壶浆,以迎王师"的卖国者,也没有挺着脖子高呼口号的抗议者。

在巴黎街头,德国军人见到了大批手捧鲜花的女子。她们满面笑容,充满自信与对生活的热爱。那一束束玫瑰,充满对占领者的嘲弄和不屑。

多少年后,当战争的硝烟不再,当历史的残酷记忆逐渐在我们脑海里褪色,洛希亚这个名字仍然屡屡被人们提起。因为这件事,很多人称其为"巴黎的玫瑰"。诗、玫瑰、爱情、信仰、悲悯、公平与正义,以及更多美好的东西,其实是人类共有的价值观念。

你可以肆意踩躏一块土地,却无法阻止这土地上的人们对美好生活的追求;你可以从肉体上消灭一群人,却无法铲除他们对美的信仰与热爱。无论哪个民族,只要生活的勇气与自信还在,就不能说已经被征服。

巴黎这座战败的城市,因为一束束玫瑰,赢得了应有的尊严。野心家的大炮与枪管可以摧毁世界上最坚固的工事,却无法将一座城市的信念连根拔起。

其实每个人的内心深处,都有对善、对美、对远方的向往,而许多时候,拯救我们心灵的,往往是那些看起来不值一提,却会在重要时刻,给我们力量和勇气的追求、希望和品相。

如果一个人的眼里只有金钱、权势和地位,那么他是很可怜的,因为他的内心,并没有花的芳香、诗的飘逸、音乐的柔软。他只拥有一个看似强大的外壳,里面空无一物。

而如果一个人,即便面临疾风骤雨,也能有"心有猛虎,细嗅蔷薇"的觉知,也能感受到贝多芬交响曲里,那最强烈也最温柔的曲调,也能在《安娜·卡列尼娜》中,看懂人性里那最深情也最绝情的一面,那么他自始至终,都会活得饱满和有趣。

每个人来到这个世界上,除了要生存,更需要生活。也许生存显得很狼狈、寒酸,甚至是可怜,但生活是那般美好、令人喜悦,让人无比动容。

一个人光填饱肚子是不够的,他还需要一点儿高于柴米油盐的品相,来对抗普通生活中无法摆脱的琐碎、无聊和庸常。

保持好心情的几条锦囊妙计

人生不如意事常八九。在小时候不会这样觉得，也不愿相信事情竟是这样的，可是有了点年纪之后，就会认可这一说法。可能是由于身体状况大不如前，也可能是由于阅历增多。

既然如此，怎样才能在人生中时常保持好心情呢？这也是我在静修中常常思考的一个问题。想来想去，想出以下几条锦囊妙计，若依计而行，必有奇效。

第一，在涉及空间的问题上，想大比想小要好。想得越小，心情越坏；想得越大，心情越好。比如，想北京就比想朝阳区好；想中国又比想北京好；想世界又比想中国好；想宇宙又比想世界好。在自己心情郁闷的时候，就往世界宇宙那儿想一想，想想自己的渺小和生命的偶然，就会豁然开朗，觉得没有什么事情值得郁闷了。

第二，在涉及时间的问题上，想远比想近要好。想得越近，心情越坏；想得越远，心情越好。比如，想一个星期就比想今天好；想一个月又比想一个星期好；想一年又比想一个月好；想一辈子又比想一年好；想几千年又比想一个世纪好；想几亿年又比想几千年好。在不快乐的时候，就往几年以前或者几年以后、一辈子或者几亿年想一想，想想自己只有这短短几十年可活，与其活得这么郁闷，不如放松心情，高高兴兴地过完这几万个日子。

第三，在涉及做事的问题上，想目的比想手段要好。想如何去做心情不好；想为什么去做心情才会好。比如，想为什么挣钱就比想如何去挣钱好；想为什么评教授就比想如何去评教授好；想为什么要出名就比想如何出名好；想为什么活着就比想如何活着要好。在不快乐的时候，就想想自己所做的一切事情都是为什么做的，想想自己活着是为了快乐而不是为了吃苦受罪，于是只做那些给自己带来快乐的事情，放下那些给自己带来痛苦和折磨的事情，心情自然会好一些。

第四，在涉及别人的问题上，想喜欢的人比想讨厌的人要好。想自己讨厌的人时心情不好；想自己喜欢的人时心情才会好。比如，想父母就比想领导好；想朋友就比想同事好；想爱人就比想仇人好。在不快乐的时候，想那些爱自己的人、喜欢自己的人；想想那些自己爱的人，自己喜欢的人。想想他们是多么可亲可爱，他们对自己又是多么好，而不是去想那些讨厌自己的人或者自己讨厌的人，这样心情就能开朗起来，愉快起来。

第五，在涉及自己的问题上，想优点比想缺点要好。想自己的缺点心情会坏；想自己的优点心情会好。比如，如果自己长得漂亮，就想上帝真是眷顾我，把我生得这么美；如果自己聪明，就想别人用一个小时才想明白的事我怎么几分钟就懂了，我真高兴；如果自己长寿，就想别人才活八十多岁，我竟然活到一百岁了，我真幸运。这样，即使自己不漂亮，不聪明，官不够大，钱不够多，名气不够大，可还有些比别人强的地方，这样想之后，心情兴许就会好些。

虽然人生不如意事常八九，但是只要常常像这样来调适自己，就一定能够保持好心情。即使有人说这不过是阿Q的精神胜利法，我也宁愿这样去做，毕竟还是要强过闷闷不乐地度过一生的。

无须成本的幸福

我觉得世人大体可以分为三种：A.投入成本追求不幸的；B.投入成本追求幸福的；C.不投入成本而获得幸福的。A似乎危言耸听，但其实每天都活跃在我们周围，堪称一个团体中生命力最顽强的因子。如钩心斗角、尔虞我诈、争名夺利、损人利己的内耗即是一个显例和常例。绞尽脑汁、费尽心机、耍尽手段，成本不可谓不高，代价不可谓不大，到头来却使自己的灵魂背负沉重的十字架匍匐在凄风苦雨之中，非不幸而何？B最容易理解。苦读拿文凭、贷款买房子、攒钱讨老婆等不胜枚举。C则似乎有悖于常识常理。不付出代价哪有成功？不投入成本哪有产出？不耕耘何来收获呢？休说幸福，一个馍馍少一分钱都休想拿走。然而事情就是这样奇妙：没钱固然得不到馍馍，但未必得不到幸福。换言之，幸福可以无须成本，可以不劳而获。

切身体会到这一点，是几年前一次因病住院的时候。那时我还在广州一所大学工作，因腿部要做个手术住进医院。当时已多少有了一点虚名，护士当中甚至有自己的读者，加之住的是本校医学院的附属医院，医生也认识，大家都很关照。但痛苦无论如何只能由自己承受：手术后须以同一姿势卧床不动，撤掉枕头，两脚垫高，而双腿又用绷带左一道右一道缠得如大象腿一般粗，连翻身都不可能，就那样直挺挺仰卧在床上，活像木乃伊。躺一会儿倒也罢了，问题是要躺三四天。时值盛夏，窗外骄阳似火，在房间里躺得我浑身冒火。真是越躺越难受，算是领教了头低脚高、久卧不动是何等残酷的刑罚。以致每次听到收废品的吆喝声传来，我都打心眼儿里羡慕平时讨厌的收废品的人：至少他们可以用两条腿在地上自由行走，可以看到白云蓝天，可以听到鸟鸣，而那是多么幸福啊！我宁可不当什么教授、什么翻译家，而去做一个能够随心所欲走街串巷的废品收购者。

后来我又遭遇了一场痛苦，一场远远大于住院时肉体痛苦的刻骨铭心的精神痛苦。一时间，汹涌袭来的近乎暴力的痛苦掏空了我的五脏六腑，掏空了我的心智，掏空了我的话语，使我久久处于半虚脱状态。

但最终我至少还是稀释了痛苦——一日黄昏时分，当我再次裹着萧瑟的秋风在荒凉的山路上踽踽独行时，忽然记起了那次住院时的体验，旋即一缕绚丽的阳光泻进我阴暗凄冷的心田：至少我可以用两条腿在地上自由行走，可以看到蓝天白云，可以听到鸟鸣，而又不需要我付出代价，无须任何成本，这不是很幸福吗？我还需求什么呢？为什么还不知足呢？

从那以后，我开始分外留意日常生活中的寻常景物，或者一些寻常景物给了我不寻常的感受。

哪怕草地上翩飞的一只白粉蝶、树枝上颤立的一对红脑袋蜻蜓，哪怕路旁一簇不知名的野花、随风飘落的一片淡黄色的树叶，都会带给我鲜活纯净的生命体验，带给我难以言喻的喜悦，带给我宇宙的关怀和慈爱。

我的心头因之涌起静谧而深切的幸福感，由衷地觉得自己的确非常幸运非常幸福。同时使我看淡了一些事情，少了若干烦恼。原因很简单：既然无须成本的幸福就在身边，何必去追求需要成本的不幸呢？

先完成，再完美

我曾经在电影院见过一对夫妻，丈夫居然带着旅行箱看电影。

电影放映到三分之二处，丈夫起身拖着箱子离开，摸摸妻子的头发，很亲昵。

我很诧异。

电影散场，灯亮起来，很巧，妻子认出我，她看过我的书，我问："你先生有事先离开了是吗？"

妻子说："是啊，他在外地工作，我们异地很多年，我特别喜欢看电影，他每次都陪我看一会儿再去机场。"

我问："只看半场会遗憾吗？"

妻子说："我会把接下来的剧情告诉他呀，这样我们又多了一个话题呢。他回家时间少，家事又很多，老人孩子都要照顾，就算我俩只看了一半电影，也是彼此陪伴，总比连一半都没看强吧。生活就是这样，老想着完美答案，就没有答案，老想着完美，就不会去动手完成了。"

我被她的话触动，因为我经常用"完美主义"作为理由，不去做一些事。比如太忙了，那就不给爸妈打电话，时间不够干脆不联系；比如一项工作，我要等到万事俱备，才动手去做，于是一拖再拖，不了了之。

假如别人看"半场电影"都觉得幸福，我为什么不能"先完成，再完美"呢？

从那以后，我凡事想得少但做得多，即便没准备好，也边做边调整，很多事情都发生了转机。其实做事就应当先完成，再完美。在完成的过程中全情投入，一丝不苟，慢慢地，在过程中也能实现完美。维纳斯的雕像那么美，也是先有了姿态，而后精雕细琢。

在阴晴圆缺的生活中，在几乎不存在完美的世界里，活出属于自己的圆满，是一种本领。

我们最大的痛苦，就是认为自己不该痛苦

我很喜欢看动物系列的纪录片，印象很深的是《阿尔卑斯山求生记》的一集里，猎豹在陡峭的山坡上伏击岩羊，它先长时间趴在雪地里埋伏，然后用尽全身力气一跃而起，抱住岩羊一起滚下山坡，被石头碰，被树枝戳，眼看岩羊已经奄奄一息，侧前方忽然出现了一条裂缝，下面就是不见底的深渊，猎豹只得松嘴，看着到口的猎物滚下悬崖。

毫不夸张的，那一瞬间我在猎豹脸上看到了懊恼，它懊恼地在裂缝边转了好几圈，但很快就又打起了精神，在岩羊群里寻觅下一个目标。

它不会抱怨老天爷为什么如此不公，命运为何如此弄人，自己为何如此倒霉，它只是心平气和地接受了发生在自己身上的一切。

比起猎豹的果决，人类跟痛苦的痴缠是多么复杂又黏糊——快乐的时候我们害怕痛苦，痛苦来临的时候总想着尽快赶走它，赶走了之后又总是忍不住寻找它留下的残影，我们明明最讨厌痛苦啊，却总是花了最多的时间与它纠缠不清。

意识的力量那样强大，我们给予一件事的关注越多，它所带来的感觉就会越强烈。痛苦作为一种客体，原本可能只是一闪而过的念头，但随着我们对它投入的意识越来越强，它就会被注入更多能量，一步步占据所有的注意力，甚至成为我们整个生命的中心。

而"不痛苦"的答案也比想象的简单——

接受情绪是努力不可及、能力不可控的东西，它会发生，自己有时会被它打败，但它也会过去，哪怕你什么也没做，它也一定会离开，跟快乐一样，跟幸福一样，跟所有我们孜孜以求的"积极情绪"一样会离你而去。

它们都是水，但你不是容器，你只是导管，所以不必试图留住它们中的任何一种。

一半一半，就是圆满

友谊
一半是牵挂，一半是忘记

清代诗人厉鹗《赠友人》一诗中写道：相见亦无事，别后常忆君。朋友不一定要经常联系，但肯定不会忘记对方。偶尔想起对方，心中还是会泛起一丝丝牵挂。无事时互相惦记，才是真朋友。有些人，虽然也叫朋友，但是惯于趋炎附势，捧高踩低。你以为他是崖畔一枝花，其实不过是人海一粒渣，这样的朋友都是人生过客，忘了最好。朋友无须太多，二三知己，远胜万千泛泛之交。

工作
一半是运气，一半是努力

稻盛和夫说，要想拥有一个充实的人生，你只有两种选择：一种是"从事自己喜欢的工作"，另一种则是"让自己喜欢上工作"。每个人大多数时间都是在工作，工作不仅是养家糊口的保障，也是磨炼意志，走向更好人生的台阶。只为薪水工作的人，工作永远陷入平庸之中。工作，就是越做越会工作，越会工作越有机遇。你只管努力，努力到老天爷都要帮助你，这样结果总不会差。

幸福
一半是争取，一半是随缘

林语堂说："名字半隐半显，经济适度宽裕，生活逍遥自在，而不完全无忧无虑的那个时候，人类的精神才是最为快乐的。"幸福是什么？幸福看似虚无缥缈，实则触手可及。当你渴了的时候，有口水喝，不去羡慕别人的功能饮料；当你饿了的时候，有口饭吃，不去嘴馋别人的山珍海味。这就是幸福。面带微笑，努力争取，尽人事听天命，便会幸福。可如果你连桌上的饭都不肯伸手去拿，还要等着别人喂你，那又有什么幸福可言呢？

梦想
一半是勇气，一半是幻觉

苏格拉底说，世界上最快乐的事情，莫过于为了梦想而奋斗。人活在世上，举步维艰，多少人经不起尘世淬炼，走着走着就忘了初衷。每一个人，都应该播下一颗梦想的种子。梦想，永远在远方，或隐或现，也许一辈子都难以实现。就像那天空中的雄鹰，因为对蓝天的渴望，雄鹰才搏击长空，虽然穷极一生，雄鹰也飞不到蓝天之上。但梦想的意义，在于勇敢走出第一步，为梦想付出行动，而不是干望着梦想，整日做白日梦，虚度时光。

人生
一半是糊涂，一半是明白

郑板桥说，聪明难，糊涂尤难，由聪明而转入糊涂更难。放一着，退一步，当下安心，非图后来报也。在尘世的历练中，我们总是在糊涂中明白一些道理，明白后又糊涂地看待一些事情。明白存心中，糊涂过人生。在明白中糊涂，在糊涂中明白，这是一种智慧的人生态度。明白其中道理，学会释然，人生处处是风景。杭州灵隐寺有一副对联：人生哪能多如意，万事只求半称心。半，是人生的大智慧。往后余生，不求面面俱到，事事周全，花看半开，酒饮微醺，一半一半，就是圆满。

年轻人最新旅游方式：去农村吃大席

阿联

深谙旅行之道的年轻人都知道，你要找的正宗美食不在"网红"打卡地，更不在味道逐渐流水线化的本地餐馆里。你面前的这顿席，就是当地风土民俗最集中的展演。你的舌头比起双脚，更能体会到什么叫当地。

"不管是红白喜丧还是满月酒，也不管跟主人熟不熟，只要随了份子，来的都是客。"

一场合格的大席，必然是汇集了当地美食之精华。北方大席吃碳水，东南沿海酒席尝海鲜。据说，有的大席菜不仅属于流水席师傅的独门绝技，比外面馆子里的还好吃；而有的传说中的菜色，因为做法复杂，一般饭店不卖，只有大席上才有。

在大城市，可能你花上2000块还吃不上一只烤全羊；在大席现场，随200块的份子钱，就能吃到当地顶配的生猛大宴。也只有在大席上，你才有机会跟本地人一起坐下来，用一顿饭的时间彼此交交心。而当老乡把红色塑料袋拿出来准备整桌打包时，你就知道——这顿席，从人文上来说，也是正宗的了。为了吃上席，年轻人可谓无所不用其极。有的人不请自来，就算男方女方谁也不认识，只要出了份子钱，坐下就是埋头干饭。有的人不惜从国外打飞的回老家，就为了吃上发小的席。别人问，这得是多大情分啊。我说："你们不懂，这可是广东的村席。"

曾经，吃席是年轻人同人情世故的初次交手，百般推辞但不得不去。而今，长大了的年轻人却开始追着大席跑——别处的大席不只是大席，是当今最流行的深度游。

"年少不知吃席好。"在别人家的大席上，年轻人仿佛找到了自己的精神原乡。

1

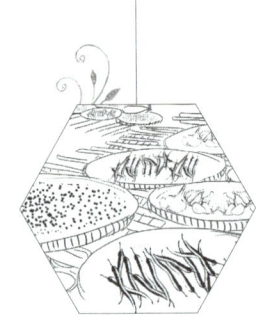

在地方大席上，最能代表当地特色的硬菜绝不会失约。在北方大席上吃面食和肘子，在南方大席上吃龙虾和鲍鱼。懂行的网友瞥一眼大席上的几道菜，就能立马说出你所在的城市坐标，比导航还准。吃上几口大席菜你便会感叹，"网红"餐厅里的菜是精致，但远不如大席菜这般有锅气。"大席，才是舌尖上的中国。"要知道，一位走街串巷的村厨，或许比米其林大厨更懂你对"正宗"的需求。

旅居大理的小嫒，今年就碰上了一次白族人的乔迁宴，"大席上是大理特色菜品，酸辣鱼、炸乳扇、千张肉、米糕，还有最有民俗味的'白族八大碗'"。席上的菜品大多是就地取材的。"柴火配大铁锅的传统做法，菜是田里才长好的，鱼是河里新钓上来的。猪是现杀的，在砖头垒的土灶上柴火慢炖，大火蒸制。千张肉的灵魂，是盖在五花肉下面的大理本地高原土豆。"不少菜品的口味，是比外面的菜馆更具本地风味的存在。"乳扇是专门定做的，油炸到起泡酥脆，口中只有奶香，没有从菜市场上买的那股子腥气味。酸辣鱼的味道很特别，在两个人一起才能抬起的大铁锅中，所有鲫鱼头冲外，尾在锅中心，摆成发散式，橙红色的汤汁没过鱼身，咕嘟咕嘟地冒着泡。香辣咸鲜，比饭馆里的好吃多了！"

而这些正宗的佳肴，只有当地人才能以最便宜的方式获得。原材料就打下价格差，从源头保证了每桌席的极致性价比。在以实惠著称的山东，260块一桌的餐标，就能吃到"12盘8碗"共20道菜的大席标配，还包含一只4斤多的大肘子。看村厨用尽臂力用大铲子搅菜，以大水勺盛菜，你就知道——这桌以量示人的大席，绝不会让你亏着出门。

在浙江农村的大席上，看上去价值不菲的海鲜，就随意地放在不锈钢的大脸盆里，在路边等待下锅。"帮厨的一个阿姨说，这盆鱼翅就快8万块。"而还在桌上爬行的数十只比手臂还粗的大龙虾，则让大城市来的年轻人不敢估价。"这些龙虾，在北京怎么不得卖二三十万元？"

临走时，看看人手一个的燕窝，再想想自己随的200块份子钱，"这可太值了啊"。

"在我们广西乡下，随50块就能吃到这么多菜了，有时候还是全家齐上阵。"在一些大席上，不仅不用给份子钱，主人家还给客人送礼。"人手一包黄金叶，等于我们去吃婚宴没随礼还拿了两包价值100块的香烟。"

据说，专业的大席厨师，在当地都是颇有名望的人物。不仅做饭地道，下得苦活，也能根据主家的经济状况来做席，丰俭由人。既保证了主人家的面子，也能让宾客们吃好喝好，"这都是几十年才能练出来的本事"。

2

在旅游博主的视频里，你最羡慕的，不是他们花高价买到的奢华服务。而是他们总有门道，以最低的价格吃到最地道的美食，还顺便和当地人打成一片。

对普通游客来说，吃席，则成为他们为数不多的深入途径。一顿饭下来，你就能领略一回当地的民俗风情。

参加过一次四川村席的小喜，很难不被当地人的那种松弛所感染。"赶上村里有人过生日，全村人包括外来的客人都要去吃席。划拳能从中午玩到晚上，吃完了中午就打麻将，打完麻将晚上接着吃。都是非常实在的各种肉，咸烧白、回锅肉、拌土鸡等，非常美味。"

阿木曾在云南某个小镇路过一家刚办完大席的酒店。"他们会把没动过的大席菜打包，以极低的价格卖给路人，既避免了浪费也分享了喜悦。"看过太多只动了一半，剩下的就倒入泔水桶的大席，阿木觉得自己的价值观简直得到了某种重塑。

东北人性格豪爽，吃席也必须麻利。台上司仪话还没讲完，邻桌的阿姨已经开始打包。"从开席到清场，不到1个小时流程全走完。"

而在广东，宴席上的菜名，多包含大富大贵之意。吃了席，也抱回了吉祥的好兆头。

福建的一些主人家摆酒席不但不收礼金，还会倒给宾客发红包，"只要人来了就是给面子"！

这小小的一桌席，正是浓缩版的当地风俗民情，是在打卡式旅游与沉浸式体验之间，找到的一个绝佳平衡。不过两个小时，你就能通过这桌席，把每个地方对人对事的不同态度，摸个大概。

3

吃席爱好者小张就向我感叹："通过短暂围观别人的生活，体会不一样的生活观念，看到另外一群人的焦虑感和幸福感。仔细想想，这不才是出去旅行最想得到的东西吗？"

一个家庭的"松弛感",需要三次放下

家,是一个有温度的词。因为在这里,你不必时时绷着弦,也不必事事较着劲,更不必常常比胜负。你感到自己是无条件被接纳的,被包容的,被支持的。养成这样松弛的家庭氛围,需要三次放下。

1.放下过高的期待

《心灵奇旅》里有一句话:"不是每一个孩子都能成功,但拥有火花的孩子一定会闪闪发光。"每个孩子来到这个世界,都带着各自的火花。但在犹如真空般紧张的家庭中,孩子们根本无法点燃自己。

著名思想家梁启超先生,一生共养育了九个子女,被称为"一门三院士,九子皆才俊"。但他们的优秀并非"逼"出来的,反而是"松"出来的。

有一次,梁启超的二女儿梁思庄,因考试成绩不理想而难过。梁启超得知后,不仅没有责备,反而写信安慰道:"庄庄,成绩如此,我很满足了,能在三十七人中考到第十六名,真不简单了。"在松弛的教育环境下,他的每一个孩子都找到了各自的长处,发挥了各自的才华,成就了各自的人生。

《家庭的觉醒》里有一段话:"如果父母关注过程而非结果,孩子就会响应自身的呼唤,抒发自身的渴望;他们不会为了成功而成功,而会努力追求有意义的生活。"每个孩子,都有自己的人生路。与其给他们施加过大的压力,不如让他们尽自己最大的努力。

有位知名作家的儿子,曾因数学考得不好,被老师点名批评。儿子回到家里,被妻子一顿臭骂。这位作家赶紧把妻子拉到厨房问道:"你原来读书的时候,数学有没有很好啊?"妻子想了想回答说:"很烂!"这位作家说:"我的也很烂!大学联考才考了10分。"然后这位作家和妻子达成了一个共识,父母都做不到的事情,就不要为难孩子了。后来他们放下了焦虑,儿子的数学成绩有了显著的提高。

《自我觉醒》中有一句话:"父母对孩子的苛责,伤人的态度,以及不合理的期待,都会内化在孩子的自尊感中,从而形成一套反自我的内在声音。"

许多时刻,父母的皮筋拉得越紧,孩子就越容易反弹。

越想要竹子冒尖,越要给它足够的空间。

在松弛的教育土壤中,种子才能更好地成长。

2. 放下过多的责备

电影《万箭穿心》中，李宝莉和马学武是一对夫妻。

李宝莉仗着自己是城里人又长得漂亮，对农村出身的丈夫各种瞧不起。

在一次搬家的过程中，李宝莉因为一点小事和搬家工人吵了起来，性格温和的马学武见状赶紧过来打圆场，给工人们发了烟。

没想到，李宝莉一把抢过他手里的烟，恶狠狠地骂道："我是出了钱的，他们就该好好给我干活。茶不是钱？烟不是钱？你真是生得贱！"

长期生活在压抑的家庭氛围中，马学武没有一丝喘息的机会。忍无可忍的他，在提出离婚无果后，最后以死来证明自己终于"赢"过了妻子的压迫。

一段好的关系，是令人放松的。

因为家庭不是战场，伴侣也不是敌人。

责备只会让彼此都感到压抑和窒息，去包容对方的缺点，彼此才能相处得更舒服点。

3. 放下无谓的攀比

知乎上曾有一个话题：家里兄弟姐妹众多，如何做到和睦？

最高赞的回答只有五个字：别攀比就好。

在电视剧《小舍得》中，南俪和田雨岚是重组家庭的姐妹。

在一次家庭聚餐中，两人暗地里互相较劲。

田雨岚炫耀儿子考了年级第八名，有机会进入名校班，还在儿子吃水果时，考他的英语单词，甚至让儿子当众背圆周率。

南俪拿出了女儿参加唱歌比赛得到的奖杯，还挖苦道："我们家孩子就是没有那种匮乏感，几代人不用攀附谁，打根儿上就没有那种急火火的意识。"

最终这顿团圆饭，因两人闹得不欢而散。

很多兄弟姐妹之间的感情，生在童年，但死在成年。

小时候希望兄弟姐妹好，长大后希望比兄弟姐妹好。

当彼此的关系越对立时，相处起来就越较劲。

导演姜文和姜武，是一对同母异父的兄弟。

受到哥哥姜文的影响，姜武也从小痴迷表演，也考上了北京电影学院。在他毕业后，姜文帮弟弟拉了不少资源和好戏。

可即便姜武再怎么努力演戏，在每次接受采访时，记者最关心的还是名气比他大的姜文。

后来姜武抱怨道："我真想改名字，这样别人就不会想起我是姜文的弟弟了。哥哥太优秀了，我完全没有了存在感。"

姜文听说后，真诚地对弟弟说，不要因为无关紧要的名利，让兄弟间的感情受到影响。

后来姜武终于解开心结，两人关系很好，一直互相帮衬。

经济学家薛兆丰曾说过一段话："在所有亲情关系中，兄弟姐妹是互相陪伴，互相扶持时间最长的，这是父母给孩子的一份礼物，一份厚礼。"

在这个世界上，也许名利可以比，但亲情经不起攀比。

外人才会面对面互相比较，亲人只会肩并肩相互依靠。

当你见不得兄弟姐妹好时，彼此的关系也很难好。

越肯放下你的好胜心，才会越靠近对方的心。

4. 家是永远的港湾

家，不是战场，不需要摇旗呐喊，论谁胜败；家，不是棋盘，不需要小心翼翼，处处提防。

收起期待，放下责备，舍弃攀比。

一个人才能卸下一切防备，收获温暖的治愈。

一个家才能承受世间的风雨，撑起一片港湾。

"00后"旅行新趋势

吴雨珊

过去,人们旅游去吉林大多是为了欣赏被白雪覆盖的长白山,穿越西藏看看距离天空最近的布达拉宫,在四川九寨沟一睹五彩仙境,到湖南张家界体会大自然的鬼斧神工……而近年来,看传统景区景点、"去远方"已不再是年轻人唯一的出门主张。除了音乐节,电竞比赛、话剧、博物馆展览、美术展,甚至是一款城市独家剧本杀都可以成为旅行的驱动力。

"00后"偏爱"兴趣向"旅行

据中国青年报官方微博推出的小调查显示,受访者中,因城市风景、地标景点去一座城市旅游的人数占比54%,与因美食、音乐节、美术展等去一座城市旅游的人数很接近。而在后者中,"00后"所占比例明显高于"90后"。选择因城市限定剧本杀、密室逃脱等去旅游的受访者中,七成以上为"00后";选择音乐节、演唱会的人中,"00后"超过半数。以兴趣爱好为导向,当代年轻人的旅行玩法正变得越来越多元。

"以兴趣爱好为驱动力,催生多元化的旅行玩法,体现了年轻人更聚焦、更细分、更回归休闲消费本质的特征。"北京第二外国语学院教授、首都文化和旅游发展研究院执行院长厉新建认为,以往很多旅行中,无论是供给端还是需求端,都是将景点作为直接的消费对象,而实际上,真正的消费对象,即真正的产品应该是人们对这个景区的玩法,同样的景区可以有不同的玩法。

"一个景区如此,一个城市也是如此。不仅景区景点是消费对象,城市里的展览、演唱会、美食都可以成为消费对象,这些其实就是'城市的玩法'。"厉新建说。大到一个旅游目的地,小到一个景区,恐怕都得慢慢适应"玩法就是内容,玩家就是生产力"的发展趋势。在这个过程中,谁适应得快,谁就发展得快,就转型升级得快。

"文博游"终于火了

现在,"文博游"在大学生群体中空前火热,无论是极具特色的策展图片在社交平台的推广,还是精美的创意文创产品在朋友圈等私域空间的转发分享,都能在短时间内大大提高对年轻人的吸引力。刚从北京看完敦煌艺术展回到天津的"00后"黄希雅告诉笔者:"最近,身边很多同学都因为想去体验这种文化艺术类型的展览专门去一座城市,在游玩的过程中也会感受到这座城市的气质,回来还会向我们推荐!"

每座城市都有属于自己的气息和魅力

如何让独有的历史、文化内涵得到更广的传播是重点。"傲骨幽香"双梅展带火了北京颐和园西部景区，日均游客量达1万人次，外地游客在拍照打卡之余，也会游览首都，感受浓郁的中国传统文化气息；一年一度的乌镇戏剧节，让全国乃至世界耳闻这座富有浓厚文化底蕴的历史文化古镇，无数戏剧发烧友不远万里到此，沉浸式体验艺术氛围。

如今，丰富多彩的活动点燃了一座座城市的热情，年轻人络绎不绝地到来，为它们打造了一张张传播"金名片"，也带动了包括旅游业在内的各行各业的发展。"多元玩法对城市旅游业以及周边行业而言，就是增加了更多城市供给要素，并推动了行业资源被整合进'旅游+'的进程，通过旅游流量的串联能力，更多的行业可以跨界进入旅游消费循环中。"厉新建说，这也意味着并不是每个城市都必须有旅游资源才能吸引游客、发展旅游经济，只要这个城市能够找到吸引消费者尤其是吸引年轻消费人群的旅游资源，它就能在浩浩荡荡的旅游消费大潮中找到自己的机会。

厉新建认为，会有越来越多的城市和目的地认识到，在发展旅游经济的进程中，对资源禀赋的概念也必须迭代更新，固守传统的旅游资源的概念将会让自己失去创新求变的发展机会。创新并不一定就是无中生有，创新也可以是旧的元素新的组合，任何一座城市都有机会通过重组资源、创新玩法寻找到新的突破口。

多元玩法催生旅行新社交

新闻专业本科生才琪几天前从保定出发，到济南去看《红楼梦》舞台剧。她平时喜欢听音乐会、看舞台剧，经常跟着不同的演出"走南闯北"。"我很喜欢看剧，也很喜欢旅游，如果可以去一个没去过的城市看剧顺便旅游，真的会让人很期待很开心！"

2021年5月的一个周五，才琪为了追"爱豆"跨界主演的话剧《情书》，独自从保定到西安和老朋友及新朋友们会合。此前，才琪通过社交平台结识了不少同样喜欢看舞台剧的同龄人，由于兴趣相投，彼此特别聊得来，平时也会保持联系。每当有感兴趣的演出，她们会约着邻近城市的朋友们一起去看，再在这座城市里转转。那次去西安，才琪就约上了"旧识"和初次见面的新朋友，白天爬城墙、逛博物馆、打卡美食，晚上看剧。

线上志同道合的网友，因为一次旅行，发展成线下的好朋友，破除了传统社交方式的限制。生活中，人们往往难以在已有的好友圈里找到和自己有着相同小众圈层爱好的人，因此，越来越多的Z世代通过看展、追演唱会、逛博物馆等兴趣爱好拓展社交圈，构建新的人际关系。他们来自天南地北，因为共有的热爱产生共鸣，说走就走，相聚在一座陌生的城市，边看剧边交流体验，边分享故事边缓解现实压力。在新朋友面前，每个人能卸下重担，纯粹地表达自我、展现个性与热爱，而无关现实纷繁利益。这场短途旅行，似乎成为他们逃离焦虑，可以短暂歇歇脚的"乌托邦"。

"在日常生活中，旅游消费也是一种非常重要的社交货币，具有突出的社交价值。旅游本身也是一个非常重要的社交过程，人们在旅游的过程中会结识形形色色的人。旅游的过程就是人与人交往的过程，无论是旅游者与当地居民之间，还是旅游者与旅游者之间，都无时无刻不是处于社交之中。"厉新建表示，对那些以兴趣爱好为导向的旅游而言，志同道合、志趣相投的旅游者更容易有共同的话语，也更容易深入交流，成为朋友。

"重视社交性正在成为旅游消费的重要趋势，城市也好、景区也罢，都能在满足社交需求、增强社交供给的过程中，通过社交氛围的营造、社交空间的构建、社交条件的创造找到新的商机和新的经济增长点。"厉新建说。

爱的重要性

威廉·詹姆斯在《心理学原理》中写道:"如果可行,对一个人最残忍的惩罚莫过于此:给他自由,让他在社会上逍游,却又视之如无物,完全不给他丝毫的关注。当他出现时,其他的人甚至都不愿稍稍侧身示意;当他讲话时,无人回应,也无人在意他的任何举止。如果我们周围每个人见到我们时都视若无睹,忽略我们的存在,要不了多久,我们心里就会充满愤怒,感觉到一种强烈而又莫名的绝望。相对于这种折磨,残酷的体罚将变成一种解脱。"

爱之缺乏如何影响我们?为什么被人漠视让我们如此"愤怒""绝望",乃至最残酷的体罚对我们来说都是一种解脱?

他人对我们的关注之所以如此重要,主要原因便在于人类对自身价值的判断有一种与生俱来的不确定性——我们对自己的认识在很大程度上取决于他人对我们的看法。我们的自我感觉和自我认同完全受制于周围的人对我们的评价。如果我们讲出的笑话让他们开怀,我们就对自己逗笑的能力充满自信;如果我们受到他人的赞扬,我们就会开始留意自己的优点。反之,如果我们进了一间屋子,人们甚至不屑于瞥上我们一眼,或者当我们告诉他们我们的职业时,他们马上表现出不耐烦,我们很可能会对自己产生怀疑,觉得自己一无是处。

当然,在一个理想世界中,我们可能更坚强一些。我们会固守自己的底线,不管别人是否在意我们,也不会顾虑别人的臧否。可能有人曲意奉承我们,但我们并不因此而自鸣得意;同样,只要我们对自身有清醒的认识,清楚自身价值之所在,他人不公允的看待也不会伤及我们,因为我们清楚自己的地位和境遇。然而,我们对自己的特性和品质的认识总是在一些相互矛盾的评价中飘忽不定。一会儿觉得自己聪明机巧、幽默风趣、一言九鼎,一会儿又觉得自己蠢笨如牛、了无情趣、一文不值,在这种摇摆不定的情状下,我们对自身价值的判断完全受制于社会的态度——若得褒扬,我们就会感觉良好;反之,则痛不欲生。仿佛我们对他人的情感负有亏欠似的。

我们的"自我"或自我认知可以用一只漏气的气球来打比方——任何时候,我们都需要他人的爱(对气球而言,便是源源不断的氦气)来填充自己的内心,而经不起哪怕是针尖麦芒大的刺伤。我们的情绪变得难以理喻,一会儿因他人的褒扬而开心,一会儿为他人的漠视而伤怀。同事的一句心不在焉的问候,几通没有应答的电话就可能使我们闷闷不乐;而如果有人记住了我们的名字,或送来一个果篮,我们又会觉得生活洒满阳光,人生何等惬意!

从感情和物质这两方面来看,我们通常会对自己的地位产生焦虑,这并不奇怪。我们的地位决定了我们可能赢得多少世人的爱,而世人对我们的关爱又是我们看重还是看轻自己的关键。地位对我们都是至关重要的,它是打开关爱之宫的金钥匙:没有了他人之爱,人类将失去自信;没有了他人之爱,我们将难以按自己的秉性办事。

有些爱，不要问值不值得

田可乐

几年前我养的小仓鼠生病了，肿瘤。它是我中途领养的，原主人因为怀孕了家里不让养小动物，兜兜转转，送到了我手里。养了快一年，定期给它喂粮换水，换木屑棉花浴沙尿垫，清理笼子，给它买滑滑梯跑轮小别墅，每天上班前、下班后都会摸摸它的头。

它生病以后，我带它辗转去了好几家宠物医院，终于有一家可以给异宠做手术，总费用差不多要4000元。

手术当天，在医院照顾它到凌晨4点，它还是走了。

我把它从保温箱里拿出来，放在手上，慢慢慢慢地感觉到它原本温热的身体变得冰凉。我把它埋在了新家前面的花园里，那是我用写作多年攒的钱买的小房子。

直到现在，家里的亲戚提起这件事还要取笑我，用4000块干什么不好，不过是一只仓鼠嘛，街边卖五块十块一只，你这样做实在是太亏了。

我只是笑一笑，不想做过多的解释。我没办法跟他们解释在那个兵荒马乱的毕业季，从学生直接到职场人的我有多么惶惑。自己找工作，租房，联系搬家公司，自己查资料学业务知识，跟同事沟通对接，每天就是上下班，周末窝在600块一间的出租屋里，疲惫得哪也不想去。

那个时候我的小仓鼠出现了，就像我生命中的一件礼物。

它总是用圆乎乎的脑袋拱我的手掌心，用牙齿轻轻咬我的指尖，在我的睡衣帽子里钻来钻去，爬上我的书扉页，夜里我醒来，能听见它在笼子里磨牙的声音。这让我感到安心。

我知道在旁人眼中自己不过是一个无关紧要的人，在离家千里的异乡，生病了没人照顾，难过了没人安慰，或许有一天彻底消失了也很少有人会注意到。

但对小仓鼠而言，我是它的全部。在那段时光里它给了我最需要的陪伴和安全感，直到现在回想起来，我都无比感激。它是别人眼中一文不值的东西，却是我在失去以后为此痛哭流涕的宝贝。

先前看过一幅挺有名的漫画，电玩城里有人在玩打地鼠，地鼠被打得满头是包，但下班后它笑嘻嘻地顶着伤口、拎着刚买的美食出现在了家人的面前。我猜这是许多人的生活写照。

长大以后我目睹过一些看上去"完全不值得"的事情，比如有人愿意花10万元奖励帮他找到丢失的小狗的热心群众，比如有人的亲人已经癌症晚期、家里倾家荡产依然坚持为他治疗，比如孩子走丢后爸爸妈妈花了二十年来寻找他，比如有人连续参加了十几年高考只为上清华大学。

我渐渐知道，人生就是一个寻找"在他人眼中毫无意义的宝贝"的过程，那些明明毫无用处、毫无价值的事物，因为有了爱和记忆作为附加值，于是变得如此珍贵。

但当我们走到生命的尽头，会发现那些曾经头破血流地去争取的金钱啊、权力啊竟然轻得像云烟一样转瞬即逝，生不带来，死不带去。陪伴我们到尽头的，只有心中的爱和记忆。

可怕的"标签"

岑嵘

在小说《围城》中,三闾大学的每个教师都有一个标签。当方鸿渐第一次听到自己的标签后,"又惊又气"。

标签无处不在,这些标签对一个人的影响,甚至会超出你的想象。

经济学家熊秉元说,贴标签也有积极正面的含义,对人和事物迅速形成初步和表面的印象,可以大幅降低行为的成本。当你听说你的相亲对象是"花花公子"时,会拒绝这次相亲。当你听说某人"非常自私"时,也会尽量避免和此人合作。这时的标签就节省了我们的行为成本。

但标签的危害也是显而易见的,一旦我们对人使用标签,就很容易简化事物,产生判断偏差。

美国心理学家哈罗德·凯利曾经做过一个实验,他要求学生在下课后对新任课老师做出评价。学生们事先都拿到了新老师的生平简介。其中一部分学生收到的简介重点描述了新老师心地善良,而另一部分学生收到的简介则重点描述了新老师性格冷静,这是简介中唯一的区别。

收到新老师心地善良简介的学生给出的评价更为积极;而拿到另外一份简介的学生则认为这位老师自我封闭,而且有距离感。事实上,这些学生身处同一课堂,但这点信息差异就已经足够影响学生进行评价了。

我们得到一个标签,就会不自觉地戴上一副有色眼镜,而不再关注那些虽然重要但没在你划定范畴内的信息了。

"选秀"是NBA(美国职业篮球联赛)球队选拔优秀的新生代球员的重要制度,美国经济学家巴里·斯托等人研究了NBA选秀结果对篮球运动员职业生涯的影响,并深入观察了二百四十一位篮球运动员在NBA球场上的得分数据。经济学家通过数据发现:教练实际上是依照球员在选秀中的排名情况安排球员的出场时间的。选秀排名是教练评价球员的重要指标,它成为一种标签,教练根据它将球员评定为"顶尖的"或者"差劲的"。那些选秀排名靠后的球员尽管可能在场上表现积极,并拿下很多分数,但"差劲的"这个标签会一直伴随着他们,因此上场的机会也更少。那些排名靠前有着"顶尖的"标签的球员,无论表现如何,都有更多机会上场,这种标签会一直跟随球员,影响长达五年。

标签不但使得外界对待他人的看法发生了扭曲,也会改变自己对自己的认识。

经济学家卡拉·霍夫等人研究了印度的种姓制度和传统思维的不利影响,他们进行了一个实验,实验对象要解答迷宫难题,如果他们解出了所有的题,就可以获得丰厚的货币奖励。低种姓和高种姓的人在实验中的表现并没有大的差别。但当实验中用姓氏来点名时,差异就出现了——在印度,一个人的姓氏体现出他的种姓。只要实验对象在公众场合听到有人大声念他们的姓氏,他们的自我标签就开始起作用,相对于高种姓的实验对象,低种姓的实验对象解决迷宫难题的数量减少了23%。即使成功解题可以获得丰厚奖励,也不能改变这一情况。

我们在避免通过标签来评价一个人的同时,也要努力撕掉身上的负面标签,给自己贴上积极的标签,或以某种标签为目标,重新塑造自己。诺贝尔经济学奖得主阿克尔洛夫说:"一个人一旦给自己贴上某种标签(真实和想象的某种组合),就会在言谈举止各方面来根据这种标签取舍,努力成为这样的人。"

羞于说话之时

李修文

一个大雪天,我坐火车从东京去北海道,黄昏里,越是接近札幌,雪就下得越大,就像我们的火车在驶向一个独立的国家,这国家不在大地上,不在我们容身的星球上,它仅仅存在于这场雪中;稍后,月亮升起来了,照在雪地上,发出幽蓝之光,给这无边无际的白增添了无边无际的蓝。

有一对年老的夫妇就坐在我的对面,跟我一样,也深深地被窗外的景色震惊了,老妇人的脸紧紧贴着车窗玻璃朝外看,看着看着,眼睛里便涌出了泪来,良久,她对自己的丈夫,甚至也在对我说:"这景色真是让人害羞,觉得自己是多余的,多余到连话都不好意思说了。"

多年下来,我的记忆里着实储存了不少羞于说话之时:圣彼得堡的芭蕾舞,呼伦贝尔的玫瑰花,又或玉门关外的海市蜃楼,它们都让我感受到言语的无用,随之而来的,是深深的羞愧。

害羞是什么?有人说,那其实是被加重了的谨慎和缄默。不不,我要说的并不是这种害羞,这是病,是必然,就像不害羞的人也可能患上感冒和肝炎;我要说的,是偶然——不单单看自己的体内发生了什么,还去看身体之外发生了什么:明月正在破碎,花朵被露水打湿,抑或雪山瞬间倾塌,穷人偷偷地数钱。所有这些以细碎而偶然的面目呈现,却与挫败无关,与屈辱无关,如若害羞出现和发生,那是我们认同和臣服了偶然,偶然的美和死亡……它们证明的,却是千条万条律法的必然:必然去爱,必然去怕,必然震惊,必然恐惧。

"学习博主"让人学会学习

朱晓珂 谭宛宜

互联网上，SA即"Study Account"的缩写，是流行于网络的一种集体学习行为，所谓的"SA圈"正是线上共同学习的大本营。学习博主在这里实时直播学习过程、分享学习笔记等，热衷于将自己的学习，以多种形式分享在微博、B站和小红书等平台上。

自打这个圈子出现以后，质疑声就不少。一位B站网友曾吐槽："普通人光是认真学习就已经很累了，如果心思真的都在学习上，随手拿支笔就开始写了，而不是精心摆好相机，买一大堆花里胡哨的文具……"学习博主的真实生活是怎样的？他们是否真的能从中获得预期的学习效果？观众又是否能从中获得积极影响呢？

王大可是小红书上的一位学习博主。她喜欢通过照片来分享学习生活，照片内容大部分是写好的笔记和批改完成的作业，此外还有一些推荐给粉丝的学习用品等。

初三那年，一次考试的失利让王大可下定决心把成绩提上去，她开始在社交平台分享日常学习生活，希望借此监督自己。本来是随意投的稿，竟意外地火了。王大可的小红书笔记大多属于"激励型"的。她想传递更多正能量，在这个过程中也收获了很多粉丝的陪伴与鼓励。

暮霭在微博上拥有近4万粉丝，是少有的男生学习博主。

高三那年，暮霭转到了一所新学校。在新学校里，每一位同学都异常优秀，要强的他备受打击。班主任了解到暮霭正在做学习博主，于是鼓励他继续认真地去做这件事。"很多人在默默地看着你，虽然这可能是一种压力，但是你要把它转化成一种动力。"暮霭开始拼命地学习，周末，他会抽出时间发布博文和自己的学习笔记。"有很多朋友都在背后支持我，我得给他们一个交代，不能让他们失望。"最终，在2021年高考中，他如愿考上了中国计量大学。

暮霭的粉丝大多是学生，高考后，暮霭写了3篇学习攻略，总结了自己的学习经验，还邀请考上浙大的学霸同学分享学习方法。暮霭希望这些内容能对粉丝有所帮助。

暮霭经常会收到私信，有的粉丝会跟他倾诉学习过程中遇到的困难，询问学习方法。他总是耐心回复，帮助他们缓解焦虑，给他们鼓励。

一次，暮霭收到一封来自母校学妹的信。学妹在信中提到，她会将暮霭的名字写在课桌上，以此激励自己学习。这封信对暮霭的触动很大，他第一次直观地感受到，原来自己对别人有这么大的影响。他说："做学习博主就是一个从以别人为动力变成给别人动力的过程。"

面对网上的质疑，暮霭认为，真正的学习博主，首先自己要认真学习，如果无法展现出学习的价值，那么发布的作品就会变得毫无意义。对此，伦伦并不完全认同："有的博主或许就是比较形式主义，有的博主就喜欢给自己创造一个好的学习环境，这都无可厚非。作为观众，只要发自内心地认可一个博主，那就跟着一起去学习，享受博主带给自己的动力就好了。"

够得着的幸福，才是你的

看过一则故事。

一个青年在办事途中，路过一座大山。突然，一只猛虎飞奔而来，青年害怕极了，慌忙爬到树上。老虎哪里肯罢休，拼命往树上跳，年轻人惊慌之余，不慎从树上跌落，正好掉落在虎背上。

老虎受了惊，驮着青年一路狂奔。路上的行人见此情景，纷纷向年轻人投去羡慕的目光，心想：这个人竟然骑着老虎在路上驰骋，是何等风光快活啊。他们哪里知道，虎背上那个惊魂未定的年轻人，不过是刚刚死里逃生而已。

想起莫言曾说过这么一句话："我们都是远视眼，总是活在对别人的仰视里。"

许多时候，我们总是这山看着那山高，以为对面山上的风光一定好过此处。所以，白领羡慕自由职业者的闲散，自由职业者羡慕老板的风光，老板却羡慕那个风里雨里的赶路人，怎样忙碌也可以陪家人吃一顿安静的晚餐。

我们费心留意别人的轨迹，却忘了每个人拿在手上的底牌根本不尽相同，而幸福的定义本就有多种。就如有句话所说："金玉满堂未必有家徒四壁的坦荡，峰顶的人未必有山下人的自在。"

永远不要站在自己的烦恼里，去仰望别人的幸福。因为明月会装饰别人的窗，也会照亮你的梦。

年轻时我们志得意满，总觉得脚下的路会延伸出无数种可能。后来撞过的南墙多了，逐渐放下"知其不可为而为之"的执念，学会了放过自己。

作家毕淑敏，50多岁时还在攻读心理学博士学位。她为此埋头苦学，奋战了几千个日夜。然而，到只差一篇论文就能获得博士学位时，她却选择了放弃。

朋友们都为她惋惜，她却清楚地知道，自己在英语上的缺陷很难补足，而且写论文所需的时间，也与自己的文学创作时间冲突。

权衡之下，她选择了继续创作。她说："时间对我这个年过五十的人来说是那么宝贵，该做什么，我心里很清楚。"这份清醒，让她写出多部优秀的作品，内心也得到了极大的满足。

人们常说，四十不惑，五十知天命，大抵是到了这个年纪，人对自己的能力有了相当的认识。

看清生命的走向，学会顺其自然，才是幸福的秘诀所在。奋力向前自然有它的美妙，但生活中永远还有别的风景。

人活于世，我们越是执着于什么，越会失去什么；越是用力过猛，越会事倍功半。事不强求，顺其自然，才能逢山开路，遇水架桥，走出独一无二的风景。

作家苏芩说："在这个喧嚣的世界，知足也是一种才能。"当我们放弃那条自命不凡的英雄路，拐入人生的林荫小径，会发现生活中处处有惊喜。平淡岁月里，也有白云悠悠；平凡琐碎中，也有星辰大海。

莫言说："别人看到的是鞋，自己感受到的是脚，切莫贪图鞋的华贵，而委屈了自己的脚。"

人生这趟旅程，不是所有人都会去同一个地方。不必羡慕别人，也不要苛求自己。做好自己力所能及的事，沉默笃定前行，幸福自然会来敲门。

愿你我在属于自己的节奏中，寻到自在坦然，过得悠闲释然。

别处的意义

[美]保罗·索鲁 张芸 译

小时候，总是渴望离家远行的我，脑海里时常萦绕着一幅出逃的画面——我独自奔赴他乡。

我不曾想到"旅行"这个词，也没想过"蜕变"的说法，只是想在遥远的地方找到新的自我，去关心一些新鲜的事物。

我对"别处"的重要性笃信不疑——别处才是我想要去的地方。年纪太小还去不了时，我阅读有关别处的文字，幻想着有朝一日获得自由。

那时候，书籍就是我的道路。到了我可以上路的年纪，走过的路变成了我笔下书写不尽的主题。最终发现，最热情的旅行者往往也是热衷阅读和写作的人。

在我看来，想出门旅行是人类的天性：不愿只待在同一个地方，想满足好奇心或纾解恐惧，换个生活环境，做个异乡人，结交新朋友，体验异域景观，在未知中冒险，见识活在大同小异中的人们都有怎样或悲或喜的命运。

如果害怕孤独，就不要出门旅行。旅行文学让人看到独处的后果，有时是悲伤的，更多时候是充实，偶尔还会有意想不到的心灵收获。

旅行生涯中总有人问我一个让人恼火的过度简化的问题："你最喜欢哪本关于旅行的书？"这该如何回答？我已经在路上旅行了50年，用文字记录我的旅行经历超过40年。

小时候，父亲最早念给我听的睡前故事是《唐·芬德勒：迷失卡塔丁山》。这是20世纪30年代出版的书，以口述笔录的方式讲述了一个12岁的男孩在卡塔丁山迷路8天后生还的故事。唐虽然历经艰险，但他还是走出了缅因州的山林。

这本书教会了我一些野外生存的经验，其中基本的一条："永远沿着河或小溪，跟着水流的方向走。"

从那以后，我读了许多旅行书籍，去了除南极洲以外的每个大洲，把这些经历写进了八本书和数百篇文章。每每想到年幼的唐安全地从高山上下来，我的心总会重新受到鼓舞。

旅行叙事是最古老的文学形式，远游的人归来，众人围着火堆，听他或她讲故事。"这就是我看到的"——来自外面更广阔世界的消息；奇特的、不寻常的、令人震惊的，关于野兽或其他民族的奇闻异事。

在我四处游走的几十年间，旅行也发生着变化，不仅在速度和效率方面，还因为全球大环境的改变——大多数地方已建立起联系，为人所知。互联网激发的无所不知的自负心理让人产生了傲慢的错觉,以为需要付出体力的旅行是多余的。

然而这世上还有不少地方鲜为人知,值得一去。在我的旅行生涯中曾有一段时间,地球上的某些地方会为任何旅行者提供类似哥伦布或鲁滨孙发现新事物的激动与狂喜。

作为一个常常在与世隔绝的偏远地区独自旅行的成年人,我对世界和自己都有了许多新的认知:旅途中遭遇的陌生感、欢乐,随之感受到的身心解放与真谛,以及孤独构成了旅行者的必要处境——若是你闭门不出,这就会是种煎熬。

我最愉快的旅行时光都是在火车上度过的。有些旅行谈不上艰苦,顶多是有点麻烦,可旅行始终是对心智的考验,即便在最艰难的时候,依旧可以带来启示。

狮子未必能做到,但蚂蚁可以

约翰·纳什是著名的数学家和经济学家,主要研究博弈论、微分几何学和偏微分方程。但他是不幸的,就在他有了惊人的数学方面的发现,开始享有国际声誉之时,他受到了精神分裂症的困扰。

这一困扰就是三十多年,约翰·纳什出现了幻觉、幻听与幻想。他经常被幻觉引导,不自觉地到普林斯顿大学讲学,分不清生活中的真实与虚假。

约翰·纳什怕别人嘲笑自己,就躲在家中向母亲哭诉。母亲对他充满信心,说:"有一种怪现象,东边有狮子,而西边没有,但是东西两边都有蚂蚁,你知道这是为什么吗?"

约翰·纳什摇了摇头说不知道,母亲说:"那是因为中间有一条大裂谷,狮子不可能跳过去,而蚂蚁却可以顺着大裂谷爬行,在两边来回穿梭。我的孩子,你为什么要自卑?渺小的蚂蚁能做到的事,狮子未必能做到,难道我们失去大脑和手脚了吗?昂起头去做你喜欢的事情吧!"

听了母亲的话,约翰·纳什重拾信心,一边与病魔斗争着,一边加紧研究。他在非合作博弈的均衡分析理论方面做出了开创性的贡献,对博弈论和经济学产生了重大影响,获得了1994年的诺贝尔经济学奖。他的传奇经历也被拍成电影《美丽心灵》,该影片荣获第74届奥斯卡金像奖、第59届美国金球奖等多项大奖。

掌控感

岑嵘

布鲁诺·贝特尔海姆是一位著名的心理学家，出生在奥地利的一个犹太家庭。1938年奥地利被纳粹德国吞并，贝特尔海姆和大多数在奥地利的犹太人一样，被纳粹当局送往集中营，在那里，许多人遭到残酷的折磨和杀害。

幸存下来的贝特尔海姆从事心理学研究，他的著作也大多借鉴了自己在集中营中的经验。贝特尔海姆说，当新的囚犯被带入集中营，党卫军就会用各种手段折磨他们，这种情况每天都会持续几小时，目的是打消囚犯抵抗的念头，并让他们明白，自己的生死被牢牢地捏在这些看守的手上。

当谈到如何在集中营中幸存下来，贝特尔海姆说："幸存者所依靠的是这样一种能力，即无论周围环境看起来如何具有压迫性，都能进行计划和安排，以保留一些独立行动的空间，并对生活中的某些方面保持控制。"

动物学家发现，当野鼠被突然剥夺了所有对环境的控制权，它们很快便不再奋力求生，并就此死亡。

当我们失去对生活的掌控，命运就会成为惊涛骇浪中的一条小船，让我们感到巨大的恐惧。

一些犹太人对未来失去掌控和信心，显得行动麻木、毫无生机，很快党卫军就认为他们是"虚弱无用的人"，把他们送进了毒气室。

而另一些人则在力所能及的范围内仍然保有掌控力，支配自己的部分生活，哪怕是每天用碎玻璃刮一下胡子。他们有着很强的求生欲，这也是他们中的一部分人最终得以幸存下来的原因。

保持掌控力是人的本能，掌控的需求来源于人类内心深处的欲望，这也是被剥夺了掌控能力是如此折磨人的原因之一。当我们还是小学生的时候，班会讨论一些问题，总有那么几个积极分子处于讨论的核心位置，是发言的主力。那些没能进入话题中心，安静地坐在角落里的小孩子，心里可能有一种没能进入讨论核心的挫败感。

集中营里只是一种极端的例子，在生活中的方方面面，我们常常因无法掌控而感到挫败。

当我们身心疲惫、万念俱灰的时候，不妨想想贝特尔海姆的话，无论我们处在怎样困难的状况中，都必须保留一些独立行动的空间，对生活中的某些方面保持控制，这将对我们的人生大有益处。

哈佛大学心理学教授爱伦·兰格曾做过一个实验，她想知道控制感对被看护住家的老年病人能造成何种影响。实验中一组老年人被告知，他们可以自主决定房间的布置，还可以挑选一株植物来照料；另一组老年人则被告知，房间已经布置好，植物也已经选好，并有人打点。

几周后，根据事先定义好的快乐度进行打分时，能对环境施加控制的那一组得分更高。更令人惊愕的是，18个月后，研究者跟踪调查发现：没有控制权的那一组老年人，死亡率高达30%，而有控制权的那一组，死亡率不过15%。

即便是在窗台上种一盆喜欢的花，或者决定养一只小狗，抑或每天写写字拍个照，甚至跳跳舞唱唱歌，也能让人获得掌控感。而这小小的掌控感，却能给人带来非同小可的影响。

第六章 最榜样

质朴是美的必要条件

□ [俄]帕乌斯托夫斯基 译／戴骢

椴树花的香味只有从远处才能闻到。一走到树跟前反而闻不到了。

真正的文学就像椴树花一样。要检验和评价文学的感染力、文学的完美程度，要感受到文学的气息和不朽的美，往往需要隔一段时间。

如果说，时间能够使爱情和人的其他感情，就如对人的怀念那样消失殆尽的话，那么时间却能够使真正的文学成为不朽之作。回忆一下普希金的话："我的心灵将越出我的骨灰，在庄严的七弦琴上逃过腐烂。"还有费特的话："这片树叶虽已枯黄凋落，但是将在诗歌中发出永恒的金光。"

人类真正的精神产品和那种灰色、颓废、粗鄙的文学是有天壤之别的，凡是富有朝气的心灵都不需要后一种文学。空气越是清澈，阳光就越明亮。散文越是清澈，散文就越完美，越能扣人心弦。列夫·托尔斯泰用一句话简单明了地阐明了这个思想，他说："质朴是美的必要条件。"

小胜靠智,大胜靠德

《世说新语》中有言:"小胜靠智,大胜靠德。"积厚德,方能养厚福。

清康熙年间,莱阳一带有位首富,名叫左文升。

左文升原本只是靠经营小买卖为生,后来能发家致富,要从一件小事说起。

一年,当地一名乡绅找到左文升,将20贯钱委托他转贩货物,约好按当时的市价付2分利息。

没多久,赶上市面银根紧缺,钱价增值。

年底结算时,左文升二话不说,主动按高价结算给对方利息。

乡绅看他做的是小本买卖,原想拒绝。左文升却坚持认定,本钱是你的,多赚的钱就该归你。

自那时起,左文升本分做生意的名声在当地传扬开来,许多人纷纷拿出钱来投给他。

左文升也始终坚持宁愿自己少赚,也不亏他人的原则,一路把生意越做越兴旺。

有些人看似精明,总想着占小便宜,到头来却吃了大亏;

有些人看似笨拙,不在意一时得失,反而赢得了长久回馈。

得道多助,失道寡助。

真正的远见,是明白品德永远比能力重要。

少贪图私利,多让利于人,人生之路才能走得宽阔稳当。

圣人所见，岂不远哉

"华夏第一名相"管仲得了重病，齐桓公诚恳地要其留下临终嘱咐。管仲回答："希望您远离竖刁、常之巫、卫公子启方等人。"

齐桓公问："竖刁阉割了自己来侍奉我，这样的人难道还要怀疑吗？"

管仲说："自己的身体都能忍心残害，对君王又会有什么爱心呢？"

齐桓公又问："常之巫非常有本事，能给人算卦、卜人生死，还能驱除鬼怪降给人的疾病，这样的人为什么要远离？"

管仲说："死和生是命中注定的，鬼怪降给人的疾病是精神失守引起的。君王不听任天命、守住精神，却去依靠巫人，常之巫将会因此无所不为。"

齐桓公接着问："卫公子启方从卫国来侍奉我15年了，连父亲去世都不回去奔丧，他的忠心还要怀疑吗？"

管仲说："人哪有不热爱自己父亲的，父亲死了都忍心不回去奔丧，这样的人对君王会有什么真正的爱心呢？"

经过这番对话，齐桓公决定将几人赶出宫廷。但之后，齐桓公食无味、寝难安。过了三年，他还是将他们统统召回，并委以重任。

过了一年，齐桓公病重。"能审察生死之理"的常之巫在外面广泛散布谣言，说齐桓公就要死了；竖刁、启方等人趁机关闭宫门、修筑高墙，还假传诏令，不让任何人进入宫中，试图夺权。齐桓公感叹："嗟乎！圣人所见，岂不远哉！"

这则典故被《吕氏春秋》等众多史书记述，意在警示要特别注意那些失去本性之人。

为辨忠奸、测性品，诸葛亮给世人提出了七条识人之道——一曰：问之以是非而观其志；二曰：穷之以辞辩而观其变；三曰：咨之以计谋而观其识；四曰：告之以祸难而观其勇；五曰：醉之以酒而观其性；六曰：临之以利而观其廉；七曰：期之以事而观其信。

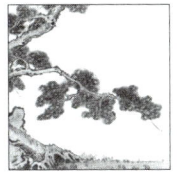  

联结的需要

我经常在咖啡店写作。我家周围3公里内的咖啡店被我逛遍了。我常去的咖啡店不是那些连锁经营的大品牌，而是一个人两个人开的那种咖啡小店。不同的咖啡小店生意差别很大，我感觉大多数店处于勉强维持的状态，生意不好不坏，付完房租后估计也挣不到多少钱，甚至可能是亏的。但是有少数几家，生意挺好的，同样是咖啡店，为什么差别这么大？

经过对比观察，我发现生意好的咖啡店，除了咖啡比较好喝、咖啡豆选得比较好，还有一个重要的原因是老板能跟顾客建立一种良好的人际关系。比如我常去的一家店，在一个居民小区的大门边，店面很小，不到30平方米，是两个女孩子合伙开的，生意很好，顾客络绎不绝。

这两个女孩跟顾客说话时，既不是那种满脸堆笑、过度热情式的，也不是面无表情、不咸不淡式的，而是像朋友之间很随性地、有一搭没一搭地跟你说着，时不时还会开个玩笑或者"怼"一下顾客，这让顾客觉得坐在这里喝咖啡很舒服，心情很好，于是顾客就越来越多。甚至有些顾客会"投喂"她们，水果、糕点、啤酒等，吃都吃不完，然后老板又把这些分享给其他顾客。于是乎，这家小小的咖啡店，就成了周边社区的一个精神联结点，把许多人连在了一起。

这家咖啡店让我看到了"联结"的意义，它是靠着人与人之间互信和友爱的关系撑起来的。任何商业上、营销上的手段，都不如人与人之间的诚挚关系有力和持久。

这又让我想起，现在很多人把实现"财富自由"作为人生奋斗的目标。可是，我经常想，就算实现了"财富自由"又怎样呢？确实你可以买很多很多东西，你可以每天睡大觉或者满世界地玩，然后呢？你就一定幸福吗？未必吧。而这两个开咖啡店的女孩，在我眼里，才是真的实现了"财富自由"，一方面她们有着持续的、稳定的收入；另一方面她们的工作是胜任的、自主的，并且和其他人建立了联结，拥有很多人的支持，这才是一种令人羡慕的人生状态。

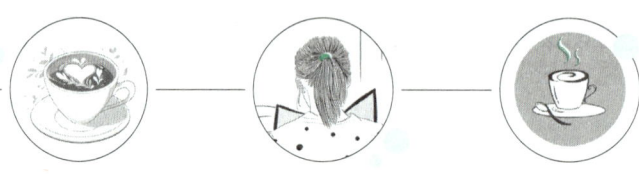

无谓的比较：不要被思维的笼子框住

众所皆知，心理学上有一个"鸟笼效应"。卖鸟的商人送给你一只非常漂亮的鸟笼，你挂在了家里，每次客人来了都会问："你的鸟死了吗？"你必须解释自己并没有养鸟。最后，你不胜其烦，于是选择买一只金丝雀。

实际上，商人试图创造这种框住人们思维的笼子，让人们觉得必须购买一只"鸟"，满足这个笼子。这个笼子就是我们的身份认同，告诉我们"你应该是这样的，否则不匹配你的身份"。慢慢地，你受不了这种一次又一次的宣传，最后选择买了一只又一只的"鸟"。

我们总是试图寻找自己的与众不同之处，就像很多人都认为自己生日那天有多特殊一样。我们进入自身特殊性的寻找过程中，也陷入了消费主义的陷阱。我们给了自己一个"自身特殊性"的笼子，而商人则利用这个笼子，让你不断购买商品。

当你发现有人和你一样夺目时，你就开始攀比。这种攀比就像一些小女孩的衣服越穿越少、裙子越来越短一样，只是试图夺得更多的眼球。

很多人的消费并不是基于需要，而是为了维护自己的社交形象。他们想让人觉得自己精致、自由，懂得享受生活。记得去年年初，我看了很多新闻，说的是很多人受一些视频影响，花了成千上万元去了一座"网红"城市，后来发现那座城市并没有想象中那么好；也有很多人为了发一个视频，花上几小时做一顿摆拍的晚餐，最后，吃着吃着就哭了起来，问自己到底为何而活。

一个人的自我认知需要外界的反馈，然后根据反馈调整自己的行为和想法。就像讲了笑话，如果其他人没笑，我们就很难知道这个笑话到底好不好笑。当人们觉得不好笑时，我们就不会再讲了。

同样地，如果外界一直反馈我们做某件事情可以得到尊重，可以得到关爱，我们就会追求。人们试图追求奢侈品也是这个原因。我们当前处于温饱有余、奢侈不足的社会，所以奢侈品成为人们追求和比较的对象。这就像30多年前，电视机是少数人家用得起的，买一台电视机能够得到更多的关注和尊重。当电视机成为普通商品时，我们不再觉得电视机能够体现一个人的身份。随着这种模式的变迁，服装类奢侈品代替了自行车、电视机这些商品。

人类的物质生活越发丰富，可人们一无所有的感觉越来越强烈。

比较到底是好是坏，我并不想下什么结论，毕竟那是一种促进自身努力的动力。怎样让自己既有动力，又不会陷入无尽的烦恼之中，也是每个人需要面对的课题。

盐焗鸡的故事

那些年战事不断，民生凋敝，生意本就难做，那一年更是旱涝齐聚，百年难遇的洪水将水东街店铺浸泡了半月之久，人挤上阁楼才勉强逃生。不经水的货物一应毁损，洪水过后勉强撑到年底，月月亏损，梁老板唯有贱价清空货物，另谋生路。望着空荡荡的店铺，梁老板心中一阵酸楚，只有把自己灌醉，才能度过这漫长苦涩的最后一夜。

第二天一早，梁老板醒了过来，只觉头昏脑涨，但还是打起精神收拾行囊，挑起担子准备启程。推开房门却见房东李姨早已在此等候，手里提着一只大瓦罐。

"梁老板，我没什么东西送你，做了一只盐腌鸡你带回家去吧。"李姨带着沙哑的声音说道。

李姨早年丧夫，无儿无女，守着夫家的一间店面出租过活，自从梁老板租下店铺，早已把梁老板当成亲人一般，现在梁老板即将离开，李姨难掩伤感。

"太贵重了！万万使不得，这鸡你养了过年的。"梁老板百般推辞。惠州盛产海盐，食物保鲜都是用海盐腌制。而盐腌鸡不单是为了保鲜，还是本地一道特别的美食，赠送盐腌鸡，对普通民众来说，几乎就是最贵重的礼物了。

"你一定要收下，我也只有这个送你了。"李姨把瓦罐塞到梁老板怀里，边说边红了眼眶。

拗不过李姨，梁老板只好千恩万谢收下。

惜别李姨，梁老板踏上回家的路。梁老板的老家在东江上游，沿着江边小路，两天就可到达。

在一个人影稀疏的路段，两个装扮成路人的匪徒忽然跳出来，夹着梁老板就闪进路旁的芦苇丛，里面围着五六个壮汉。

土匪竟然在光天化日之下抢劫。

他顾不得害怕，赶紧跪下哀求："我家就靠这点钱活命……"忽然"砰"一声，梁老板后脑挨了一记闷棍，立刻倒地昏死。一个手下向领头的请示："那里还有一罐盐，要不要带走？"领头的怒目一瞪，"啪"的一声，一个巴掌横扫过去："你傻啊！盐不值钱又重。"

不知过了多久，梁老板缓缓醒了过来。他头脑晕晕乎乎，摸摸后脑勺，那里有一摊血，想了很久，他终于想起了发生的事情，不禁号啕大哭起来，上天为何对我赶尽杀绝？想到此，心如死灰的梁老板起身缓步走向江边，准备投江了断残生。

临近岁晚，江风凛冽刺骨。走到江边的梁老板被冷风一吹，清醒了一些。他饥肠辘辘，想到死不能做饿死鬼，又返回芦苇丛，找到那只仅存的盐腌鸡，不吃那只鸡也对不起好心肠的房东李姨。天气寒冷，梁老板找来枯枝杂草，直接在瓦罐下点火加热。

这时，瓦罐里飘出一股清香，一种奇特的、沁人心脾的清香。梁老板以为是自己的错觉，凑近细嗅，真是香啊！火越烧越旺，香飘四溢。梁老板迫不及待地取出鸡狼吞虎咽起来。真是人间美味！而且是从未有过的人间美味！

梁老板忽然灵光一闪，何不以此美味投身餐饮业？定能闯出一番天地！他忘记了身上的疼痛，没了轻生的念头，连夜启程赶回老家，现在他身无长物，什么也不用害怕了。

梁老板反复研试，总结出制作盐焗鸡的最佳方法：鸡用砂纸包裹，既能让盐气渗透，又将咸味隔开；香料选用本地沙姜，与鸡产生奇妙合味；烹制时先爆炒海盐，再倒入瓦煲盐焗；火则采用木炭暗火，能焗透而不致焦煳，一切都精益求精。

奇特工艺造就无与伦比的美食！如此盐焗的鸡色泽金黄，皮脆、肉滑、骨香。它独特的香味还能在口腔里停留，形成回香现象。

第一只盐焗鸡就这样诞生了。

十年后，梁老板成为惠州餐饮业翘楚，他发明的盐焗鸡在惠州遍地开花。

石兵

屏蔽力

一个人需要具备多种能力，其中顶级的能力是控制力，可以控制外界，也可以控制自身。控制自身的能力中，最重要的就是屏蔽力。

消耗一个人的事物可以来自外界，也可以源于自身，屏蔽力可以将消耗降至最低。只要具备屏蔽力，便可以在发现那些消耗你的人与事时，立刻进行屏蔽，不让它们继续消耗你。即便那些负面事物仍在你周围逡巡不停，却已无法入你眼入你心，如此一来，消耗也便戛然而止了。

苏轼擅长屏蔽，可以将失意沮丧化作"小舟从此逝，江海寄余生"的浪漫，可以将刻骨悲伤变为"不思量，自难忘"的思念，可以将羁旅愁苦换作"此心安处是吾乡"的豁达。由此，一生命运波折的苏轼才能洒脱随意，笑对人生。

苏轼是大人物，但屏蔽力不是大人物的独有能力。邻居老张，出身单亲家庭，自幼体弱多病，上学时成绩一般，四处找工作碰壁，只得学门手艺在胡同口修自行车。虽然收入不高，但老张是我所见最快乐的人。每天我上下班时，见到的其他人都眉头紧皱行色匆匆，只有老张数十年如一日，在胡同口笑着和每个人打招呼。那是发自真心的笑容，没有敷衍与生硬，看得出来，老张是真心希望每个人都好好的。

老张屏蔽了所谓的命运不公，以一颗包容温暖之心面对他人与自己，得到了满足与从容。

木头顺放

前不久,我在喀纳斯景区游玩,一个山庄老板告诉我,他那里有一根奇异的大木头,让我过去看一看。我对大木头一向好奇,就跟了过去。

一进山庄,里面果然立着一根非常高大的木头,头朝下栽在土里,根须朝天张牙舞爪。我看了非常生气,对老板说:"你怎么把这么大的一棵树头朝下栽呢?"老板说:"这是棵死树。"我说:"死树也是树。它有生长规律,是头朝上,像我们人一样,你不能因为一棵树死了,就把它头朝下栽到地上。假如你死了,别人把你头朝下埋到土里,你肯定也不愿意,你的家人也不愿意。"

这个老板显然不懂得该怎样对待一根木头。谁又懂得这些呢?我们现在做事普遍缺少讲究,我们只知道用木头,用它搞建筑,做家具,但不知道该怎样尊重地用一根木头,我们不讲究这些了。但我们的前辈讲究这些,我们古老文化的特征就是对什么都有讲究。有讲究才有文化。没讲究的人没文化。

记得几年前我装修一家酒吧时,买了一根长松木杆,要安在楼梯上当扶手。木工师傅把木头刮磨好,问我:"这根木头该怎么放?"

我反问:"你说该怎么放?"

他看看我说:"应该是小头朝上,大头朝下。我们老家都是这样做的。"

木工师傅的话让我对他刮目相看。他显然没有上过多少学,但是他知道起码的一点,木头要小头朝上,大头朝下。原因很简单,树活的时候就是这样长的,即使它成了木头,做成一个楼梯的扶手,也要顺着它原来的长势,不能头朝下放。

我从小就知道盖房子时木头该怎样放。以前到了村里人家,习惯仰头看人家房顶的椽子檩子,有的人家也不讲究,看到不讲究地摆放木头我就觉得不舒服。

中国人讲究顺,这个顺就是道。道是顺应天地的,包含天地万物的顺。我们干什么事不能只考虑人顺,只有身边万物都顺了,生存其间的人才会顺。木头的顺是什么?就是根朝下,梢朝上。活着时是这样长的,死了的木头也是树,也应该顺着它。

豆腐的哲学

刘琪瑞

豆腐是家常小菜，其色洁白如玉，其味滑爽鲜嫩，且营养丰富，素有"植物肉"的美誉。"豆腐白菜，各有所爱""白菜豆腐保平安"，它与其他素食皆可搭配烧制成美食，老少咸宜。

豆腐又被誉为"东方龙脑""中华名菜"。不仅如此，豆腐还有吉祥寓意，其谐音"都福""都富"，寄托了人们的美好心愿。

一块方方正正的豆腐，国人能吃出智慧，吃出情味，吃出人生至简哲理。"小葱拌豆腐——一清二白"，教人处世做事清清白白；"卤水点豆腐——一物降一物"，教人做事情要抓住问题要害；"心急吃不了热豆腐"，教人凡事都要慢慢来，急不得；"快刀切豆腐——两面光、两不沾"，教人事情一旦定下就要快推快进，切忌拖泥带水。

在有关豆腐的俗语里，还有善意的幽默。有的人说话厉害，嘴不饶人，但心肠软、为人善，那这人就是"刀子嘴，豆腐心"；有的人表面给人以凶悍之感，其实内心温柔，古道热肠，说他"关公卖豆腐——人硬货软"；夸赞某人做事勤快，总也闲不下来，那就是"狗吃豆腐脑——闲（衔）不住"；和人家套近乎，笼络感情，就会说"毛豆子烧豆腐——都是自己人"。还有的人爱占小便宜，虚报冒领，说这人"吃豆腐报肉账"。

豆腐俗语里，也有警醒意味的。我们处理问题不能"豆腐掉进灰堆里——吹也吹不得，打也打不得"，那就非常棘手了；也不能"马尾穿豆腐——提不起来"，更不能"一根筷子吃豆腐——全盘弄坏"！还有句老话："豆腐多了一包水，空话多了没人听"，比喻空话连篇，无人相信。

豆腐可加工成多种豆制品，有关这类的俗语也很有趣。爱写文章的人在报刊上发表了一篇小短文，说成"豆腐干""豆腐块"；豆腐一时吃不了，切块冷冻成"冻豆腐"，于是有了句歇后语"冻豆腐——难办（拌）"，指的是事情棘手难处理。还有大名鼎鼎的"臭豆腐"，俗语云："闻着臭，吃着香！"常用来比喻人或物有缺陷，名声不好，却因其有一定能力和专长，而备受喜爱。

做豆腐的下脚料叫"豆腐渣"，有关它的俗语更耐人寻味。"男人四十一枝花，女人四十豆腐渣"，大概是说时光飞逝，青春不再，美人易老吧；"把自己夸成一朵花，别人贬为豆腐渣""豆腐渣下水——一身松"，都是说本事不大，却爱自吹自擂。"豆腐渣包包子"是什么情况？俗话说"捏不到一块儿"，比喻对立的双方不好沟通合作，或者性情相悖的男女难以结合到一起；过年时，"豆腐渣贴春联"会怎么样？当然是"两不沾（粘）"，比喻双方各行其是，互不相干。此外，还有耳熟能详的"豆腐渣工程"，表达国人对偷工减料、草菅人命的劣质工程深恶痛绝。

惊奇元素

在好莱坞的剧本评估里,一直有一个首要考虑项,叫作"惊奇元素"。也就是说,你的剧本能不能用一句话,概括出一个让人感觉惊奇的元素。假如这个惊奇元素成立,你的剧本就能进入下一步;不成立,则不能立项。

大部分的好故事,都能找到这样的惊奇元素。

比如,一个男人含冤入狱,在牢里十多年,用一把小鹤嘴锤,挖出了一条通道,最终逃出生天。没错,这是电影《肖申克的救赎》。

比如,一个年轻人同时爱上了很多姑娘,这些姑娘也爱他,但是,最终他发现这些姑娘都是他同父异母的妹妹。估计你也猜到了,这说的是《天龙八部》里的段誉。

再比如,一个小男孩为了救出母亲,决定向神宣战,并劈开了一座大山。这说的是《宝莲灯》。

所有惊奇元素,本质上一定要满足两个条件:第一,能用一句话说清楚;第二,颠覆了你通常的想象。只用一把锤子,怎么可能挖通监狱呢?同时爱上的四五个姑娘,怎么可能都是他妹妹呢?一个小男孩,怎么可能向神宣战呢?

惊奇元素一定要简洁,且颠覆常识。不仅电影如此,大多数畅销书也都具备至少一个惊奇元素。

比如,《人类简史》的惊奇元素是,过去我们都觉得智人之所以能在进化中胜出,能战胜尼安德特人,是因为智人更聪明、更强壮。事实上,尼安德特人不比智人笨,虽然个子比智人矮,但是力气更大。智人之所以胜出,不是因为智力,而是因为想象力。是想象力,让智人能够在更大范围内形成一个共同体。

如果你要去应聘,想用一句话吸引面试官,也可以借鉴惊奇元素。比如,你本来想说,你很会培养人才。你可以换个说法,"我有个管理心得,大家都觉得人才是培养出来的,但我认为不是,人才是在一个好的机制里自己成长出来的,我很擅长打造这样一个好的机制"。有这么一句带点颠覆感的话,就会使你更容易被记住。

关于路

在鲁迅的杂文集《热风》里,有一篇《生命的路》。这是鲁迅第一次给"路"下定义:"什么是路?就是从没路的地方践踏出来的,从只有荆棘的地方开辟出来的。"一年多后,他又在《故乡》中说出了经典的一句:"其实地上本来没有路,走的人多了,也便成了路。"如今,知道前一句的人恐怕不会很多,而后一句却已成为鲁迅先生的标志性语录。比较一下两句话,含义当然有别;读过《生命的路》与《故乡》,更会对这两句话产生截然不同的感悟。

先生在《生命的路》中反复论说:"生命的路是进步的,总是沿着无限的精神三角形的斜面向上走,什么都阻止他不得。""人类的渴仰完全的潜力,总是踏了这些铁蒺藜向前进。""人类总不会寂寞,因为生命是进步的,是乐天的。"此时的鲁迅正受着进化论的鼓舞,还没有真正被"铁蒺藜"绊到脚,也没有被路边树丛中的明枪暗箭射出伤,所以对前进的路满怀着乐观的信心。仅仅一年多后,却有一缕灰色的哀伤透过《故乡》,隐隐地从先生的思想中涌出。这缕哀伤是来自眼前荒村的萧索,还是来自老屋瓦楞上几枝枯草的断茎?是来自"我"和闰土之间隔着的厚障壁,还是来自细脚伶仃的圆规显出的鄙夷神色?或许都有,亦或许不仅仅是这些吧。

"闰土要香炉和烛台的时候,我还暗地里笑他,以为他总是崇拜偶像,什么时候都不忘却。现在我所谓希望,不也是我自己手制的偶像吗?只是他的希望切近,我的希望茫远罢了。""我想:希望本无所谓有,无所谓无的。……"然而,先生的一生都没有放弃对路的开辟,即便是希望茫远,即便是遍体鳞伤,宁可舔舐带血的伤口,也从未放弃开辟自己心目中的革命之路。

上周五,我读完先生的全集第二卷,最后一篇的题目:写在《坟》后面。不知这是否是先生的有意预设。虽然人的生命的终点都是"坟",然而通往终点的路却是没有完全相同的。生命的价值和意义的高下,便全然取决于这各不相同的路,跟终点无关。忽然联想到宇宙中的"黑洞",终点的"坟"就是人生的"黑洞",当生命接近"黑洞"边缘时,一切都会因为静止和凝固而变得毫无意义,而生命的光彩只会呈现在"路"的风景之中。

读罢两卷,我依然在问自己:阅读鲁迅的作品对自己的意义何在?身处迥异的时代,先生的精神是否已经失去了咀嚼的价值?我不知道,今天的国人中,还有几人在阅读《鲁迅全集》。

不管这些,反正我会继续读下去的。

  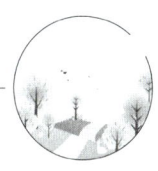

"白色的猴子"与隧道效应

当我们演讲的时候,如果看到台下的人都在认真听讲,肯定会非常高兴。但是,如果我们突然看到有一个人在打瞌睡,那么可能就会将所有的心思都放在那个打瞌睡的人身上,进而产生这样的疑惑:我讲得不好吗?

实际上,这更多的不是演讲得好不好的问题,只是我们忽视了99%的人,而将自己的注意力放在了最特别的那个人身上,从而产生了错觉。这也是很多人不敢上台演讲的原因,他们过多地将眼光放在了那些特例上面,给了自己太多的压力。

当然,我也曾经遇到类似的情况。为了写一篇文章,查了几天的文献,终于完成并分享到网上。大多数评论都是支持和鼓励,有时也会突然出现一句"答主辛苦了,都是没用的理论",还好自己知道"隧道视野",所以基本不会被这种不具有建设性的言论所影响。

也有一些为了吸引眼球的媒体以此来夸大事件,吸引我们的注意力。

比如,出了一起交通事故。他们很喜欢为其贴上"女司机"这样的标签并将这起事故特殊化,进而造成我们的感知错误。将事故和这些标签联系起来,对他们形成刻板印象。但是,也正因为他们这样的联系和特殊化,让群众认为女性司机出车祸的概率更大、更普遍。

实际上,男性司机发生交通事故的概率更大。江苏省公安厅交警总队发布的2016年交通事故报告显示,2016年全年江苏省共有2100多万机动车驾驶员,男女比例7∶3。在造成人员伤亡的事故中,女性司机负有同等以上责任的,即属于女性司机导致的事故的不到10%。在造成人员死亡的事故中,女性司机负有同等以上责任的,只占这类的6.2%。

而其他多个省份的交通情况调查报告也显示,女性司机的交通事故发生率均远低于男性司机的。

总之,隧道效应会让我们产生更多的错误判断。就像100只猴子中有99只普通的猴子,只有1只白色的猴子,我们会不自觉地将视线放在那只与众不同的白猴子身上,这样我们的思维就会被大大地限制,看不到全局。

所以,当我们思考问题时,需要多加留意问题的限定,尤其是媒体报道的对象界定。这样才能保证独立思考。

斗鸡博弈：最坏的结果是两败俱伤

"斗鸡博弈"是博弈论中一个经典的策略理论。

在斗鸡场上，两只好战的公鸡展开大战。这时，每只公鸡都有两个行动选择：一是退下来，二是进攻。如果一方退下来，而对方没有退下来，对方获得胜利，这只公鸡很丢面子；如果对方也退下来，双方则打了个平手；如果自己没退下来，而对方退下来，自己胜利，对方则失败；如果两只公鸡都前进，则两败俱伤。

因此，对每只公鸡来说，最好的结果是对方退下来而自己不退，最坏的结果是对方没有退下来而自己先退了，而中间值的结果，就是双方各退一步。显然，最坏的结果是很难接受的，而最好的结果是很难实现的（因为这是对方都很难接受的最坏结果）。那么，事实上，就只剩下两种策略可以选择：双方互不相让，两败俱伤；或者双方各退一步，海阔天空。

现实生活中，竞争双方都明白，两虎相争，必有一伤，但往往又过于自负，觉得自己的胜算大而不甘心后退，尤其是对表面上占据优势的一方，往往不决出胜负不罢休。那么，最终的结果即便不是两败俱伤，也是"杀敌一千，自损八百"。这个时候，如果能有一方先撤退，最终，获利的将是双方，特别是占据优势的一方。如果具有这种以退为进的智慧，给对方提供回旋的余地，反而会给自己带来胜利，使两败俱伤变成双赢。

一次战争后，某公司大楼废墟上出现了一大片违章建筑，它们都是在战争中无家可归的人们建造的。这家公司做重建计划时，律师提出，必须及早拆除违章建筑，否则后果不堪设想。

但这些违章建筑的主人都是在战争中失去家园的无家可归者，如果强行拆除，必然会招致他们的坚决反对，甚至可能引发骚乱。这家公司没有选择这种硬碰硬的策略，而是派出高管来到现场和那些违建户谈话，对他们说："你们的遭遇实在值得同情，那么，你们就暂时住在这里，先多赚点钱，等公司改建大厦时，再搬到别的地方去吧。"

这些违建户本来已经做好了对抗工程队的准备，却没想到这家公司如此体谅他们的难处，这使他们十分感动。因此，数年后，当公司筹备完毕开工建设时，这些人不仅没有抱怨，还心怀感激地迁居到别的地方去了。

一场对抗就这样消弭了。

现实中，我们常会见到这样的事，双方争斗，互不相让，小事变为大事，大事转为祸事，最终导致问题不能解决，落得两败俱伤的结局。其实，如果采取较为温和的处理方法，先退一步，待时机成熟，再采取恰当的措施以达到自己的目的，那么结局就可能会好得多。

可见，退却有时是进攻的第一步，以退为进，由低到高，才是最稳妥的制胜之道。无论做人还是做事，很多时候，必要的退让可以换来更大的利益，而一味地咄咄逼人，却有可能陷入"斗鸡陷阱"，落得两败俱伤的结局。

速溶人生

大学毕业那年，我和一位同学进入了同一家公司。

最初，我们两人得到的评价，是完全迥异的。我因为个性较为活泼，很快与同事和上司打成一片；而同学则一向有些特立独行，在学校时就因个性关系，显得有些孤僻。进入职场后，同学的个性并未因此而有所改变。

最初那几年，我对那位同学，还颇为同情。工作后，不见人际关系有所改善，同学一直是同事眼中的"怪人"。但同学倒也不以为意，依旧兢兢业业地做好分内事。哪知道，后来却发生了令人意想不到的转变。

同学设计了一款特别的产品，虽与主流产品有悖，反其道而行，却因个性突出而大受市场欢迎。从此，一发不可收，连连以出人意料的设计，打破市场常规，屡创佳绩。后来，同学连连升职，而我和刚入公司那会儿相比，进步并不大。

短短几年内，两人的情况，彻底变了个样。

每次想到同学，我的脑海中总不禁浮现"速溶"两个字。我们多数人，都习惯用圆滑和融合度，来判别自己和别人的成功。把自己当成速溶咖啡，迅速融入社会，这便是所谓的成功。而那些特立独行，与"速溶"原则背道而驰的人，则被视为另类。这种速溶的过程，其实也就是快速被同化的过程。向着世俗和主流靠拢，抹杀自己的个性，从而让自己成为碌碌大众中的一员。这种速溶的成功方式，哪怕出了成绩，也如同流水线上的产品，毫无特色，转眼便被淹没在主流中。

所以，常常看到这样的"成功者"，在速溶式的成功后，却难以为继，再也没有令人眼前一亮的作品。尽管还在努力，却千篇一律，缺乏后劲。归根结底，这种速溶式的成功，看似一条捷径，却有着难以克服的弊端。

别把自己当速溶咖啡，用抹杀个性，来换取短暂的成功。

平　衡

毕飞宇

什么叫中庸？找不到平衡点，你是中庸不起来的，是吧？中庸说白了，就是一个平衡，它跟你走路一样，你平衡起来了，你韧带的能力达到了，才能做到平衡，才能正常地往前走。当你的脑袋被人打晕，你的平衡顿时就失去了，就没法走路。

年轻人某种程度上讲，都有点贪婪，我不太在意那种，把某一个点如何推向极端，不是这个类型，我还是希望能找到一个均衡点，然后通过这个均衡点，容纳更多的东西。

我经常举的一个例子就是手与黄豆的关系。我的手有五根手指头，面对一把黄豆，我能拿多少？我可能拿一颗，可能拿两颗，也可能一把抓，抓上几十颗。但是如果我有更大的理想，我会找一个筐，把这个筐装满黄豆。当把这个筐装满黄豆时，我用我的手托着这个筐——只要我把点找好了，把中庸这个点找好了，仅仅靠一根手指头，我就可以拿走几千颗、几万颗黄豆。完全靠你的直觉去找这个点，我只靠一根手指头就可以把它拿走，你找不到这个点，全散了，一颗都拿不到。

新生与艺术家

柯博先生

从某种角度来说，做评论家太容易了，我们有近乎于零的风险，高高在上，将劳动者以及他们的贡献置于笔下，肆意评价。

我们更倾向于写负面评论，因为作者和读者都能开心。但批评家们必须面对一句忠言——在大千世界之中，一个微不足道的生灵，也许并不像批评家所讨伐的那样卑贱。相反，它们具有非比寻常的一面。批评家有时候也会遇到棘手的问题，那就是发现和保护新生事物。这个世界对新的天才、新生的事物并不善待，而新生事物更加需要朋友。

以前，我对某些厨师有着强烈的偏见，我曾不加掩饰地鄙视攻击厨师古斯塔的名言——"人人皆可烹饪。"不过现在我真正理解了它的内涵：并非每个人都可以成为伟大的艺术家，但是伟大的艺术家可以来自任何一个角落。

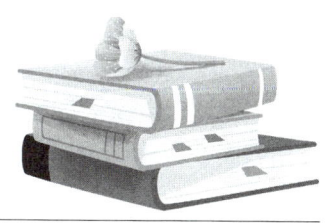